O LADRÃO DE CASACA

COLEÇÃO A OBRA-PRIMA DE CADA AUTOR

O LADRÃO DE CASACA

Maurice Leblanc

Tradução e notas
CASEMIRO LINARTH

MARTIN CLARET

Título original: *Arsène Lupin, gentleman cambrioleur.*

DIREÇÃO
Martin Claret
PRODUÇÃO EDITORIAL
Carolina Marani Lima / Flávia P. SIlva
DIAGRAMAÇÃO
Giovana Gatti Leonardo
DIREÇÃO DE ARTE
José Duarte T. de Castro
CAPA
Ilustração: Getulio Delphin
MIOLO
Tradução: Casemiro Linarth
Revisão: Estúdio João-de-Barro
Impressão e acabamento: Eskenazi Gráfica

Este livro segue o novo Acordo Ortográfico da Língua Portuguesa.

Dados Internacionais de Catalogação na Publicação (CIP)
(Câmara Brasileira do Livro, SP, Brasil)

Leblanc, Maurice, 1864-1941.
O ladrão de casaca / Maurice Leblanc; [tradução Casemiro Linarth]. — 1ª ed. — São Paulo: Martin Claret, 2012. — (Coleção a obra-prima de cada autor; 318)

Título original: Arsène Lupin, gentleman cambrioleur.
"Texto integral"
ISBN 978-85-7232-831-9

1. Contos franceses I. Título. II. Série.

11-09098 CDD-843

Índices para catálogo sistemático:

1. Contos: Literatura francesa 843

EDITORA MARTIN CLARET LTDA.
Rua Alegrete, 62 – Bairro Sumaré – CEP: 01254-010 – São Paulo – SP
Tel.: (11) 3672-8144
www.martinclaret.com.br
5ª reimpressão – 2019

Sumário

INTRODUÇÃO

O ladrão dos mil disfarces

CASEMIRO LINARTH

Arsène Lupin, criado pela imaginação do escritor Maurice Leblanc, é um dos personagens mais populares da literatura francesa. Nasceu com o nome de Raoul em 1874, em Bois, na região central da França, filho de Henriette d'Andrésy e Théophraste Lupin, professor de ginástica, esgrima e boxe. Por se casar com um plebeu, Henriette foi rejeitada pela família, da nobreza decadente. Desde os primeiros dias, Raoul foi entregue aos cuidados de Victoire, uma jovem babá normanda.

Quando Raoul contava seis anos, Henriette descobriu que Théophraste era ladrão e resolveu separar-se dele, indo morar na casa de uma prima distante, a condessa de Dreux-Soubise, para quem passou a trabalhar como doméstica. Para vingar os maus-tratos que a mãe sofria, o pequeno Raoul roubou o colar da rainha Maria Antonieta que a condessa se orgulhava de exibir. Mesmo com todas as investigações, o autor não foi descoberto. A condessa suspeitou de Henriette e a despediu. Assim, mãe e filho foram morar no fundo de uma pequena aldeia. Henriette d'Andrésy morreu seis anos depois.

Raoul estudou Direito e frequentou, com a identidade de um estudante russo, o laboratório do médico Altier, no Hospital Saint-Louis, surpreendendo o mestre pela ousadia de suas experiências com doenças da pele. Preparando-se para a "profissão" que decidiu abraçar, trabalhou com o prestidigitador Dickson, usando o nome de Rostat, e adquiriu conhecimentos de hipnotismo com o mestre Pickmann. Foi professor de jiu-jítsu e, como ciclista, ganhou o Grande Prêmio da Exposição. Aprendeu latim e grego e recitava de cor Homero em grego e Milton em inglês.

Aos dezoito anos, resolveu praticar o primeiro grande roubo da sua carreira, no caso "O cofre-forte da sra. Imbert". Nessa epóca era um rapaz pobre e morava num quarto em Montmartre, bairro da periferia norte de Paris. Ainda nem se chamava Arsène Lupin. Escolheu o nome especialmente para se apresentar como o salvador do sr. Imbert, atacado violentamente por um assaltante de madrugada. Era então apenas aprendiz numa "profissão" na qual logo se tornaria mestre.

Qualidades excepcionais

Aos vinte anos, Lupin salvou a vida de Joséphine Balsamo, a condessa de Cagliostro. Graças a ela ficou conhecendo quatro segredos fabulosos da rainha Maria Antonieta e de Alexandre Cagliostro: 1) *In robore fortuna* (A fortuna está no carvalho), enigma resolvido por uma jovem artista de circo, Doroteia, na realidade princesa de Argonne; 2) a laje dos reis da Boêmia, esclarecido por Lupin no romance *A ilha dos trinta ataúdes*; 3) a fortuna dos reis da França, resolvido por Lupin na história *A agulha oca*; 4) o candelabro de sete braços, enigma solucionado por Lupin na aventura *A condessa de Cagliostro*.

Na escola da condessa de Cagliostro, Lupin percebeu que possuía qualidades excepcionais com as quais ninguém podia competir. Em 1900, cometeu uma série de façanhas que colocaram toda a polícia da França em seu encalço: o roubo no Crédit Lyonnais, o roubo na rua de Babylone, a emissão de notas falsas, o caso das apólices de seguro, o roubo nos castelos de Armesnil, Gouret, Imblevain, Groselliers e Malaquis. Tornou-se, assim, inimigo pessoal do inspetor da Sûreté, Justin Ganimard.

No ano seguinte, foi preso por Ganimard ao chegar a Nova York, depois de um cruzeiro transatlântico no navio La Provence, no qual viajava com o nome de Bernard d'Andrésy. Foi parar numa cela da prisão da Santé, onde planejou a execução do assalto ao castelo do barão Cahorn. Foi liberado da cadeia em janeiro de 1902, porque o inspetor Ganimard não o reconheceu na apresentação do seu processo. Durante o tempo em que permaneceu na prisão, usou as técnicas de transformação do rosto e do comportamento que aprendera na juventude para ludibriar os juízes.

Depois de despojar o castelo de Thibermesnil, Lupin enfrentou o detetive Sherlock Holmes pela primeira vez no conto *Herlock*

Sholmes chega tarde demais. Em virtude de objeções legais de Conan Doyle, o nome do detetive foi modificado quando a história foi incluída Em *O ladrão de casaca*. Sholmes voltou a confrontar-se com Lupin nos dois episódios do romance *Arsène Lupin contra Herlock Sholmes*. Novo encontro entre os dois ocorreu no romance *A agulha oca*, no qual Lupin chegou a raptar o detetive britânico e o inspetor Ganimard. No romance *813*, Lupin resolveu um enigma que Sholmes foi incapaz de solucionar.

Identidades diferentes

Nos romances e nas coletâneas de contos, Arsène Lupin assumiu mais de cinquenta identidades diferentes. Só no primeiro livro, não menos de dez identidades, reais ou emprestadas, se sucedem. Arsène Lupin nunca é ele mesmo. Prefere chamar-se Raoul ao mudar de identidade. Raoul d'Andrésy é o nome que adota aos vinte anos. Só no romance *A vingança da Cagliostro*, usa esse nome quatro vezes: Raoul de Limésy, Raoul d'Avenac, Raoul d'Enneris (quase anagrama de Arsène Lupin) e Raoul d'Averny (o único com o qual se apresenta ao longo da história).

Identifica-se também como o barão Jean d'Enneris, navegador, ou Victor Hautin, simples policial, ou Michel Beaumont, colecionador, ou Maxime Bermond, arquiteto. É ainda o príncipe russo Serge Rénine ou Lenormand, chefe da Sûreté. Muitas vidas diferentes para um só homem. As identidades Paul Sernine e Luis Perenna, nobre espanhol, são anagramas de Arsène Lupin.

Leblanc chamou seu herói de "*gentleman cambrioleur*", ou ladrão cavalheiro. Traduzida em português como "ladrão de casaca", a expressão se refere ao novo estilo que o roubo assume no início do século XX, na Europa. Termina a época dos bandidos de estradas e começa a era do roubo em mansões ricas, do uso de cheques falsos, sem manchar as mãos, tudo feito com elegância e precisão. Lupin é um ladrão, não um criminoso. A polícia não suspeita dele quando há um assassinato. Nunca recorre à ação violenta. Sua aversão ao sangue, sua faceta de Robin Hood e seu charme caem nas graças do público.

Opera somente nos castelos e nos salões. É um fora da lei, um marginal, por isso não pode aparecer nas reuniões sociais, misturar-se com os cidadãos comuns. Para agir nos salões, precisa frequentar a alta sociedade. Cria, então, personagens que coloca em cena, com os títulos de príncipe, barão, conde ou visconde. E, como só rouba políticos corruptos e pessoas que enriqueceram ilicitamente, torna-se uma espécie de personagem lendário que aparece de modo espetacular em ações que difunde em cartas aos jornais e deixando o cartão de visita nas casas que rouba.

Sem aparência definida

Arsène Lupin é alto, baixo, jovem, velho, loiro, moreno. Maurice Leblanc criou um herói sem aparência definida e sem imagem. Esconde o seu personagem, descreve-o ligeiramente ou não o descreve. Traça o retrato de Horace Velmont, do velho druida Sénégax ou do coronel Sparmiento, nunca o de Arsène Lupin. O ladrão elegante é o homem dos mil disfarces, como o próprio herói se apresenta no conto "A prisão de Arsène Lupin". Ele se maquia, se disfarça e até se transforma, conforme o personagem que encarna. Por isso, é extremamente difícil fazer uma representação da sua figura.

É jovem e tem uma silhueta fina e vigorosa (*A mansão misteriosa*). É ágil, alto e possui um sorriso sofisticado e uma galanteria cortês (*Os bilhões de Arsène Lupin*). Tem o rosto áspero, a aparência pouco amável, a pele enrugada, as têmporas grisalhas, em suma o conjunto taciturno de ex-suboficial de cavalaria que passou dos cinquenta e procura parecer elegante com trajes bem ajustados à cintura (*Victor, da Brigada Mundana*).

"Já vi Arsène Lupin vinte vezes, e toda vez era uma pessoa diferente, ou melhor, a mesma pessoa da qual vinte espelhos me refletiriam tantas outras imagens distorcidas, cada uma com seus olhos particulares, sua forma especial de rosto, seu gesto próprio, sua silhueta e seu temperamento", diz Maurice Leblanc, no conto *A prisão de Arsène Lupin*. E Arsène responde gracejando ao seu biógrafo: "Eu mesmo já não sei bem quem sou. Não consigo mais me reconhecer no espelho".

Nem os adversários nem seus colaboradores o identificam. Mesmo o seu biógrafo não o reconhece às vezes, como ocorre no romance *A agulha oca*. Só o detetive inglês não se engana sobre ele. Em *Arsène Lupin contra Herlock Sholmes*, o ladrão de casaca afirma: "[Sholmes] me viu uma única vez, mas senti que me via para toda a vida, (...) o próprio ser que eu sou". Mas há pontos em comum que caracterizam todas as encarnações de Lupin: a personalidade forte e o poder de dedução e de ação. Também é possível reconhecê-lo por alguns detalhes: seu riso, sua ironia lendária, seu amor à aventura.

Dimensão humana

Lupin é um ser excepcional. É capaz de realizar qualquer ação brilhante e sair ileso. Mas nem sempre acaba vencendo. Na aventura A *moça dos olhos verdes*, é posto fora de combate no trem que o leva a Monte Carlo e não impede o assassinato de sua companheira de compartimento, Constance Bakefield. Na história *Os dentes do tigre*, não consegue salvar Marie-Anne Fauville e Gaston Sauverand. Só a última herdeira, Florence, escapa por pouco da morte.

O gatuno zombeteiro é ultrassensível, sujeito ao mau humor, diletante perfeccionista. Leitor de Plutarco e grande apreciador da arte, cultiva a gozação dos subúrbios e a ironia feroz, com um senso agudo da resposta pronta e da bravata. Grande sedutor, à imagem de Leblanc, que foi um conquistador de saias notável, antes de desaparecer na melancolia caseira, Lupin parece fascinado pelas famílias nobres. Suas conquistas se chamam Raymonde de Saint-Véran, Angélique de Sarzeau-Vendôme ou a perigosa princesa de Cagliostro. Não é um sedutor infalível, o que lhe dá uma dimensão mais humana que a de outros heróis da literatura.

Don Luis Perenna é uma das encarnações mais frequentes do ladrão de casaca. Surge no final de *813*, depois do "suicídio" de Arsène Lupin. É encontrado novamente em *O triângulo de ouro*, *A ilha dos trinta ataúdes*, *Os dentes do tigre* e *A mulher de dois sorrisos*. Lupin pode ser facilmente reconhecido nesse homem elegante e seguro de si que se alista na Legião Estrangeira, capaz de vencer um gigante duas vezes maior que ele, evitar as balas dos marroquinos e tornar-se imperador da Mauritânia.

Personagem simpático

Jim Barnett é o lado mais brincalhão de Arsène Lupin, livre de todos os freios, com liberdade total. Poucos personagens de Lupin são tão simpáticos como esse detetive. Já no início da história *A Agência Barnett & Cia.*, Leblanc coloca o leitor sob o signo do humor: "Apressemo-nos (...) a atribuir os delitos de Jim Barnett a quem os cometeu, isto é, ao incorrigível Arsène Lupin. Ele não se incomodará com isso" (*As gotas que caem*). Lupin resolve pelo menos oito enigmas com a ajuda do jovem inspetor Théodore Béchoux, nem sempre prestada de boa vontade.

Arsène Lupin é quase sempre representado com monóculo, cartola, casaca e bengala. Mas essa caracterização aparece somente nessa aventura. Foi criada pelo desenhista Léo Fontan para lhe dar uma aparência simpática. Pierre Lafitte o contratou para ilustrar as capas dos livros de Arsène Lupin. Outros desenhistas, como Maurice Toussaint, Roger Broders e Manuel Orazi, participaram das ilustrações internas e lhe deram aparências diferentes.

Lupin se aposenta como ladrão de casaca no romance inédito *O último amor de Arsène Lupin*, história que se passa em 1928, ensinando crianças pobres de Jullainville, na periferia norte de Paris, com o nome de capitão Cocoricó. Mas, como André de Savery, trabalha como arqueólogo para o Ministério do Interior francês. Seu último amor é Cora de Lerne, com quem se casa.

As representações de Lupin

O personagem de Leblanc foi representado inúmeras vezes no teatro, no rádio, no cinema e na televisão. Pelo menos seis romances e contos do autor foram adaptados em histórias em quadrinhos na França e no Japão, principalmente nos anos de 1990. Séries televisivas sobre as façanhas do ladrão elegante são apresentadas na França desde a década de 1960. Arsène Lupin foi o título de uma telenovela brasileira exibida em 1957, numa época em que ainda não se usava o videoteipe no Brasil.

O ladrão cavalheiro foi protagonista principal em filmes desde 1913, ainda na era do cinema mudo, sobretudo na França, mas também nos Estados Unidos, na Alemanha, na Espanha, na Inglaterra e no Japão. Vários autores escreveram romances e contos, inspirando-se no personagem de Maurice Leblanc: Pierre Boileau e Pierre Ayraud (com o pseudônimo de Thomas Narcejac), Michel Zink, Gabriel Thoveron, Christian Poslaniec, Patrick Ferté, Anthony Boucher, Daniel Salmon, Caroline e Didier Cayol e Michel Bussi, entre muitos outros.

Lupin III, mangá de Monkey Punch, pseudônimo de Kazuhiro Katô, conta as façanhas do neto de Arsène Lupin. Por questões de direitos autorais, a série tem nomes diferentes: Rupen III, no Japão; The Wolf, nos Estados Unidos (do latim *Lupus*); e Edgar, detetive ladrão, na França. Pelo menos três séries de animações, seis longas-metragens de animação e vários OAVs (sigla para Original Video Animation e Original Anime Video) se inspiraram no mangá de Monkey Punch, apresentando as proezas de Lupin III.

❖

DADOS BIOGRÁFICOS

Maurice Leblanc

A história de Maurice Leblanc é quase tão agitada quanto a de Arsène Lupin, o personagem famoso que criou. Já aos quatro anos escapou por pouco da morte, num incêndio que destruiu a residência da família. Aos seis anos, foi enviado às pressas para a Escócia num dos navios do pai, logo depois que a França, país onde nasceu, declarou guerra à Prússia. Mesmo perdendo a mãe nos primeiros anos de vida, teve uma infância feliz, ao lado das irmãs Jehanne e Georgette.

Maurice nasceu em 11 de novembro de 1864 em Rouen, cidade localizada na região histórica da Normandia, no noroeste da França. O pai, Émile Leblanc, ficou rico no comércio de carvão, e a mãe, Mathilde Blanche, pertencia a uma família de classe média alta. Estudou no Liceu Corneille, onde sempre se distinguiu como o melhor aluno. Sua paixão pela literatura logo se manifestou, e Guy de Maupassant e Gustave Flaubert, escritores amigos da família, eram seus autores preferidos.

Em fins de semana, saía muitas vezes de carro com o pai e as irmãs em passeios pela região de Caux. E foi assim que Maurice descobriu a *Agulha oca*, título de um de seus romances. Esses passeios tiveram influência determinante na carreira literária de Maurice, pois foi nos cenários que conheceu na infância e na adolescência que ambientou muitas aventuras do seu herói.

O pai queria que ele fosse industrial, e Maurice começou sua vida profissional na fábrica de cardas Miroude-Pichard, empresa que pertencia a amigos da família. Mas ele passava a maior parte do tempo no lavatório do pavilhão, escrevendo o que lhe inspirava a imaginação. Vendo que o filho não tinha a menor aptidão para a profissão que lhe destinava, o pai finalmente aceitou que fosse a Paris, em 1885, para fazer o curso de Direito. Mas a ambição de Maurice era abraçar uma carreira literária "séria".

Muito jovem, teve a ousadia de entrar no vagão do trem noturno que trazia de volta à capital da França Guy de Maupassant, Edmond de Goncourt e Émile Zola — que tinham ido a Rouen inaugurar um busto de Flaubert — para procurá-los. Mas os três grandes escritores franceses não lhe deram atenção, caindo no sono. Escreveu mais tarde que ficou, para ele, o gosto amargo de uma viagem malsucedida.

Na cidade grande, começou a frequentar os ambientes artísticos, conhecendo jornalistas, atores e escritores da moda, e passou a escrever crônicas para *Le Figaro*, *Gil Blas*, *Comoedia e L'Écho de Paris*. Ajudou-o a entrar nesse universo cultural o poeta belga e futuro Prêmio Nobel de Literatura Maurice Maeterlinck, que se tornara o companheiro de sua irmã mais nova, a atriz Georgette Leblanc. Em 1889, Maurice Leblanc casou-se com sua primeira mulher, Marie Lalanne.

Em novembro de 1890, o jovem cronista publicou sua primeira coletânea de contos, *Casais*. Vieram, em seguida, romances de costumes e de psicologia, inspirados nos mestres Flaubert e Maupassant: *Uma mulher*, *A obra da morte*, *Eis as asas*. As obras receberam os elogios e a simpatia de escritores importantes, como Jules Renard, Léon Bloy e Alphonse Daudet. Mas o público as ignorou, e também não se interessou por seu romance autobiográfico *O entusiasmo*, de 1901.

Leblanc já contava 40 anos e uma longa carreira quando, em fevereiro de 1905, Pierre Laffitte, que lançava a revista mensal *Je sais tout* (Eu sei tudo), encomendou-lhe uma novela que competisse com as façanhas do inglês Sherlock Holmes e tomasse como modelo Raffles, ladrão cavalheiro criado pelo escritor britânico Ernest William Hornung, casado com a irmã de Sir Arthur Conan Doyle.

Escreveu então *A prisão de Arsène Lupin*. E desde o primeiro conto, publicado em 6 de julho de 1905, deu ao ladrão galante, que só agia nos castelos e nos salões grã-finos, o nome de Arsène Lupin, nada que tivesse a ver com o vereador da Câmara Municipal de Paris Arsène Lopin, que, segundo a lenda, teria intimado o escritor a mudar o nome do seu personagem principal.

No mesmo período, o anarquista Alexandre Marius Jacob estava em evidência nos noticiários da França com seus "trabalhadores da noite". Foi condenado, no dia 4 de julho de 1905, a vinte anos de trabalhos forçados por ter cometido cento e cinquenta roubos. Ladrão engenhoso e dotado de senso de humor, capaz de grande generosidade em relação a suas vítimas, foi, entre outros foras da lei da *Belle Époque*, um dos modelos que inspiraram Maurice Leblanc ao criar o personagem Arsène Lupin.

"A história provocou alvoroço. No entanto, quando Lafitte me pediu para continuar, me recusei: naquela época, o romance de mistério e policial não era bem visto na França", escreveu mais tarde Leblanc. No entanto, Laffitte deu ao aventureiro uma publicidade tão grande que ele logo se tornou a coqueluche dos apreciadores de folhetins. Dois anos mais tarde, *Arsène Lupin, o ladrão de casaca* foi publicado em livro.

Em 1908, apareceu *Arsène Lupin contra Herlock Sholmes*, no qual Leblanc ridicularizou o famoso detetive inglês e seu fiel auxiliar Watson, irritando Conan Doyle. Em seguida, vieram a famosa *Agulha oca* e mais quinze romances, trinta e sete contos, quatro peças de teatro e um grande número de adaptações para o cinema e a televisão.

Maurice, que pretendia ser acadêmico, viveu o sucesso de Lupin como degradação. Cinco anos depois de tê-lo criado, tentou se livrar dele no romance *813*, mas, pressionado pelos editores, teve de ressuscitá-lo em sua obra seguinte, *A rolha de cristal*. Suas obras começaram a ser traduzidas em vários países, e, em 1913, o aventureiro apareceu na tela, no filme *Arsène Lupin contra Ganimard*.

Partidário do socialismo e livre-pensador, Leblanc era movido por impulsos libertários, mas, com a idade e a virada da Primeira Guerra Mundial (1914-1918), aburguesou-se e não resistiu à tendência militarista de seus contemporâneos. Esse desvio influenciou Lupin, que, cada vez menos subversivo, acabou como detetive quase caseiro.

Apaixonado pela História, Leblanc soube manejá-la, construindo lendas fascinantes, mas prendia os leitores também pelo que se pode chamar de geografia de Lupin. Com exceção de Paris, as maiores proezas do seu herói ocorreram no triângulo Rouen, Dieppe e Le Havre, na Alta Normandia, que ele percorreu de bicicleta na adolescência e de automóvel na idade adulta. Nesses passeios, descobriu e visitou muitos castelos na França. Fez uma relação de cerca de quatrocentas residências senhoriais, cujos cartões-postais colecionava.

Criou Arsène Lupin e escreveu suas primeiras aventuras no castelo de Gueures, perto de Dieppe, que sua irmã mais velha, Jehanne, alugou por alguns meses. *A rolha de cristal* saiu de sua imaginação na torre da Águia, no castelo feudal de Tancarville. Sua irmã Georgette, atriz extraordinária e mística, não hesitou em alugar a Abadia de Saint-Wandrille, no Sena Marítimo, para abrigar ali seus amores com Maurice Maeterlinck e representar Macbeth, de William Shakespeare, em 1909, e mais tarde a ópera *Pelléas* e *Mélisande*, de Claude Debussy.

Em 1919, comprou um prédio, com salas de forma irregular e escadas secretas, a algumas centenas de metros da antiga residência de Guy de Maupassant, em Étretat, balneário famoso na costa normanda que virou museu e pode ser visitado ainda hoje. Viveu ali mais de vinte anos e o batizou de Bordel Lupin, em homenagem ao seu "Dom Quixote sem-vergonha". O Exército alemão, que o requisitou durante a Segunda Guerra Mundial (1939-1945), deixou-o em estado lastimável, sendo depois recuperado pelos herdeiros de Leblanc.

Em frente às ruínas da Abadia de Jumièges ficava a casa de seu tio, onde o pequeno Maurice passava as férias de verão. Numa curva do Mesnil-sous-Jumièges encontra-se o famoso solar de Agnès Sorel, na verdade uma antiga dependência da abadia onde morou e morreu a amante de Carlos VII, rei da França. Mas não há ali nenhum sinal da passagem subterrânea que levava ao tesouro medieval dos mosteiros da região.

Em 1931, Leblanc vendeu parte de seus direitos à Metro Goldwyn Mayer. Em 1936, a Radio-Cité difundiu as proezas do seu herói. A última aventura do ladrão de casaca, Os *bilhões de Arsène Lupin*, apareceu na revista *Auto* no início de 1939. Doente desde 1937, Maurício Leblanc morreu de uma congestão pulmonar em 6 de novembro de 1941, em Perpignan, no sul da França, onde se refugiara com sua segunda mulher, Marguerite, o filho Claude, a nora e a neta Florence, para fugir da ocupação alemã.

Considerado o mestre do romance policial francês, teve como

seguidores Gaston Leroux, pai de Rouletabille, e Pierre Souvestre e Marcel Allain, criadores de *Fantômas*. O suspense, a elegância do estilo clássico e o rigor descritivo, misturados ao cômico, ao trágico e à imaginação poética, são características que aparecem em abundância nas histórias de Arsène Lupin.

❖

O LADRÃO DE CASACA

A prisão de Arsène Lupin

Viagem estranha! Entretanto, havia começado tão bem. De minha parte, nunca tinha feito uma que se anunciasse mais promissora. O Provence é um transatlântico veloz, confortável, comandado pelo mais afável dos homens. A bordo, encontrava-se reunida a elite da sociedade. Amizades se iniciavam, diversões eram organizadas. Tínhamos a sensação esquisita de estar separados do mundo, reduzidos a nós mesmos como numa ilha desconhecida, obrigados, portanto, a nos aproximar uns dos outros.

E nos aproximávamos.

O leitor já pensou no que existe de original e imprevisto nesse grupo de pessoas que, ainda na véspera, não se conheciam e que, durante alguns dias, entre o céu infinito e o mar imenso, vão viver a vida mais íntima, desafiar juntos as iras do oceano, a investida assustadora das ondas e a calma traiçoeira da água sonolenta?

É, no fundo, viver numa espécie de resumo trágico da própria vida, com suas tempestades e suas grandezas, sua monotonia e sua diversidade. Talvez seja por isso que se aprecie essa viagem curta, cujo fim se percebe no momento em que ela começa, com uma pressa febril e um deleite um tanto mais intenso.

Mas há vários anos acontece algo que aumenta de forma incomum as emoções da travessia. A pequena ilha flutuante ainda continua dependendo do mundo de que se considerava livre. Um vínculo subsiste, o qual só vai se desfazendo aos poucos, em pleno oceano, e aos poucos, em pleno oceano, se restabelece. O telégrafo sem fio. Comunicados de outro universo de onde se recebem notícias do modo mais misterioso possível. A imaginação não tem sequer o recurso de se lembrar dos cabos de aço no espaço vazio em que a mensagem invisível se move. O mistério é mais insondável ainda, mais poético também, e temos de recorrer às asas do vento para explicar esse novo milagre.

Assim, desde as primeiras horas, sentimo-nos seguidos, acompanhados e até precedidos por essa voz distante que, de tempos em tempos, sussurrava a um de nós palavras vindas de longe. Dois amigos entraram em contato comigo. Dez, vinte outros nos enviaram, através do espaço, suas despedidas tristes ou sorridentes.

No segundo dia, a oitocentos quilômetros da costa francesa, numa tarde tempestuosa, o telégrafo sem fio nos transmitiu um telegrama com o seguinte teor:

> "Arsène Lupin a bordo, primeira classe, cabelos loiros, ferimento antebraço direito, viaja sozinho, com o nome de R..."

Naquele exato momento, um trovão violento soou com estrondo no céu sombrio. As ondas elétricas foram interrompidas. O restante do telegrama não chegou até nós. Do nome sob o qual Arsène Lupin se ocultava, só ficamos sabendo a inicial.

Se fosse outra notícia qualquer, estou certo de que o segredo teria sido guardado escrupulosamente pelos funcionários do posto telegráfico, assim como pelo comissário de bordo e pelo comandante. Mas era um desses acontecimentos que parecem romper a discrição mais rigorosa. Naquele mesmo dia, sem que fosse possível dizer de que forma a informação transpirara, sabíamos todos que o famoso Arsène Lupin se escondia entre nós.

Arsène Lupin entre nós! O ladrão inatingível cujas proezas eram contadas em todos os jornais nos últimos meses. O personagem enigmático com quem o velho Ganimard, nosso melhor policial, iniciara um duelo implacável cujas peripécias se desenrolavam de modo pitoresco. Arsène Lupin, o cavalheiro de imaginação fértil que só age nos castelos e nos salões e que, numa noite em que entrou na casa do barão Schormann, saiu de mãos vazias, deixando seu cartão, no qual tinha rabiscado estas palavras: "Arsène Lupin, ladrão de casaca, voltará quando os móveis forem autênticos". Arsène Lupin, o homem dos mil disfarces: alternadamente motorista, tenor, agenciador de apostas, moço de família, adolescente, velho, caixeiro-viajante de Marselha, médico russo, toureiro espanhol.

Que se leve em conta isto: Arsène Lupin indo e vindo na área relativamente limitada de um transatlântico — o que digo? —, no pequeno espaço dos camarotes de primeira classe, onde os passageiros se encontravam a todo instante, no restaurante, no salão, na sala para fumantes. Arsène Lupin talvez fosse este senhor, ou aquele, o meu vizinho de mesa, o meu companheiro de cabina.

— Isso vai durar ainda cinco vezes vinte e quatro horas! — exclamou na manhã seguinte a srta. Nelly Underdown. — É intolerável. Espero que seja preso.

E, dirigindo-se a mim, acrescentou:

— Então, sr. d'Andrésy, o senhor, que já mantém as melhores relações com o comandante, não sabe nada?

Eu bem que gostaria de ter alguma informação para agradar à srta. Nelly, que era uma dessas criaturas maravilhosas que chamam a atenção inevitavelmente, em qualquer lugar onde estejam. Tanto sua beleza quanto sua fortuna fascinam. Essas mulheres têm uma corte de admiradores ardorosos, entusiastas.

Criada em Paris pela mãe francesa, ia visitar o pai, o milionário Underdown, de Chicago. Estava acompanhada por uma de suas amigas, *lady* Jerland.

Desde a primeira hora, eu apresentara minha candidatura para iniciar um flerte com ela. Mas, na intimidade rápida da viagem, logo fiquei impressionado com seu jeito encantador, e meus sentimentos se tornaram demasiadamente profundos para um simples flerte quando os seus grandes olhos negros encontravam os meus. Entretanto, ela acolhia minhas atenções com certo favor. Tinha a delicadeza de rir de meus gracejos e mostrava interesse por minhas anedotas. Uma simpatia vaga parecia responder à atenção que eu lhe dispensava.

Talvez só um rival me inquietasse, um rapaz de bela aparência, elegante, retraído, cujo humor taciturno ela parecia às vezes preferir aos meus modos "fora de lugar" de parisiense.

Fazia parte justamente do grupo de admiradores que rodeava a srta. Nelly quando ela me fez a pergunta. Estávamos no convés, sentados confortavelmente em cadeiras de balanço. A tempestade da noite anterior havia clareado o céu. O tempo estava agradável.

— Não sei nada de preciso, senhorita — respondi —, mas não podemos, nós mesmos, investigar tão bem como o faria o velho Ganimard, inimigo pessoal de Arsène Lupin?

— Oh! Oh! O senhor está indo longe demais.

— Por quê? O problema é tão complicado?

— Muito complicado.

— A senhorita esquece dos elementos que temos para resolvê-lo.

— Que elementos?

— Primeiro, Lupin se apresenta como sr. R…

— É uma informação um pouco vaga.

— Segundo, ele viaja sozinho.

— Se esse detalhe lhe é suficiente!

— Terceiro, é loiro.

— E então?

— Então só temos de consultar a lista de passageiros e proceder por eliminação.

Eu tinha a lista no bolso. Tirei-a e dei uma olhada.

— Noto de início que há apenas treze pessoas com nomes que começam com a letra R.

— Apenas treze?

— Na primeira classe, sim. Desses treze srs. R…, como podem comprovar, nove estão acompanhados por mulheres, crianças ou empregados. Restam quatro personagens que viajam sozinhos: o marquês de Raverdan…

— Secretário de embaixada — interrompeu a srta. Nelly. — Eu o conheço.

— O major Rawson…

— É meu tio — disse alguém.

— O sr. Rivolta…

— Presente — gritou um de nós, um italiano cujo rosto desaparecia atrás de uma bela barba negra.

A srta. Nelly desatou a rir.

— O senhor não é exatamente loiro.

— Então — prossegui —, somos obrigados a concluir que o culpado é o último da lista.

— Qual é o nome dele?

— Sr. Rozaine. Alguém conhece o sr. Rozaine?

Todos se calaram. Mas a srta. Nelly voltou-se para o jovem taciturno cuja presença ao lado dela tanto me atormentava e disse:

— Então, sr. Rozaine, não responde?

Os olhos de todos moveram-se para o lado dele. Era loiro.

Confesso que senti um pequeno choque dentro de mim. O silêncio incômodo que pesou sobre nós me indicou que os outros também experimentavam a mesma aflição. A ideia era absurda, aliás, porque, afinal, nada no comportamento daquele senhor permitia que se suspeitasse dele.

— Por que não respondo? — disse ele. — Porque, considerando

o meu nome, a minha qualidade de passageiro solitário e a cor do meu cabelo, já realizei uma investigação semelhante e cheguei ao mesmo resultado. Sou, portanto, da opinião de que devem me prender.

Apresentava uma aparência esquisita quando proferiu essas palavras. Seus lábios, finos como dois traços inflexíveis, tornaram-se ainda mais finos e empalideceram. Filetes de sangue estriaram seus olhos.

Certamente, ele gracejava. Contudo, sua fisionomia e sua atitude nos impressionaram.

— Mas o senhor não tem ferimento — disse a srta. Nelly, ingenuamente.

— É verdade, falta o ferimento — respondeu ele.

Com um gesto nervoso arregaçou a manga da camisa e descobriu o braço. Mas logo uma ideia me ocorreu. Meus olhos cruzaram com os da srta. Nelly: ele mostrara o braço esquerdo.

Eu ia fazer essa observação quando um incidente desviou nossa atenção. *Lady* Jerland, a amiga da srta. Nelly, chegou correndo.

Estava transtornada. Nós a cercamos rapidamente, e só depois de muito esforço ela conseguiu balbuciar:

— Minhas joias, minhas pérolas! Levaram tudo!

Não, nem tudo havia sido levado, como soubemos mais tarde. A coisa mais curiosa é que houve uma seleção.

Da estrela de diamantes, do pingente de cabochões de rubis, dos colares e dos braceletes quebrados, não foram roubadas as pedras maiores, mas as mais finas, as mais preciosas, aquelas que tinham mais valor e ocupavam menos espaço. Os engastes estavam lá, sobre a mesa. Eu os vi, todos os vimos, despojados de suas gemas como flores com as belas pétalas cintilantes e coloridas arrancadas.

O roubo deve ter sido cometido no momento em que *lady* Jerland tomava o chá, em plena luz do dia e num corredor frequentado. Para praticá-lo, o ladrão teve de arrombar a porta do camarote, encontrar um pequeno porta-joias que estava escondido intencionalmente no fundo de uma chapeleira, abri-lo e selecionar as pedras.

Um só brado elevou-se entre nós. Houve uma só opinião entre todos os passageiros quando o roubo tornou-se conhecido: foi Arsène Lupin. Na realidade, era aquela a sua forma de agir, complicada, misteriosa, inconcebível e, no entanto, lógica, pois, se havia dificuldade em esconder o volume incômodo que formaria o conjunto das joias, muito menor era o problema com coisas pequenas independentes umas das outras, como pérolas, esmeraldas e safiras.

No jantar, ocorreu o seguinte: os lugares à direita e à esquerda de Rozaine ficaram vazios. E à noite soubemos que ele havia sido convocado pelo comandante.

Sua detenção, que ninguém pôs em dúvida, causou verdadeiro alívio. Finalmente respirávamos. Naquela noite houve pequenos jogos e danças. A srta. Nelly, principalmente, mostrou uma alegria surpreendente, o que me fez ver que, se as atenções de Rozaine puderam agradar-lhe no início, já as tinha esquecido. A sua graça acabava de me conquistar. Pela meia-noite, à claridade serena da lua, declarei-lhe, com muita emoção, o meu devotamento, o que não pareceu desagradar-lhe.

Mas no dia seguinte, para espanto geral, soube-se que as acusações apresentadas contra ele não eram suficientes, e Rozaine estava livre.

Filho de um rico comerciante de Bordeaux, Rozaine exibiu documentos em perfeita ordem. Além disso, em seus braços não havia o menor sinal de ferimento.

— Documentos! Certidões de nascimento! — exclamaram os inimigos de Rozaine. — Arsène Lupin lhes fornecerá tantos quantos quiserem. Quanto ao ferimento, ele não o recebeu, ou então removeu os traços dele.

Quando lhes apresentavam a objeção de que, na hora do roubo, Rozaine passeava no convés, como ficou demonstrado, eles rebatiam:

— Um homem como Arsène Lupin precisa assistir ao roubo que comete?

Além do mais, apesar de qualquer outra consideração, havia um ponto sobre o qual até os mais céticos não podiam discordar. Quem, a não ser Rozaine, viajava sozinho, era loiro e tinha um nome que começava com R? A quem o telegrama apontava senão a Rozaine?

Quando Rozaine, alguns minutos antes do almoço, dirigiu-se de modo temerário ao nosso grupo, a srta. Nelly e *lady* Jerland levantaram-se e foram embora.

Era medo, realmente.

Uma hora mais tarde, uma circular manuscrita passava de mão em mão entre os comissários de bordo, os marujos e os passageiros de todas as classes. O sr. Louis Rozaine oferecia uma recompensa de dez mil francos a quem denunciasse Arsène Lupin ou a pessoa que estivesse de posse das pedras furtadas.

— Se ninguém me ajudar contra esse bandido — declarou Rozaine ao comandante —, eu mesmo vou resolver o problema.

Rozaine contra Arsène Lupin, ou melhor, segundo a expressão que corria de boca em boca, Arsène Lupin contra o próprio Arsène Lupin. A luta prometia ser interessante.

Ela se prolongou durante dois dias. Viram Rozaine andar de um lado para o outro, misturar-se ao pessoal, interrogar, vasculhar. À noite, notaram sua sombra rondando.

Já o comandante mostrou energia mais ativa. O *Provence* foi revistado de alto a baixo, em todos os cantos. Fizeram buscas em todos os camarotes, sem exceção, sob o pretexto muito justo de que os objetos estavam escondidos em qualquer lugar, menos no camarote do culpado.

— Acabarão descobrindo alguma coisa, não acha? — perguntou-me a srta. Nelly. — Por maior prestidigitador que ele seja, não pode fazer com que diamantes e pérolas se tornem invisíveis.

— Claro que não — respondi. — Ou então seria preciso examinar o forro dos nossos chapéus, a barra das nossas roupas e tudo o que carregamos conosco.

E, mostrando-lhe a minha Kodak 9 por 12, com a qual eu não me cansava de fotografá-la nas poses mais diversas, acrescentei:

— Não acha que haveria espaço para todas as pedras preciosas de *lady* Jeriand num aparelho não maior do que este? Basta fingir que se está tirando fotos, e ninguém desconfia de nada.

— No entanto, ouvi dizer que não existe ladrão que não deixe algum indício.

— Há um: Arsène Lupin.

— Por quê?

— Porque ele não pensa só no roubo que realiza, mas em todas as circunstâncias que poderiam denunciá-lo.

— No início, o senhor se mostrava mais confiante.

— Mas depois o vi em ação.

— E agora, o que acha?

— Em minha opinião, estão perdendo tempo.

Realmente, as investigações não deram nenhum resultado ou, pelo menos, o que aconteceu não correspondeu ao esforço geral: o relógio do comandante foi roubado.

Furioso, ele redobrou o empenho e vigiou Rozaine ainda mais de perto, realizando várias entrevistas. No dia seguinte, ironia agradável, o relógio foi encontrado entre os colarinhos postiços do subcomandante.

Tudo aquilo tinha aparência de prodígio e revelava o estilo humorístico de Arsène Lupin, ladrão, é verdade, mas também diletante.

Trabalhava por prazer e por vocação, certamente, mas também para se divertir. Dava a impressão do autor que se diverte com a peça que faz representar e nos bastidores ri sem dissimulação de seus ditos espirituosos e das situações que imaginou.

Certamente, era um artista em seu gênero e, quando eu observava Rozaine, melancólico e reservado, e pensava no papel duplo que esse personagem curioso desempenhava, sem dúvida não podia falar dele sem certa admiração.

Na penúltima noite, o oficial de guarda ouviu gemidos que provinham do lugar mais escuro do convés. Aproximou-se. Um homem estava estendido no solo, com a cabeça envolta num cachecol cinzento muito grosso e os punhos amarrados com uma pequena corda fina.

Desataram as mãos do homem, ajudaram-no a se levantar e cuidaram dele. Era Rozaine.

Rozaine fora atacado numa de suas expedições, derrubado e despojado do seu dinheiro. Um cartão de visita preso por um alfinete em sua roupa trazia estas palavras:

"Arsène Lupin aceita com gratidão os dez mil francos do sr. Rozaine."

Na realidade, a carteira roubada continha vinte notas de mil.

Naturalmente, acusaram o infeliz de ter simulado o ataque contra si mesmo. Mas, além da impossibilidade de que se amarrasse daquele jeito, foi comprovado que a letra do cartão era totalmente diferente da letra de Rozaine e, na verdade, se parecia extraordinariamente com a de Arsène Lupin, tal como reproduzia um jornal velho encontrado a bordo.

Assim, Rozaine não era mais Arsène Lupin. Rozaine era Rozaine, filho de um comerciante de Bordeaux. E a presença de Arsène Lupin manifestava-se outra vez, e por um ato mais alarmante.

Instalou-se o terror. Ninguém mais tinha coragem de permanecer sozinho no camarote nem de se aventurar sem companhia nos lugares mais afastados. Prudentemente, os passageiros agrupavam-se uns com os outros. E ainda uma desconfiança instintiva separava os mais íntimos. É que a ameaça não provinha de um indivíduo isolado e, por isso mesmo, menos perigoso.

Agora Arsène Lupin era... era todo mundo. Nossa imaginação vivamente excitada atribuía-lhe um poder milagroso e ilimitado. Supunha-se que era capaz de adotar os disfarces mais inesperados, de ser algumas vezes o respeitável major Rawson, outras vezes o nobre marquês de Raverdan ou mesmo este ou aquele homem conhecido de todos que viajava acompanhado pela mulher, pelos filhos e pelos empregados, pois ninguém mais se detinha na inicial acusadora do nome.

Os primeiros telegramas sem fio não trouxeram nenhuma novidade. Pelo menos o comandante não os comunicou, e esse silêncio não nos deixava tranquilos.

Por isso, o último dia de viagem pareceu interminável. Vivíamos na expectativa ansiosa de uma desgraça. Desta vez não seria mais um roubo nem uma simples agressão. Seria um crime, um assassinato. Ninguém admitia que Arsène Lupin se limitasse a esses dois furtos insignificantes. Senhor absoluto do navio, com as autoridades reduzidas à impotência, ele poderia fazer o que quisesse, tudo lhe era permitido, ele dispunha dos bens e das existências.

Horas deliciosas para mim, confesso, pois me valeram a confiança da srta. Nelly. Impressionada com tantos acontecimentos e por sua natureza já inquieta, ela procurou espontaneamente proteção ao meu lado, uma segurança que tive a felicidade de lhe oferecer.

No íntimo, eu bendizia Arsène Lupin. Não era ele quem nos aproximava? Não era graças a ele que eu tinha o direito de me abandonar aos sonhos mais belos? Sonhos de amor e sonhos menos utópicos, por que não confessar? Os Andrésy são de uma família de boa cepa de Poitiers, mas o seu brasão está um pouco sem lustre, e não me parecia indigno de um gentil-homem pensar em restituir ao seu nome o brilho perdido.

Esses sonhos, eu sentia, não aborreciam Nelly. Seus olhos sorridentes me autorizavam a mantê-los. A suavidade da sua voz me dizia que esperasse.

Até o último momento, apoiados na amurada, permanecemos um ao lado do outro, enquanto a linha da costa dos Estados Unidos parecia movimentar-se à nossa frente.

As investigações haviam sido interrompidas. Vivíamos em compasso de espera. Da primeira classe à entreponte, onde os emigrantes formigavam, era aguardado o momento supremo em que finalmente o enigma intrincado encontraria explicação. Quem era Arsène Lupin? Atrás de que nome, de que disfarce, o famoso Arsène Lupin se escondia?

Esse momento supremo chegou. Mesmo que eu vivesse cem anos, eu não esqueceria o menor detalhe.

— Como está pálida, srta. Nelly — disse eu à minha companheira, que se apoiava no meu braço, abatida.

— E o senhor! — respondeu-me. — Ah, está tão mudado!

— Imagine! Este momento é emocionante e me sinto tão feliz por vivê-lo ao seu lado, srta. Nelly. Parece-me que sua memória se demorará às vezes...

Ela não escutava, ofegante e febril. A prancha de desembarque foi baixada. Mas, antes que obtivéssemos autorização para cruzá-la, um grupo de pessoas subiu a bordo: homens de uniforme, aduaneiros e carregadores.

A srta. Nelly balbuciou:

— Não ficarei surpresa se descobrirem que Arsène Lupin escapou do navio durante a travessia.

— Ele talvez tenha preferido a morte à desonra e se atirou no Atlântico para não ser preso.

— Não ria — disse ela, contrariada.

De repente estremeci e, como ela me perguntasse o motivo, eu lhe disse:

— Está vendo aquele homenzinho velho de pé na extremidade da prancha?

— Com guarda-chuva e sobrecasaca verde-oliva?

— É Ganimard.

— Ganimard?

— Sim, o policial famoso que jurou prender Arsène Lupin com suas próprias mãos. Ah, agora compreendo por que não recebemos nenhuma notícia deste lado do oceano. Ganimard estava aqui e não gosta que ninguém se intrometa em seus pequenos assuntos.

— Então Arsène Lupin pode ter certeza de que será preso.

— Quem pode dizer? Ao que parece, Ganimard nunca o viu, a não ser com o rosto maquiado e usando disfarce. A menos que ele saiba o seu nome falso.

— Ah! — exclamou ela, com a curiosidade um tanto cruel da mulher — se eu pudesse assistir à prisão!

— Vamos esperar. Arsène Lupin certamente já observou a presença de seu inimigo. Preferirá sair entre os últimos, quando os olhos do velho estiverem cansados.

O desembarque começou. Apoiado no seu guarda-chuva, com expressão de indiferença, Ganimard não parecia prestar atenção na multidão que se espremia entre as duas balaustradas. Notei que um oficial de bordo, postado atrás dele, passava-lhe informações de tempos em tempos.

O marquês de Raverdan, o major Rawson, o italiano Rivolta deixaram o navio, e outros, muitos outros. Então notei que Rozaine se aproximava.

Pobre Rozaine! Não parecia restabelecido de seus percalços.

— Talvez seja ele, realmente — disse a srta. Nelly. — O que acha?

— Acho que seria muito interessante ter na mesma fotografia Ganimard e Rozaine. Pegue a minha máquina. Estou carregando muitas coisas.

Dei-lhe a câmara, porém tarde demais para que a usasse. Rozaine passava. O oficial inclinou-se ao ouvido de Ganimard, este ergueu ligeiramente os ombros, e Rozaine seguiu adiante.

Mas então, meu Deus, quem seria Arsène Lupin?

— Sim — comentou ela, em voz alta —, quem será?

Já não havia mais de vinte pessoas a bordo. Ela as observava uma por uma com o temor confuso de que *ele* não estivesse entre aquelas vinte pessoas.

— Não podemos esperar mais — disse eu.

Ela se pôs a andar e fui atrás. Não tínhamos dado dez passos quando Ganimard nos barrou a passagem.

— Bem, o que é? — exclamei.

— Um instante, senhor. Por que tanta pressa?

— Estou acompanhando a senhorita.

— Um instante — repetiu ele com voz mais imperiosa.

Ganimard fitou profundamente os meus olhos e depois me disse:

— Arsène Lupin, não é?

Pus-me a rir.

— Não, sou Bernard d'Andrésy, simplesmente.

— Bernard d'Andrésy morreu há três anos na Macedônia.

— Se Bernard d'Andrésy morreu, eu não estaria mais neste mundo. Está enganado. Aqui estão os meus documentos.

— São os dele. Como está com eles é o que terei o prazer de explicar-lhe.

— Está maluco! — exclamei. — Arsène Lupin embarcou com o nome de R.

— Sim, mais um truque seu, uma pista falsa para enganá-los no navio. Ah, joga muito bem, meu rapaz. Mas desta vez a sorte virou. Vamos, Lupin, mostre que é bom jogador.

Hesitei um segundo. Ele deu uma pancada seca no meu antebraço direito. Soltei um grito de dor. Ele bateu no ferimento ainda mal curado a que o telegrama se referia.

Paciência! Fui obrigado a resignar-me. Voltei-me para a srta. Nelly. Ela ouvia, lívida, vacilante.

Seu olhar encontrou-se com o meu, depois baixou para a câmara que eu lhe entregara. Fez um gesto brusco e tive a impressão, tive a certeza de que compreendeu de repente. Sim, era ali, entre as paredes estreitas de couro preto, dentro do pequeno objeto que eu tivera a precaução de depositar em suas mãos antes que Ganimard me prendesse. Era ali que se encontravam os vinte mil francos de Rozaine, as pérolas e os diamantes de *lady* Jerland.

Ah, juro, nesse momento solene, enquanto Ganimard e dois de seus auxiliares me cercavam, tudo era indiferente para mim, a minha prisão, a hostilidade das pessoas, tudo, menos isto: a resolução que a srta. Nelly iria tomar em relação ao que eu lhe havia confiado.

Eu seria traído por ela? Entregue por ela? Ela agiria como inimiga que não perdoa ou como mulher que se lembra e cujo desprezo se abranda com um pouco de indulgência, um pouco de simpatia involuntária?

Ela passou na minha frente. Cumprimentei-a bem baixinho, sem uma palavra. Misturada aos outros passageiros, dirigiu-se para a prancha de desembarque com a minha máquina fotográfica na mão.

Ocorreu-me que ela não se atreveria a me expor em público, mas a entregaria, num instante, num lugar mais discreto.

Entretanto, ao chegar ao meio da prancha, com um movimento simulado de falta de habilidade, deixou a câmara cair na água, entre a beira do cais e o costado do navio.

Depois a vi afastar-se. Sua bela silhueta perdeu-se na multidão, apareceu-me de novo e desapareceu. Tudo havia terminado, terminado para sempre.

Por um instante permaneci imóvel, triste e, ao mesmo tempo, invadido por uma doce ternura. Depois suspirei, para grande espanto de Ganimard.

— É uma pena que eu não seja um homem honesto — murmurei.

Foi assim que, numa noite de inverno, Arsène Lupin contou-me a história da sua prisão. Vários incidentes, os quais relatarei algum dia, criaram entre nós laços… direi... de amizade? Sim, arrisco-me a acreditar que Arsène Lupin me honra com sua amizade e, por amizade, vem às vezes de improviso à minha casa, trazendo ao silêncio do meu gabinete de trabalho a sua exuberância juvenil, a radiância da sua vida fulgurante, o seu bom humor de homem para quem o destino só tem favores e sorrisos.

O seu retrato? Como posso descrevê-lo? Já vi Arsène Lupin vinte vezes, e cada vez era uma pessoa diferente, ou melhor, a mesma pessoa da qual vinte espelhos me refletiriam tantas outras imagens distorcidas, cada uma com seus olhos particulares, sua forma especial de rosto, seu gesto próprio, sua silhueta e seu temperamento.

— Eu mesmo — disse-me — já não sei bem quem sou. Não consigo mais me reconhecer no espelho.

Gracejo, certamente, e paradoxo, mas verdade para aqueles que o encontram e ignoram seus recursos infinitos, sua paciência, sua arte para maquiar-se, sua faculdade prodigiosa para transformar até as proporções do rosto e alterar a relação de seus traços entre si.

— Por que — disse ele ainda — eu teria uma aparência definida? Por que não evitar o perigo de uma personalidade sempre idêntica? As minhas ações são suficientes para me identificar.

E, com uma ponta de orgulho, acrescentou:

— Tanto melhor se ninguém puder dizer com certeza: "Este é Arsène Lupin". O essencial é que digam, sem medo de errar: "Arsène Lupin fez isto".

São alguns desses atos, algumas dessas aventuras, que tento restabelecer, segundo as confidências com que ele teve a gentileza de me privilegiar, em certas noites de inverno, no silêncio do meu gabinete de trabalho.

❖

Arsène Lupin na prisão

Não há turista digno desse nome que não conheça as margens do Sena e não tenha observado, caminhando das ruínas de Jumièges às de Saint-Wandrille, o estranho e pequeno castelo feudal do Malaquis, situado com tanto orgulho sobre uma rocha, no meio do rio. Uma ponte em arco o liga à estrada. A base de suas torrezinhas sombrias confunde-se com o granito que as suporta, um bloco enorme que se desprendeu não se sabe de que montanha e foi arremessado ali por uma convulsão formidável. Em toda a sua volta, as águas calmas do grande rio brincam entre os juncos, e as lavandeiras esvoaçam sobre a crista úmida das pedras.

A história do Malaquis é rude como o seu nome, sinistra como a sua silhueta. Não houve ali senão combates, cercos, ataques, rapinas e massacres. Nos serões na comuna de Caux relembram-se com arrepios dos crimes que ali foram cometidos. Contam-se lendas misteriosas. Fala-se do subterrâneo famoso que conduzia outrora à abadia de Jumièges e à mansão de Agnès Sorel, a bela amante de Carlos VII.

Nesse antigo refúgio de heróis e salteadores mora o barão Nathan Cahorn, o barão Satã, como o chamavam em outros tempos na Bolsa, onde ele enriqueceu com uma rapidez incrível. Os senhores do Malaquis, arruinados, foram obrigados a vender-lhe, por uma quantia irrisória, a morada de seus antepassados. Ali ele instalou suas coleções admiráveis de móveis e quadros, de produtos de cerâmica e esculturas de madeira. Ali, ele vive sozinho, com três velhos empregados. Ali ninguém entra jamais. Ninguém jamais contemplou na decoração daquelas salas antigas os três Rubens[1] que ele possui, os dois Watteau,[2] o púlpito de Jean Goujon[3] e tantas outras maravilhas arrancadas com lances de notas de banco aos mais ricos clientes habituais dos leilões públicos.

O barão Satã tem medo. Tem medo não por si mesmo, mas por causa dos tesouros acumulados com uma paixão persistente e a perspicácia de um aficionado que os comerciantes mais espertos não podem gabar-se de haver induzido ao erro. Ama seus tesouros. Ama-os intensamente, como um avaro; com ciúmes, como um apaixonado.

Cada dia, ao pôr do sol, os quatro portões de ferro forjado que dominam as duas extremidades da ponte e a entrada do pátio principal são fechadas e trancadas. Ao menor choque, campainhas elétricas vibrariam no silêncio. Do lado do Sena, não há nada a temer: o rochedo se ergue verticalmente.

Numa sexta-feira de setembro, o carteiro apresentou-se como de costume à entrada da ponte. E, como sempre, foi o próprio barão que entreabriu o batente pesado.

Examinou o homem tão minuciosamente como se não o conhecesse havia anos, com o rosto alegre e os olhos maliciosos de camponês. O homem lhe disse, rindo:

— Sou eu, o mesmo de sempre, senhor barão. Não sou outro homem usando a minha blusa e o meu boné.

— Nunca se sabe — murmurou Cahorn.

O carteiro entregou-lhe uma pilha de jornais. Depois acrescentou:

— E agora há novidade, senhor barão.

— Novidade?

— Uma carta... e registrada, ainda por cima.

Vivendo recluso, sem amigos e sem ninguém que se interessasse por ele, o barão nunca recebia cartas, e isso logo lhe pareceu um

---

[1] Peter Paul Rubens (1577 – 1640) foi um pintor barroco da escola flamenga. Autor de cerca de três mil quadros, pinturas admiráveis pela imaginação fecunda, pela energia do desenho, pelo vigor e pelo brilho das cores.

[2] Jean-Antoine Watteau (1684 – 1721), pintor francês, foi um dos primeiros representantes do estilo rococó inspirado na *commedia dell'Arte*, uma forma de teatro popular improvisado. Seus temas foram preferencialmente os assuntos campestres e as festas galantes.

[3] Jean Goujon (aproximadamente 1510 – entre 1564 e 1569) foi escultor e arquiteto, um dos mais importantes da Renascença francesa. Autor de baixos-relevos notáveis.

acontecimento de mau agouro que lhe dava motivo para inquietar-se. Quem seria o remetente misterioso que se atrevia a perturbar a tranquilidade do seu retiro?

— É preciso assinar, senhor barão.

Ele assinou vociferando. Em seguida pegou a carta, esperou que o carteiro desaparecesse na curva da estrada e, depois de dar alguns passos de um lado para o outro, apoiou-se no parapeito da ponte e rasgou o envelope. Continha uma folha de papel quadriculado com este cabeçalho manuscrito: Prisão da Santé,[4] Paris. Olhou a assinatura: Arsène Lupin. Perplexo, leu:

"Senhor barão,

Há na galeria que une seus dois salões um quadro de Philippe de Champaigne de excelente feitura e que me agrada imensamente. Seus Rubens também são do meu agrado, assim como o seu Watteau menor. No salão da direita, noto a credência Luís XIII, as tapeçarias de Beauvais, o velador estilo Império assinado por Jacob e o baú Renascença. No da esquerda, toda a vitrina das joias e das miniaturas.

Desta vez me contentarei com esses objetos, que serão, creio eu, fáceis de transportar. Peço-lhe, portanto, que os faça embalar de forma conveniente e os expeça em meu nome, com porte pago, na estação de Batignolles, no prazo de oito dias. Caso contrário, eu mesmo farei proceder à sua remoção na noite de quarta-feira, dia 27, para quinta, dia 28 de setembro. E, naturalmente, não me contentarei com os objetos mencionados acima.

Desculpe o pequeno incômodo que lhe causo e aceite a expressão de meus sentimentos de consideração respeitosa.

Arsène Lupin.

P.S.: Sobretudo, não me envie o Watteau maior. Embora tenha pagado por ele trinta mil francos na sala de leilões, é apenas uma

---

[4] A prisão da Santé está localizada num bairro residencial do 14º distrito de Paris, na França. Foi construída em 1867 e é hoje o único presídio na capital francesa. Possui uma ala VIP, na qual ficaram detentos famosos como Carlos, o Chacal, Jean Genet, Bernard Tapie, Manuel Noriega e muitas outras personagens ilustres. Até 1939, cerca de quarenta detentos foram decapitados com a guilhotina na frente da prisão. A pena de morte só foi abolida na França em 1981.

cópia, pois o original foi queimado por Barras[5] nos tempos do Diretório,[6] numa noite de orgia. Consulte as *Memórias* inéditas de Garat.[7] Também não me interessa a corrente de relógio Luís XV, cuja autenticidade me parece duvidosa."

A carta deixou o barão Cahorn transtornado. Assinada por qualquer outro, já o teria assustado consideravelmente, mas com a assinatura de Arsène Lupin!

Como leitor habitual de jornais, estava a par de tudo o que ocorria no mundo em matéria de roubos e crimes e não ignorava nenhuma das façanhas do ladrão infernal. Por certo sabia que Lupin, preso nos Estados Unidos por seu inimigo Ganimard, encontrava-se realmente na cadeia, e seu processo estava tramitando com muita dificuldade. Mas também sabia que dele se podia esperar tudo. Aliás, o conhecimento exato do castelo, da disposição dos quadros e dos móveis constituía um indício dos mais temíveis. Quem lhe havia informado sobre coisas que ninguém nunca vira?

O barão ergueu os olhos e contemplou os contornos de difícil acesso do Malaquis, seu pedestal abrupto, a água profunda que o rodeia, e deu de ombros. Não, decididamente não havia perigo. Ninguém no mundo poderia penetrar no santuário inviolável de suas coleções.

Ninguém vá lá, mas Arsène Lupin? Para Arsène Lupin haveria portas, pontes levadiças, muralhas? Para que serviam os obstáculos

---

[5] Paul François Jean Nicolas, visconde de Barras (1755 – 1829), foi um nobre e político francês. Deputado da Convenção durante a Revolução Francesa, votou a favor da morte de Luís XVI. Tornou-se um dos principais líderes do Diretório que governou o país no período de 1795 a 1799. Passou à História como personagem corrupto, corruptor e homem de costumes dissolutos.

[6] O Diretório foi a última fase da Revolução Francesa. Começou com o golpe de Estado de 28 de julho de 1794 e se consolidou com a Constituição de 1795, que estabeleceu um novo regime político. Pôs fim ao Terror de Robespierre e produziu um retorno a posições mais conservadoras. Foi dissolvido em 9 de novembro de 1799 por Napoleão Bonaparte, que se fez nomear primeiro cônsul e depois ser proclamado imperador em 1804.

[7] Dominque Joseph Garat (1749 – 1833), advogado, jornalista e político francês, substituiu Danton como ministro da Justiça. Notificou Luís XVI da sentença de morte. Escreveu memórias históricas sobre os principais personagens da Revolução Francesa.

mais bem imaginados, as precauções mais cuidadosas, se Arsène Lupin decide atingir um objetivo?

Naquela mesma noite escreveu ao procurador da República em Rouen. Enviava a carta de ameaças e pedia ajuda e proteção.

A resposta não tardou a chegar: como o referido Arsène Lupin estava no momento sob custódia na Santé, vigiado de perto e na impossibilidade de escrever, a carta só podia ser obra de um mistificador. Tudo o demonstrava, a lógica e o bom-senso, assim como a realidade dos fatos. Todavia, e por excesso de precaução, a carta foi entregue a um grafologista, e o perito declarou que, apesar de certas semelhanças, a letra não era do detento.

"Apesar de certas semelhanças." O barão reteve apenas essas quatro palavras assustadoras, nas quais via a confissão de uma dúvida que, por si só, seria suficiente para que a Justiça interviesse. Seus temores se agravaram. Não parava de reler a carta. "Eu mesmo farei proceder a sua remoção." E na data precisa: a noite de quarta-feira, dia 27, para quinta, 28 de setembro.

Cheio de suspeitas e taciturno, o barão não ousou confiar a ameaça a seus empregados, pois a lealdade deles não lhe parecia a toda prova. Contudo, pela primeira vez em muitos anos sentia a necessidade de falar, de pedir conselho. Abandonado pela Justiça do seu país, não esperava mais se defender com seus próprios recursos e esteve na iminência de ir a Paris e implorar a ajuda de algum policial experiente.

Dois dias se passaram. No terceiro, ao ler os jornais, pulou de alegria. O *Réveil de Caudebec* publicava a seguinte notícia:

> "Temos a satisfação de contar, há quase três semanas, com a presença em nossa cidade do inspetor Ganimard, um dos veteranos do serviço da Sûreté. O sr. Ganimard, para quem a prisão de Arsène Lupin, a sua proeza mais recente, conquistou fama em toda a Europa, descansa de suas tarefas fatigantes pescando o cadoz e a tainha em nossos rios."

Ganimard era o auxiliar que o barão Cahorn procurava. Quem melhor que o astuto e paciente Ganimard para frustrar os projetos de Lupin?

O barão não hesitou. Seis quilômetros separavam o castelo da pequena cidade de Caudebec. Percorreu-os com passo alegre, como homem animado pela esperança de salvação.

Depois de várias tentativas infrutíferas de descobrir o endereço do inspetor principal, o barão visitou a redação do *Réveil*, situada no meio do cais. Ali encontrou o redator do tópico, que, aproximando-se da janela, exclamou:

— Ganimard? Pode estar certo de que o encontrará em algum lugar no cais, com a vara de pescar na mão. Foi ali que o conheci e li por acaso seu nome gravado no caniço. Veja, é o velhinho que se vê do outro lado, debaixo das árvores do passeio.

— De casaco e chapéu de palha?

— Exatamente. Ah, é um sujeito esquisito, que não gosta de conversar e anda sempre mal-humorado.

Cinco minutos mais tarde, o barão aproximava-se do famoso Ganimard, apresentava-se e tentava iniciar uma conversa. Não conseguiu. Então entrou francamente no assunto e expôs o seu caso.

O outro ouviu, imóvel, sem perder de vista o peixe que espreitava. Depois virou o rosto para ele, mediu-o da cabeça aos pés com ar de piedade profunda e pronunciou:

— Senhor, não é hábito avisar as pessoas de que se quer despojá-las. Arsène Lupin, em especial, não comete tolices desse tipo.

— No entanto...

— Senhor, se eu tivesse a menor dúvida, acredite que o prazer de botar outra vez as mãos no caro Lupin seria maior que qualquer outra consideração. Lamentavelmente, esse rapaz está atrás das grades.

— E se ele escapar?

— Ninguém foge da Santé.[8]

— Mas ele...

— Nem ele nem nenhum outro.

— No entanto...

— Bem, se ele escapar, tanto melhor. Eu o pegarei de novo. Enquanto isso, durma sossegado e não assuste mais esta tainha.

A conversa estava encerrada. O barão voltou para casa, um pouco mais tranquilo com a despreocupação de Ganimard. Verificou as fechaduras, investigou secretamente os empregados, e quarenta e oito horas se passaram, durante as quais quase chegou a se convencer de que, no fim das contas, seus temores eram infundados. Não,

---

[8] Em toda a sua história, só duas evasões ocorreram da prisão da Santé. Em 8 de maio de 1978, fugiram Jacques Mesrine, François Besse e Carman Rives. Em maio de 1986, Michel Vaujour escapou num helicóptero pilotado por sua mulher, Nadine.

decididamente, como Ganimard havia dito, nenhum ladrão avisa as pessoas de que quer despojá-las.

A data fatídica se aproximava. Na manhã de terça-feira, véspera do dia 27, nada de anormal. Mas, às três da tarde, um menino tocou a campainha. Trazia um telegrama.

"Nenhum pacote na estação de Batignolles. Prepare tudo para amanhã à noite. Arsène."

De novo o pânico, a tal ponto que o barão se perguntou se não seria melhor ceder às exigências de Arsène Lupin.

Correu a Caudebec. Ganimard pescava no mesmo lugar, sentado numa cadeira dobrável. Sem uma palavra, estendeu-lhe o telegrama.

— E daí? — indagou o inspetor.

— Daí que é para amanhã!

— O quê?

— O roubo! O saque das minhas coleções!

Ganimard depositou a vara de pescar na cadeira, virou-se para ele e, com os braços cruzados no peito, exclamou em tom de impaciência:

— Ah, o senhor acha que vou perder o meu tempo com uma história tão esdrúxula?

— Quanto quer para passar no castelo a noite de 27 para 28 de setembro?

— Nem um tostão, e me deixe em paz.

— Fixe o seu preço. Sou rico, extremamente rico.

A brutalidade da oferta desconcertou Ganimard, que respondeu mais calmo:

— Estou aqui de férias e não tenho o direito de me intrometer...

— Ninguém vai saber. Aconteça o que acontecer, comprometo-me a ficar em silêncio.

— Ah, não vai acontecer nada.

— Então vejamos. Três mil francos são suficientes?

O inspetor fungou uma pitada de rapé, refletiu e acabou cedendo.

— Está bem. Mas devo declarar-lhe com franqueza que é dinheiro jogado pela janela.

— Não faz diferença.

— Neste caso... Afinal, nunca se sabe com esse demônio de Lupin. Ele deve ter um bando inteiro às suas ordens. O senhor pode confiar em seus empregados?

— Na verdade...

— Então não contemos com eles. Vou telegrafar para dois amigos meus, que nos darão maior segurança. E agora dê o fora, para que ninguém nos veja juntos. Até amanhã, às nove horas.

No dia seguinte, data fixada por Arsène Lupin, o barão Cahorn tirou da parede sua panóplia, preparou suas armas e deu uma volta pelas imediações do Malaquis. Nada de suspeito chamou a sua atenção.

À noite, às oito e meia, dispensou os empregados. Eles ocupavam uma ala de frente para a estrada, mas um pouco retirada e num extremo do castelo. Assim que ficou só, abriu silenciosamente as quatro portas. Pouco tempo depois, ouviu passos se aproximando.

Ganimard apresentou seus dois auxiliares, rapazes altos e corpulentos, com pescoço de touro e mãos fortes, e depois pediu algumas explicações. Tendo examinado a disposição dos lugares, fechou cuidadosamente e bloqueou todas as saídas por onde se poderia ter acesso às salas ameaçadas. Inspecionou as paredes, levantou os tapetes e, por fim, instalou seus agentes na galeria central.

— Nada de tolices, hein? Não viemos aqui para dormir. Ao menor alerta, abram as janelas do pátio e me chamem. Atenção também para o lado da água. Dez metros de penhasco perpendicular não amedrontam demônios do seu calibre.

Trancou-os, levou as chaves e disse ao barão:

— E agora ao nosso posto.

Havia escolhido, para passar a noite, um pequeno aposento localizado no paredão externo, entre as duas portas principais, que fora, no passado, o reduto da sentinela. Uma pequena janela se abria para a ponte e outra para o pátio. Num canto era possível ver algo parecido com o orifício de um poço.

— O senhor me disse, senhor barão, que esse poço era a única entrada dos subterrâneos e que ele está fechado desde tempos antigos.

— Sim.

— Portanto, a menos que haja outra saída ignorada por todos, menos por Arsène Lupin, o que parece um pouco problemático, estamos tranquilos.

Alinhou três cadeiras, estendeu-se confortavelmente, acendeu o cachimbo e suspirou.

— Realmente, senhor barão, preciso ter uma vontade enorme de acrescentar um andar à casinha onde devo terminar os meus dias para aceitar uma tarefa tão elementar. Contarei a história ao amigo Lupin, e ele vai morrer de rir.

O barão não ria. Ouvidos atentos, interrogava o silêncio da noite com inquietação crescente. De tempos em tempos se inclinava sobre o poço e lançava um olhar ansioso no buraco aberto.

Ouviu o relógio bater onze horas, meia-noite, uma hora.

De repente, agarrou o braço de Ganimard, que acordou assustado.

— Ouviu?

— Sim.

— O que é isso?

— Sou eu roncando.

— Não, não é isso. Escute.

— Ah, perfeitamente. É a buzina de um automóvel.

— Então?

— Bem, é pouco provável que Lupin use um automóvel como aríete para derrubar o castelo. Por isso, senhor barão, em seu lugar eu dormiria, como vou ter a honra de fazer de novo. Boa noite.

Foi o único alerta. Ganimard pôde retomar o sono interrompido, e o barão não ouviu mais nada, a não ser o ressonar sonoro e regular do inspetor.

Ao amanhecer, saíram de sua cela. Uma grande paz serena — a paz da manhã à beira da água fresca — envolvia o castelo. Cahorn, radiante de alegria, e Ganimard, sempre tranquilo, subiram a escada. Nenhum ruído. Nada de suspeito.

— O que eu lhe disse, senhor barão? No fundo, eu não deveria ter aceitado. Estou com vergonha.

Pegou as chaves e entrou na galeria. Nas cadeiras, curvados, com os braços pendentes, os dois agentes dormiam.

— Com mil demônios! — grunhiu o inspetor.

No mesmo instante, o barão soltou um grito.

— Os quadros! A credência!

Balbuciava, engasgava, com a mão estendida para os lugares vazios, para as paredes nuas onde os pregos se destacavam e as cordas inúteis pendiam. O Watteau, desaparecido! Os Rubens, levados! As tapeçarias, retiradas! As vitrinas, sem as joias!

— E os meus candelabros Luís XVI! E o castiçal do Regente e a minha Virgem do século XII!

Corria de um lugar para outro, esbaforido, desesperado. Lembrava os preços que pagara pelas obras e pelos objetos, somava as perdas sofridas, acumulava números, tudo isso de maneira estabanada, com palavras que mal se distinguiam, com frases inacabadas. Batia com os pés, tremia, louco de raiva e de dor. Procedia como homem arruinado a quem não resta outra alternativa senão dar um tiro nos miolos.

Se alguma coisa pudesse consolá-lo, seria ver o estupor de Ganimard. Ao contrário do barão, o inspetor não se mexia. Parecia petrificado e, com um olhar vago, examinava as coisas. As janelas? Fechadas. As fechaduras das portas? Intactas. Nenhuma abertura no teto. Nenhum buraco no soalho. Tudo estava em perfeita ordem. O roubo havia sido realizado metodicamente, de acordo com um plano lógico e inexorável.

— Arsène Lupin... Arsène Lupin... — murmurou, arrasado.

De repente, como se a cólera, enfim, o animasse, saltou sobre os dois agentes, sacudiu-os furiosamente e os xingou. Eles não despertaram.

— Diabo! — exclamou. — Será que por acaso...?

Debruçou-se sobre eles e os observou com atenção. Dormiam, mas um sono que não era natural.

— Foram drogados — disse ao barão.

— Por quem?

— Por ele, claro, ou por seu bando, mas sob a direção dele. É um golpe ao seu estilo. Tem a marca dele.

— Nesse caso, estou perdido. Não há nada a fazer.

— Nada a fazer — concordou Ganimard.

— Mas é abominável, monstruoso.

— Apresente uma queixa.

— De que adianta?

— Ora essa! Tente sempre. A Justiça tem recursos.

— A Justiça! O senhor vê por si mesmo e, neste momento, em que poderia procurar um indício, descobrir alguma coisa, nem sequer se mexe.

— Descobrir alguma coisa com Arsène Lupin! Meu caro senhor, Arsène Lupin nunca deixa pista. Com Arsène Lupin não há acaso. Fico a me perguntar se não foi de propósito que se deixou prender por mim, na América do Norte.

— Então devo desistir de meus quadros, de tudo? Ele roubou as pérolas da minha coleção. Eu daria uma fortuna para recuperá-las. Se não é possível fazer nada contra ele, que diga o preço.

Ganimard olhou para ele fixamente.

— Essas são palavras sensatas. Não vai retirá-las?

— Não, não, não. Por quê?

— Uma ideia que me ocorreu.

— Que ideia?

— Voltaremos a conversar sobre o assunto se a investigação não der resultado. Mas não diga uma só palavra sobre mim se quiser que eu seja bem-sucedido.

E logo acrescentou, resmungando:

— Na verdade, não tenho nada de que me vangloriar.

Os dois agentes iam recuperando os sentidos aos poucos, com o ar idiota de quem sai de um sono hipnótico. Abriam os olhos espantados e tentavam compreender. Quando Ganimard os interrogou, não se lembravam de nada.

— No entanto, devem ter visto alguém.

— Não.

— Não se lembram de nada?

— Não, não.

— Beberam alguma coisa?

Refletiram por um instante, e um deles respondeu:

— Sim, eu bebi um pouco de água.

— Água desta garrafa?

— Sim.

— Eu também — declarou o segundo.

Ganimard a cheirou e provou. Ela não tinha nenhum gosto especial, nenhum cheiro.

— Vamos — disse —, estamos perdendo nosso tempo. Não será em cinco minutos que se resolverão os problemas criados por Arsène Lupin. Mas, com os demônios, juro que o apanharei outra vez. Ele ganha a segunda partida. A negra é minha.

No mesmo dia, uma queixa de roubo qualificado era apresentada pelo barão Cahorn contra Arsène Lupin, preso na Santé.

Essa queixa foi lamentada muitas vezes pelo barão, quando viu o Malaquis entregue aos policiais, ao procurador, ao juiz de instrução, aos jornalistas e a todos os curiosos que se insinuam em toda parte onde não deveriam estar.

O caso logo apaixonou a opinião pública. Além de ocorrer em circunstâncias excepcionais, o nome de Arsène Lupin excitava tanto as imaginações, que as histórias mais fantasiosas enchiam as colunas dos jornais e eram aceitas como verdadeiras pelo público.

Mas a carta inicial de Arsène Lupin, que o *Écho de France* publicou sem que ninguém soubesse como o jornal obtivera o texto, a carta na qual o barão Cahorn era insolentemente prevenido do que o ameaçava, causou uma comoção enorme. Explicações fabulosas surgiram sem demora. Alguns lembraram a existência dos subterrâneos famosos no castelo. E a Justiça, influenciada, desenvolveu as investigações nesse sentido.

O castelo foi vasculhado de alto a baixo. Interrogaram cada uma das pedras. Estudaram os revestimentos de madeira e as chaminés, os caixilhos das vidraças e as vigas dos tetos. À luz de tochas, examinaram os porões enormes, onde os antigos senhores do Malaquis armazenavam munições e provisões. Sondaram as entranhas do rochedo. Inutilmente. Não se descobriu o menor vestígio de subterrâneo. Não havia passagem secreta.

"De acordo" — afirmava-se por todos os lados. Mas móveis e quadros não somem como fantasmas. Entram e saem por portas e janelas. E as pessoas que os roubaram também entraram e saíram por portas e janelas. Quem eram essas pessoas? Como penetraram no castelo? E como o deixaram?

A polícia de Rouen, convencida da sua impotência, solicitou a ajuda da força policial de Paris. O sr. Dudouis, chefe da Sûreté, enviou os melhores detetives da brigada de ferro. Ele mesmo passou quarenta e oito horas no Malaquis, sem sucesso.

Foi então que decidiu enviar o inspetor Ganimard, cujos serviços tivera oportunidade muitas vezes de apreciar.

Ganimard ouviu em silêncio as instruções do superior. Depois, abanando a cabeça, declarou:

— Acho que seguem caminho falso ao teimarem em revistar o castelo. A solução está em outro lugar.

— Onde?

— Com Arsène Lupin.

— Com Arsène Lupin! Supor isso é admitir a sua intervenção.

— Eu a admito. Muito mais, considero-a certa.

— Ora vamos, Ganimard, isso é absurdo. Arsène Lupin está na prisão.

— Arsène Lupin está na prisão, reconheço. É vigiado de perto, concordo. Mas, mesmo que tivesse correntes nos pés, cordas nos pulsos e mordaça na boca, eu não mudaria de opinião.

— E por que essa obstinação?

— Porque só Arsène Lupin é capaz de imaginar uma trama dessa envergadura e imaginá-la de modo a ser bem-sucedido... como de fato foi.

— Palavras, Ganimard!

— Que são realidades. É inútil sair por aí procurando subterrâneos, pedras que giram sobre um eixo e outras tolices desse tipo. Nosso indivíduo não emprega métodos tão antiquados. Ele é um homem de hoje, ou melhor, de amanhã.

— E qual é a sua conclusão?

— Concluo pedindo-lhe francamente autorização para passar uma hora com ele.

— Na sua cela?

— Sim. No retorno dos Estados Unidos mantivemos relações excelentes durante a travessia, e me arrisco a dizer que ele tem certa simpatia por aquele que conseguiu prendê-lo. Se ele puder me informar sem se comprometer, não hesitará em me evitar uma viagem inútil.

Era pouco mais de meio-dia quando Ganimard foi introduzido na cela de Arsène Lupin. Este, deitado na cama, levantou a cabeça e soltou um grito de alegria.

— Ah, é uma verdadeira surpresa. O meu caro Ganimard aqui!

— Ele mesmo.

— Eu desejava muitas coisas no retiro que escolhi, mas o meu maior desejo era recebê-lo aqui.

— É muita amabilidade da sua parte.

— Não, não. Dedico a mais alta consideração a você.

— Orgulho-me disso.

— Eu sempre afirmei que Ganimard é o nosso melhor detetive. Vale quase tanto — veja como sou franco — vale quase tanto quanto Sherlock Holmes. Mas, na verdade, peço-lhe desculpas por ter só este banco para oferecer-lhe. E nem um refresco. Nem um copo de cerveja. Desculpe-me, mas estou aqui de passagem.

Ganimard sentou-se sorrindo, e o preso prosseguiu, feliz por conversar.

— Meu Deus, como estou contente de pousar os olhos no rosto de um homem honrado! Estou cansado de todos esses rostos de espiões e delatores que passam dez vezes por dia em revista meus bolsos e minha cela modesta, para certificar-se de que não estou preparando uma fuga. Com os diabos, como o governo se interessa por mim!

— E tem razão.

— Por quê? Eu me sentiria tão feliz se me deixassem viver no meu cantinho.

— Com o dinheiro dos outros.

— Não é? Seria tão simples. Mas estou divagando, dizendo bobagens, e você talvez esteja com pressa. Vamos ao ponto, Ganimard. A que devo a honra de sua visita?

— Ao caso Cahorn — declarou Ganimard, sem rodeios.

— Espere aí! Um momento. É que tenho muitos casos. Deixe-me encontrar primeiro em meu cérebro o registro do caso Cahorn. Ah, aqui está, já o encontrei. Caso Cahorn, castelo do Malaquis, Sena

Marítimo. Dois Rubens, um Watteau e alguns objetos insignificantes.

— Insignificantes!

— Sim. Na verdade, tudo isso é de importância medíocre. Há coisas muito melhores. Mas basta que o assunto lhe interesse. Fale, então, Ganimard.

— Devo explicar-lhe onde nos encontramos na investigação?

— É inútil. Li os jornais da manhã. Eu me permitiria inclusive dizer-lhe que têm feito pouco progresso.

— É justamente o motivo pelo qual me dirijo à sua gentileza.

— Estou inteiramente às suas ordens.

— Em primeiro lugar, o caso foi conduzido por você?

— De A a Z.

— A carta de aviso? O telegrama?

— São do seu criado. Devo ter os recibos em alguma parte.

Arsène abriu a gaveta de uma pequena mesa de madeira branca que compunha, com a cama e o banco, todo o mobiliário da cela, pegou dois pedaços de papel e os estendeu a Ganimard.

— Ah! — exclamou o inspetor. — Eu pensava que era vigiado muito bem e revistado sem motivo específico. No entanto, lê os jornais e coleciona os recibos do correio.

— Bah! Esses indivíduos são tão idiotas! Desfazem o forro da minha roupa, examinam as solas dos meus sapatos, auscultam as paredes deste cubículo, mas nenhum deles tem a ideia de que Arsène Lupin seja tão ingênuo a ponto de escolher um esconderijo tão fácil. Foi exatamente com isso que contei.

Ganimard sorriu e exclamou:

— Que rapaz engraçado! Você me desconcerta. Vamos, conte-me a aventura.

— Oh! Oh! Como você é rápido. Iniciá-lo em todos os meus segredos, revelar-lhe os meus pequenos truques, são assuntos muito sérios.

— Enganei-me em contar com a sua complacência?

— Não, Ganimard, e já que insiste…

Arsène Lupin andou duas ou três vezes de um lado para o outro no compartimento e depois parou.

— O que acha da minha carta ao barão?

— Acho que quis se divertir, impressionar um pouco o público.

— Ah, aí está. Impressionar o público! Sinceramente, asseguro-lhe, Ganimard, que o imaginava mais perspicaz. Como posso eu, Arsène Lupin, perder tempo com essas frivolidades? Acha que eu teria escrito essa carta se pudesse despojar o barão sem escrever para ele? Entendam, você e os outros, que essa carta foi o ponto de partida indispensável, a mola que pôs toda a máquina em funcionamento. Procedamos por ordem e preparemos juntos, se quiser, o roubo do Malaquis.

— Estou ouvindo.

— Então, suponhamos um castelo rigorosamente fechado, protegido, como estava o do barão Cahorn. Vou abandonar a partida e desistir de tesouros que desejo possuir só porque o castelo que os contém é inacessível?

— Evidentemente que não.

— Vou tentar um assalto ao castelo à frente de um bando de aventureiros, como faziam antigamente?

— Infantil.

— Vou me introduzir sorrateiramente?

— Impossível.

— Então só resta um meio, o único na minha opinião. É fazer com que o dono do tal castelo me convide.

— O meio é original.

— E como é fácil. Suponhamos que um dia o referido dono receba uma carta, avisando-o de que um tal de Arsène Lupin, ladrão famoso, trama contra ele. O que ele fará?

— Mandará a carta ao procurador.

— Que rirá dele, porque o referido Lupin está atualmente atrás das grades. Então o bom homem entra em pânico e sente-se disposto a pedir ajuda ao primeiro que aparecer, não é mesmo?

— Sem a menor dúvida.

— E se por acaso ler num jornal pequeno que um policial famoso está de férias na localidade vizinha...

— Irá procurar esse policial.

— Claro que sim. Mas, de outra parte, admitamos que, prevendo esse passo inevitável, Arsène Lupin tenha pedido a um de seus amigos mais hábeis que se hospede em Caudebec, entre em contato com um redator do *Réveil*, jornal que o barão assina, e dê a entender ao jornalista que ele é o policial famoso. O que ocorrerá?

— O redator anunciará no *Réveil* a presença desse policial em Caudebec.

— Perfeito, e de duas uma: ou o peixe — quero dizer Cahorn — não morde a isca, e nada sucede; ou então, e é a hipótese mais provável, corre agitado para falar com o policial. E aí vemos Cahorn implorando a ajuda de um de meus amigos contra mim.

— Cada vez mais original.

— Evidentemente, o pseudopolicial se recusa no início a prestar ajuda. Chega, então, o telegrama de Arsène Lupin. O barão se apavora, suplica de novo ao meu amigo e lhe oferece uma quantia para cuidar da sua segurança. O meu amigo aceita e leva consigo dois rapazes do nosso bando, que, à noite, enquanto Cahorn é guardado à vista por seu protetor, retiram pela janela certo número de objetos e os fazem deslizar, com a ajuda de cordas, para um barco pequeno fretado para a ocasião. É simples como Lupin.

— E é tudo simplesmente maravilhoso! — exclamou Ganimard. — Eu não saberia elogiar o suficiente a ousadia da concepção e a engenhosidade dos detalhes. Mas não imagino um policial tão ilustre para que o seu nome pudesse atrair e sugestionar o barão a esse ponto.

— Há um, e só um.

— Quem?

— O mais ilustre de todos, o inimigo pessoal de Arsène Lupin. Em suma, o inspetor Ganimard.

— Eu?

— Você mesmo, Ganimard. E o engraçado é que, se você for lá, e o barão resolver conversar, acabará descobrindo que o seu dever é prender a si mesmo, como me prendeu nos Estados Unidos. Hein? A desforra é cômica: eu faço Ganimard prender Ganimard!

Arsène Lupin ria com gosto. O inspetor, vexado, mordia os lábios. A brincadeira não lhe parecia merecer tais acessos de alegria.

A chegada de um guarda permitiu que ele se recompusesse. O homem trazia a refeição que Arsène Lupin, por concessão especial, mandava vir do restaurante vizinho. Depois de depositar a bandeja sobre a mesa, o guarda retirou-se. Arsène sentou-se, partiu o pão, comeu dois ou três pedaços e prosseguiu:

— Mas fique tranquilo, caro Ganimard. Você não irá lá. Vou revelar-lhe uma coisa que o deixará abismado: o caso Cahorn está a ponto de ser arquivado.

— Hein?

— A ponto de ser arquivado, eu disse.

— Não está falando sério. Deixei o chefe da Sûreté agora mesmo.

— E daí? Será que o sr. Dudouis sabe mais do que eu sobre o que me diz respeito? Comunico-lhe que Ganimard, desculpe-me, que o falso Ganimard mantém relações muito boas com o barão. Este encarregou-o da delicadíssima missão de negociar comigo uma transação — e esse é o motivo principal por que ele nada confessou.

Neste momento, mediante certa quantia, é provável que o barão tenha entrado de novo na posse dos seus objetos queridos. Em troca disso, ele retirará a queixa. Portanto, não há mais roubo, e as autoridades terão de abandonar o caso.

Ganimard encarou o detento com ar perplexo.

— E como sabe de tudo isso?

— Acabo de receber a mensagem que esperava.

— Acaba de receber uma mensagem?

— Ainda há pouco, caro amigo. Por delicadeza, não quis lê-la na sua presença. Mas, se me permitir...

— Está caçoando de mim, Lupin.

— Tenha a bondade, caro amigo, de decapitar com delicadeza este ovo cozido. Verá por si mesmo que não estou caçoando de você.

Maquinalmente, Ganimard obedeceu e quebrou a casca do ovo com a lâmina de uma faca. Deixou escapar um grito de surpresa. A casca vazia continha uma folha de papel azul. A pedido de Arsène, ele desdobrou-a. Era um telegrama, ou melhor, uma parte de telegrama do qual foram arrancadas as indicações do correio. Leu:

"Acordo concluído. Cem mil balas entregues. Tudo vai bem."

— Cem mil balas? — perguntou o inspetor.

— Sim, cem mil francos. É pouco, mas, afinal, os tempos andam difíceis. E tenho contas altas para pagar. Se conhecesse o meu orçamento... um orçamento de cidade grande.

Ganimard levantou-se. Seu mau humor se dissipara. Refletiu por alguns segundos e abrangeu com um olhar o caso em seu conjunto, para tentar descobrir um ponto fraco. Depois proferiu, num tom em que deixava transparecer francamente sua admiração por alguém que conhece:

— Felizmente não existem dezenas de homens como você, senão teríamos de fechar as portas.

Arsène Lupin assumiu um ar modesto e respondeu:

— Ora, eu precisava me distrair, ocupar o meu tempo livre, tanto mais que o golpe só poderia dar certo se eu estivesse na prisão.

— Como? — exclamou Ganimard. — O seu processo, a sua defesa, a instrução, tudo isso não lhe basta para se distrair?

— Não, pois resolvi não assistir ao meu julgamento.

— Oh! Oh!

Arsène Lupin repetiu com vagar:

— Eu não vou assistir ao meu julgamento.

— É mesmo?

— Ah, meu caro, imagina que vou apodrecer na palha úmida? Você me insulta. Arsène Lupin não fica na prisão a não ser pelo tempo que lhe convém, e nem mais um minuto.

— Talvez tivesse sido mais prudente começar por não entrar nela — objetou o inspetor em tom irônico.

— Ah, você faz troça? Lembra-se de que teve a honra de proceder à minha prisão? Saiba, meu respeitável amigo, que ninguém, nem você, nem outro qualquer, poderia botar a mão em mim se um interesse muito maior não tivesse solicitado a minha atenção naquele momento crítico.

— Você me surpreende.

— Uma mulher olhava para mim, Ganimard, e eu a amava. Compreende tudo o que significa ser olhado por uma mulher que se ama? O resto pouco me importava, eu juro. E é por isso que estou aqui.

— Há muito tempo, permita-me observar.

— Eu queria esquecer primeiro. Não ria: a aventura foi encantadora e ainda guardo uma recordação terna de tudo aquilo. Além disso, sou um pouco neurastênico. A vida é tão agitada em nossos dias. É preciso saber fazer, em certos momentos, o que se chama uma cura de isolamento. Este lugar é perfeito para regimes desse tipo. Aqui se pratica a cura da Santé[9] com todo o rigor.

— Arsène Lupin — observou Ganimard —, você está fazendo pouco de mim.

— Ganimard — afirmou Lupin —, estamos hoje na sexta-feira. Na próxima quarta-feira irei fumar um charuto na sua casa, na rua Pergolèse, às quatro da tarde.

— Estarei à sua espera, Arsène Lupin.

Apertaram as mãos como dois velhos amigos que se estimam em seu justo valor, e o policial veterano dirigiu-se para a porta.

— Ganimard!

Este se virou.

— O que há?

— Ganimard, esqueceu o seu relógio.

— O meu relógio?

— Sim, ele se extraviou no meu bolso.

Lupin o devolveu, desculpando-se.

---

[9] *Santé* significa saúde em francês e é também o nome da famosa prisão de Paris.

— Perdoe-me. É um mau hábito. Porque pegaram o meu, não é motivo para que eu o prive do seu. Tanto mais que tenho aqui um cronômetro do qual não posso me queixar e que satisfaz plenamente as minhas necessidades.

Tirou da gaveta um relógio de ouro, grande e confortável, acompanhado por uma corrente pesada.

— E este, de que bolso veio? — indagou Ganimard.

Arsène Lupin examinou as iniciais com displicência.

— J. B. Quem diabo pode ser? Ah, sim, eu me lembro. Jules Bouvier, meu juiz de instrução, um homem fascinante.

❖

A evasão de Arsène Lupin

Arsène Lupin, depois de concluir a refeição, tirou do bolso um belo charuto com anel dourado e o examinou com complacência quando a porta da cela se abriu. Mal teve tempo de jogá-lo dentro da gaveta e afastar-se da mesa. O guarda entrou. Era a hora do passeio.

— Eu o esperava, caro amigo! — exclamou Lupin, sempre de bom humor.

Saíram. Mal tinham desaparecido no canto do corredor, dois homens penetraram na cela e começaram a examiná-la minuciosamente. Um era o inspetor Dieuzy; o outro, o inspetor Folenfant.

Queriam pôr um ponto-final a tudo. Não havia dúvida: Arsène Lupin mantinha contatos com o exterior e se comunicava com seus cúmplices. Ainda no dia anterior, o *Grand Journal* publicara estas linhas, dirigidas ao seu repórter de assuntos judiciários:

> "Senhor,
>
> Numa notícia recente, referiu-se a mim em termos que não se justificam. Alguns dias antes do início do meu julgamento irei pedir-lhe contas por isso.
>
> Saudações distintas,
>
> Arsène Lupin."

A letra era de Arsène Lupin. Portanto, ele enviava cartas e também as recebia. Por conseguinte, era certo que preparava a evasão que anunciara de forma tão arrogante.

A situação tornava-se intolerável. Agindo em acordo com o juiz de instrução, o chefe da Sûreté, sr. Dudouis, dirigiu-se pessoalmente à Santé para expor ao diretor da prisão as medidas convenientes a se tomar. Assim que chegou, enviou dois homens à cela do detento.

Levantaram cada uma das lajes, desmontaram a cama, fizeram tudo o que é habitual fazer em casos semelhantes e, no fim, não descobriram nada. Iam desistir de suas investigações quando o guarda acorreu a toda a pressa e lhes disse:

— A gaveta... Olhem a gaveta da mesa. Quando entrei, pareceu-me que a estava fechando.

Eles olharam, e Dieuzy exclamou:

— Por Deus, desta vez pegamos o cliente!

Folenfant o deteve.

— Um momento, meu rapaz. O chefe fará o inventário.

— No entanto, este charuto de luxo...

— Largue o havana, e vamos avisar o chefe.

Dois minutos depois, o sr. Dudouis examinava a gaveta. Encontrou primeiro um maço de notícias de jornais recortadas pela agência *Argus de la Presse* que se referiam a Arsène Lupin, em seguida uma bolsa de tabaco, um cachimbo, papel chamado casca de cebola e, por fim, dois livros.

Olhou os títulos. Eram *O culto dos heróis*, de Carlyle,[10] edição inglesa, e um elzevir encantador, com encadernação da época, o *Manual de Epíteto*,[11] tradução em alemão publicada em Leida em 1634. Ao folheá-las, verificou que todas as páginas estavam marcadas, sublinhadas e anotadas. Eram sinais convencionais ou marcas que mostram o prazer que se sente ao ler um livro?

— Veremos isso detalhadamente — confirmou o sr. Dudouis.

Inspecionou a bolsa de tabaco e o cachimbo. Depois, pegando o charuto famoso com anel dourado, exclamou:

— Com os diabos, o nosso amigo se trata bem. Um Henry Clay!

---

[10] Thomas Carlyle (1795 – 1881) foi um historiador, crítico social e ensaísta escocês. Exerceu forte influência no período vitoriano.

[11] Epíteto (55 – 135) foi um filósofo grego, da escola estoica, que viveu parte da sua vida como escravo em Roma. No *Manual* ensina o caminho adequado para alcançar a felicidade pessoal. Influenciou pensadores e intelectuais de todas as épocas.

Com um gesto maquinal de fumante, aproximou-o do ouvido e o fez estalar. Imediatamente soltou uma exclamação. O charuto cedera sob a pressão de seus dedos. Examinou-o com mais atenção e não tardou a distinguir uma coisa branca entre as folhas de tabaco. Delicadamente, com a ajuda de um alfinete, puxou um rolo de papel muito fino, um pouco maior que um palito. Era um bilhete. Desenrolou-o e leu estas palavras, escritas com letra miúda de mulher:

> "A cesta tomou o lugar da outra. Oito em dez estão preparadas. Pressionando com o pé exterior, a placa se ergue de alto a baixo. Das doze às dezesseis, todos os dias, o H-P esperará. Mas onde? Resposta imediata. Fique tranquilo, sua amiga cuida de você."

O sr. Dudouis refletiu por um instante e disse:

— É suficientemente claro... a cesta... os oito compartimentos... Das doze às dezesseis, isto é, do meio-dia às quatro horas.

— Mas esse H-P, quem esperará?

— H-P, neste caso, deve significar automóvel. H-P, *horse power*, não é assim que se designa, em linguagem desportiva, a potência de um motor? Um vinte e quatro H-P é um automóvel de vinte e quatro cavalos.

Levantou-se e perguntou:

— O detento terminou de almoçar?

— Sim.

— Como ainda não leu esta mensagem, conforme demonstra o estado do charuto, é provável que acabava de recebê-la.

— De que jeito?

— Na comida, no meio do pão ou de uma batata, lá vou saber?

— Impossível. Só o autorizamos a mandar vir a comida para fazê-lo cair na armadilha e até agora não encontramos nada.

— Procuraremos à tarde a resposta de Lupin. Por enquanto, mantenha-o fora da cela. Vou levar isso ao senhor juiz de instrução. Se ele concordar comigo, mandaremos fotografar a carta imediatamente e daqui a uma hora poderão repor na gaveta, além desses objetos, um charuto idêntico, contendo a mensagem original. O detento não deve desconfiar de nada.

Não foi sem certa curiosidade que o sr. Dudouis retornou à tarde à prisão da Santé em companhia do inspetor Dieuzy. Num canto, sobre o fogão, havia três pratos.

— Ele comeu?

— Sim — respondeu o diretor da prisão.

— Dieuzy, corte em pedaços bem finos estes fios de macarrão e abra este pãozinho. Nada?

— Não, chefe.

O sr. Dudouis examinou os pratos, o garfo, a colher e, por fim, a faca, uma faca comum com lâmina arredondada. Fez o cabo girar à esquerda e depois à direita. À direita o cabo cedeu e se desparafusou. Era oco e servia de estojo para uma folha de papel.

— Arre! — exclamou. — Não é muito inteligente para um homem como Arsène. Mas não percamos tempo. Você, Dieuzy, vá fazer uma investigação nesse restaurante.

Em seguida leu:

"Conto com você. H-P acompanhará a distância a cada dia. Eu irei na frente. Até logo, querida e admirável amiga."

— Finalmente — exclamou o sr. Dudouis, esfregando as mãos. — Creio que o caso está no bom caminho. Um pequeno empurrão da nossa parte, e a fuga será bem-sucedida, pelo menos para permitir que apanhemos os cúmplices.

— E se Arsène Lupin lhe escapar entre os dedos? — objetou o diretor da prisão.

— Empregaremos o número de homens necessário. Mas, se ele usar muita habilidade, acredite, tanto pior para ele. Quanto ao bando, já que o chefe se recusa a falar, os outros falarão.

De fato, Arsène Lupin não falava muito. Havia meses, o sr. Jules Bouvier, o juiz de instrução, empenhava-se inutilmente. Os interrogatórios se reduziam a colóquios sem interesse entre o juiz e o advogado, mestre Danval, um dos príncipes da advocacia, o qual, aliás, sabia sobre o réu mais ou menos tanto quanto alguém que acabou de chegar.

De vez em quando, por polidez, Arsène Lupin reconhecia:

— Sim, senhor juiz, concordo inteiramente com o senhor: o roubo no Crédit Lyonnais, o roubo na rua de Babylone, a emissão de notas falsas, o caso das apólices de seguro, o roubo nos castelos de Armesnil, Gouret, Imblevain, Groselliers e Malaquis, tudo isso foi obra deste seu criado.

— Então, poderia me explicar...

— É inútil. Confesso tudo em bloco, tudo, e até dez vezes mais do que o senhor imagina.

Exausto, o juiz suspendera esses interrogatórios cansativos. Ao tomar conhecimento dos dois bilhetes interceptados, ele os retomou. E, regularmente, ao meio-dia, Arsène Lupin era levado da Santé ao Palácio de Justiça, num carro da penitenciária, com certo número de detentos. Retornavam pelas três ou quatro horas da tarde.

Numa tarde, esse retorno efetuou-se em condições especiais. Como os outros detentos da Santé ainda não tinham sido interrogados, decidiram reconduzir Arsène Lupin primeiro. Por isso, ele subiu sozinho no carro.

Esses carros da penitenciária, vulgarmente chamados de camburões, são divididos, no sentido longitudinal, por um corredor central, para o qual se abrem dez cubículos, cinco à direita e cinco à esquerda. Cada um desses cubículos está disposto de tal modo que o ocupante se mantenha sentado e, em consequência, os cinco presos, além de disporem cada qual de um lugar muito estreito, ficam separados uns dos outros por divisórias paralelas. Um guarda municipal, postado na extremidade, vigia o corredor.

Arsène foi introduzido na terceira cela à direita, e o carro pesado se pôs em movimento. Percebeu que deixavam o cais do Relógio e passavam em frente do Palácio de Justiça. Então, no meio da ponte Saint-Michel, apoiou o pé direito, como fazia cada vez que o levavam perante o juiz, na chapa de metal laminado que fechava a sua cela. Imediatamente algo se desprendeu, e a chapa de metal afastou-se sensivelmente. Ele pôde verificar que se encontrava exatamente entre as duas rodas.

Esperou, com os olhos atentos. O carro subiu lentamente o bulevar Saint-Michel. Na esquina com o bulevar Saint-Germain, parou. O cavalo de uma carroça caíra no chão. Como o tráfego estava interrompido, logo houve um congestionamento de fiacres e ônibus.

Arsène Lupin olhou para fora. Outro carro da penitenciária estacionava ao lado do que ocupava. Ergueu mais a cabeça, pôs o pé num dos raios da roda grande e pulou no chão.

Um cocheiro o viu, caiu na gargalhada e quis dar o alarme. Mas sua voz perdeu-se no tumulto dos veículos, que começaram a deslocar-se novamente. Nesse momento, Arsène Lupin já estava longe.

Deu alguns passos correndo, mas, na calçada da esquerda, virou-se, lançou um olhar ao redor, pareceu sondar o vento, como alguém que ainda não sabe bem a direção a seguir. Depois, resoluto, pôs as mãos nos bolsos e, com o ar despreocupado de alguém que passeia, continuou subindo o bulevar.

O tempo estava ameno, um dia feliz e agradável de outono. Os cafés estavam cheios. Ele sentou-se no terraço de um deles.

Pediu um copo de cerveja e um maço de cigarros. Esvaziou o copo com pequenos goles, fumou tranquilamente um cigarro e acendeu um segundo. Por fim, levantou-se e pediu ao garçom a presença do gerente.

O gerente veio e Arsène Lupin lhe disse, bem alto para que todos ouvissem:

— Lamento muito, senhor. Esqueci a carteira. Talvez já tenha ouvido o meu nome e me conceda crédito por alguns dias: Arsène Lupin.

O gerente olhou para ele, achando que era uma brincadeira. Arsène repetiu:

— Lupin, detido na Santé, neste momento na situação de fugitivo. Atrevo-me a acreditar que esse nome lhe inspira toda a confiança.

E se afastou, no meio das risadas, sem que o outro pensasse sequer em reclamar.

Atravessou em diagonal a rua Soufflot e tomou a rua Saint-Jacques. Seguiu-a tranquilamente, parando nas vitrinas e fumando cigarros. No bulevar de Port-Royal orientou-se, informou-se e caminhou direto para a rua da Santé. Os muros altos e sombrios da prisão logo se ergueram diante dele. Prosseguiu ao longo deles, chegou perto do guarda que estava de sentinela e, tirando o chapéu, perguntou:

— É aqui a prisão da Santé?

— Sim.

— Gostaria de voltar à minha cela. O carro da penitenciária me deixou no caminho e não quero abusar.

— Vamos, homem, siga o seu caminho, e o quanto antes — resmungou o rapaz.

— Perdoe-me, mas o meu caminho passa por este portão. E, se impedir que Arsène Lupin entre na prisão, isso pode custar-lhe caro, meu amigo.

— Arsène Lupin! O que está dizendo?

— Lamento não ter o meu cartão — completou Arsène, simulando que o procurava nos bolsos.

O guarda mediu-o dos pés à cabeça, com espanto. Depois, sem uma palavra, como se o fizesse contra a vontade, puxou o cordão de uma campainha. O portão de ferro entreabriu-se.

Alguns minutos depois, o diretor da prisão correu às pressas até a portaria, gesticulando e fingindo uma raiva violenta. Arsène sorriu.

— Ora, senhor diretor, não banque o esperto comigo. Têm a

precaução de me trazer sozinho no carro, preparam um pequeno congestionamento no tráfego e imaginam que vou fugir correndo para me juntar aos meus amigos. E os vinte agentes da Sûreté que nos escoltavam a pé, de fiacre e de bicicleta? Não, o que teriam feito comigo! Eu não teria saído vivo. Diga-me, senhor diretor, era talvez com isso que já contavam?

Deu de ombros e acrescentou:

— Por favor, senhor diretor, peço-lhe que não se preocupem comigo. No dia em que quiser escapar, não precisarei que ninguém me ajude.

Dois dias depois, o *Écho de France*, que, decididamente, tornava-se o informativo oficial das façanhas de Arsène Lupin — dizia-se que ele era um de seus acionistas principais —, publicou o relato mais completo dessa tentativa de fuga. Tudo era revelado, inclusive o texto dos bilhetes trocados entre o preso e sua amiga misteriosa, os meios empregados para essa correspondência, a cumplicidade da polícia, o passeio pelo bulevar Saint-Michel e o incidente no Café Soufflot. Sabia-se que as investigações do inspetor Dieuzy junto aos garçons do restaurante não tinham dado nenhum resultado. Além disso, verificava-se o fato espantoso que mostrava a variedade infinita de recursos de que Lupin dispunha: o carro da penitenciária, no qual fora transportado, era um carro totalmente alterado que o seu bando preparara para substituir um dos seis camburões habituais que compunham o serviço das prisões.

Ninguém mais tinha dúvida de que a evasão de Arsène Lupin estava próxima. Ele mesmo a anunciava em termos categóricos, como demonstrou sua resposta ao juiz Bouvier, no dia seguinte à sua tentativa de fuga. Quando o juiz fez uma brincadeira sobre o seu fracasso, Lupin olhou para ele e lhe disse enfaticamente:

— Ouça-me, senhor, e acredite no que vou dizer: essa tentativa de fuga fazia parte do meu plano de evasão.

— Não compreendo — gracejou o juiz.

— É inútil que o senhor compreenda.

E como o juiz, no curso do interrogatório, que foi publicado detalhadamente nas colunas do *Écho de France*, voltasse à sua instrução, Lupin exclamou, com ar de cansaço:

— Meu Deus, meu Deus, de que adianta? Todas essas perguntas não têm nenhuma importância.

— Como não têm nenhuma importância?

— Não têm, porque não estarei presente no meu julgamento.

— O senhor não estará presente...

— Não, é uma ideia fixa, uma decisão irrevogável. Nada me fará voltar atrás.

Essa segurança e as indiscrições inexplicáveis que se cometiam todos os dias exasperavam e desconcertavam a Justiça. Eram revelados segredos que só Arsène Lupin conhecia e cuja divulgação só poderia provir dele. Mas com que objetivo os tornava públicos? E como?

Arsène Lupin foi trocado de cela. Uma noite, desceu ao andar inferior. Por seu lado, o juiz encerrou a investigação preliminar e enviou o processo ao tribunal para o início da acusação.

Foi o silêncio. Durou dois meses. Arsène os passou deitado na cama, com o rosto quase sempre virado para a parede. A mudança de cela parecia tê-lo abatido. Recusou-se a receber seu advogado. Apenas trocava algumas palavras com os guardas.

Na quinzena que antecedeu seu julgamento, pareceu reanimar-se. Queixava-se de falta de ar. Levaram-no ao pátio, de manhã bem cedo, vigiado por dois homens.

A curiosidade do público, entretanto, não diminuíra. Todo dia a notícia da sua fuga era esperada. Era quase desejada, a ponto de o personagem encantar a multidão com sua verve, seu bom humor, sua versatilidade, seu gênio inventivo e sua misteriosa vida. Arsène Lupin deveria evadir-se. Era inevitável, fatal. Muitos até se admiravam que isso demorasse tanto. Todas as manhãs, o chefe de polícia perguntava ao seu secretário:

— Então, ele ainda não fugiu?

— Não, senhor.

— Então será amanhã.

Na véspera do julgamento, um senhor apresentou-se na redação do *Grand Journal*, perguntou pelo redator de assuntos judiciários, lançou-lhe o seu cartão no rosto e se afastou rapidamente. No cartão estavam escritas estas palavras:

"Arsène Lupin sempre cumpre o que promete."

Foi nessas condições que os debates começaram.

O público afluiu em grande número. Todo mundo queria ver o famoso Arsène Lupin e saboreava de antemão o modo como se divertiria à custa do presidente. Advogados e magistrados, cronistas e celebridades, artistas e mulheres da sociedade, enfim, Paris inteira se espremia nos bancos da audiência.

Chovia. Fora, o dia estava escuro, e não se podia ver bem Arsène Lupin quando os guardas o introduziram na sala. Entretanto, seu andar lento, a maneira como se deixou cair em seu lugar, sua imobilidade indiferente e passiva não predispuseram o público ao seu favor. Diversas vezes seu advogado — um dos assistentes do sr. Danval, pois este considerou indigno o papel ao qual era reduzido — dirigiu-lhe a palavra. Lupin balançava a cabeça e não dizia nada.

O escrivão leu o ato de acusação, e depois o juiz pronunciou:

— Acusado, levante-se. Seu nome, sobrenome, idade e profissão.

Não recebendo resposta, repetiu:

— O seu nome. Estou perguntando o seu nome.

Uma voz grossa e cansada disse em voz baixa:

— Baudru Désiré.

Murmúrios de surpresa elevaram-se do meio do público. Mas o juiz prosseguiu:

— Baudru Désiré? Ah, muito bem, uma nova metamorfose. Como é aproximadamente o oitavo nome que o senhor se atribui, e que é sem dúvida tão imaginário quanto os outros, vamos ficar com o de Arsène Lupin, se não achar inconveniente, pelo qual é mais conhecido.

O juiz consultou suas anotações e retomou:

— Pois, apesar de todas as investigações, foi impossível reconstituir a sua identidade. O senhor apresenta o caso muito original em nossa sociedade moderna de não ter passado. Não sabemos quem é, de onde vem, onde passou a infância, em resumo, nada. O senhor surgiu de repente, há três anos, não se sabe ao certo de que meio, para se revelar subitamente como Arsène Lupin, isto é, uma combinação estranha de inteligência e perversão, de imoralidade e generosidade.

"Os dados que possuímos sobre o senhor antes dessa época são apenas suposições. É provável que o homem chamado Rostat, que trabalhou, há oito anos, ao lado do prestidigitador Dickson não era outro senão Arsène Lupin. É provável que o estudante russo que frequentou, há seis anos, o laboratório do dr. Altier, no Hospital Saint-Louis, e que muitas vezes surpreendeu o mestre pela engenhosidade de suas hipóteses sobre a bacteriologia e a ousadia de suas experiências em doenças da pele, não era outro senão Arsène Lupin. Pode ser também que Arsène Lupin tenha sido o professor de luta japonesa que se estabeleceu em Paris muito antes que se falasse em jiu-jítsu. Temos razões para crer que Arsène Lupin foi o ciclista que venceu o Grande Prêmio da Exposição, recebeu os dez mil francos e não apareceu mais. Arsène Lupin pode, igualmente, ter sido a pessoa que salvou tantas pessoas tirando-as do Bazar da Caridade pela pequena claraboia... e as despojou.

Depois de uma pausa, o juiz concluiu:

— Essa época parece não ter sido mais do que uma preparação minuciosa para a guerra que vem travando contra a sociedade, um aprendizado metódico em que desenvolveu sua força, energia e habilidade no grau mais elevado. Reconhece a exatidão desses fatos?

Durante esse discurso, o réu se balançara com uma perna sobre a outra, os ombros caídos e os braços inertes. Sob a luz mais clara, foi possível observar sua magreza extrema, suas faces encovadas, com as maçãs estranhamente salientes, seu rosto cor de terra, pintado com pequenas manchas vermelhas e enquadrado por uma barba desigual e rara. A prisão o havia envelhecido e enrugado consideravelmente. Não se reconhecia mais a silhueta elegante e o rosto jovem cujo retrato simpático os jornais haviam publicado tantas vezes.

Dir-se-ia que não ouvira a pergunta que o juiz lhe formulara. Duas vezes ela foi repetida. Então ele ergueu os olhos, pareceu refletir e depois, fazendo um esforço enorme, murmurou:

— Baudru Désiré.

O presidente se pôs a rir.

— Não consigo entender bem o sistema de defesa que adotou, Arsène Lupin. Se pretende representar o papel de imbecil e irresponsável, esteja à vontade. Quanto a mim, irei direto ao objetivo sem me preocupar com suas fantasias.

E entrou nos detalhes dos roubos, das vigarices e falsificações atribuídas a Lupin. Às vezes interrogava o réu. Este soltava um resmungo ou não respondia.

O desfile das testemunhas começou. Houve vários depoimentos sem importância, outros mais sérios, mas todos tinham a característica comum de se contradizerem uns aos outros. Uma obscuridade desconcertante envolvia os debates, até que o inspetor-chefe Ganimard foi chamado a depor, e o interesse recebeu novo estímulo.

Desde o início, porém, o veterano policial causou certa decepção. Não tinha aparência tímida, pois assistira a muitos julgamentos, mas parecia nervoso e pouco à vontade. Diversas vezes voltou os olhos para o réu com uma insegurança visível. Entretanto, com as mãos apoiadas na barra, mencionou os incidentes dos quais havia participado, a perseguição ao prisioneiro por toda a Europa, sua chegada aos Estados Unidos. Os presentes o ouviam com ansiedade, como escutariam o relato das aventuras mais apaixonantes. Mas, no final do seu depoimento, depois de se referir a suas conversas com Arsène Lupin, parou duas vezes, embaraçado e indeciso.

Estava claro que outro pensamento o perturbava.

— Se está indisposto — disse-lhe o juiz —, seria melhor interromper o seu depoimento.

— Não, não, só que...

Calou-se, olhou para o réu longa e profundamente, e em seguida disse:

— Peço permissão para examinar o acusado mais de perto. Há um mistério a respeito dele que preciso esclarecer.

Aproximou-se, observou-o mais longamente ainda, com toda a atenção concentrada, depois retornou à barra. E ali, num tom um tanto solene, pronunciou:

— Senhor presidente, afirmo que o homem que está aqui, na minha frente, não é Arsène Lupin.

Um grande silêncio acolheu essas palavras. O presidente, embaraçado por um momento, exclamou:

— Ah, o que está dizendo? O senhor está maluco.

O inspetor afirmou pausadamente:

— À primeira vista, alguém pode se deixar iludir por uma semelhança que existe realmente, confesso, mas basta olhar com mais atenção o nariz, a boca, os cabelos, a cor da pele... para ver que não é Arsène Lupin. E os olhos, então. Ele nunca teve esses olhos de alcoólatra.

— Vamos, explique-se. O que pretende dizer, testemunha?

— Por acaso eu sei? Lupin deve ter posto em seu lugar um pobre-diabo que ia ser condenado. A menos que seja um cúmplice.

Gritos, risadas e exclamações partiam de todos os lados na sala agitada por esse acontecimento imprevisto. O presidente solicitou que o juiz de instrução, o diretor da Santé e os carcereiros comparecessem, e suspendeu a audiência.

Quando o julgamento foi reiniciado, o sr. Bouvier e o diretor da prisão, postos na presença do réu, declararam que não havia entre Arsène Lupin e aquele homem senão uma vaga semelhança de traços.

— Mas, então, quem é esse homem? — indagou o presidente. — De onde vem? Como se encontra nas mãos da Justiça?

Compareceram os dois carcereiros da Santé. Contradição espantosa, eles identificaram o detido de cuja vigilância estavam encarregados alternadamente.

O presidente respirou. Mas um dos carcereiros disse:

— Sim, sim, acho que é ele.

— Como? O senhor *acha*?

— Ora, eu mal consegui vê-lo. Foi entregue a mim à noite e há dois meses permanece sempre deitado com o rosto para a parede.

— E antes desses dois meses?

— Antes ele não ocupava a cela 24.

O diretor da prisão esclareceu esse ponto.

— Mudamos o detento de cela depois da sua tentativa de evasão.

— Mas o viu nesses dois meses, senhor diretor?

— Não tive oportunidade de vê-lo. Ele se mantinha tranquilo.

— E este homem não é o detento que lhe foi entregue?

— Não.

— Então, quem é ele?

— Não saberia dizer.

— Estamos, portanto, diante de uma substituição que teria sido efetuada há dois meses. Como a explica?

— Não é possível.

— Então?

Em desespero de causa, o presidente virou-se para o réu e dirigiu-se a ele em tom conciliador.

— Acusado, poderia explicar-me como e desde quando está nas mãos da Justiça?

O tom benevolente pareceu ter desarmado a desconfiança ou estimulado o entendimento do homem. Tentou responder. Por fim, interrogado com habilidade e gentileza, conseguiu reunir e pronunciar algumas frases, nas quais se destacava o seguinte: dois meses antes, fora levado à prisão central de Paris. Ali passou uma noite e uma manhã. Possuindo a importância de setenta e cinco centavos, fora posto em liberdade. Mas, quando atravessava o pátio, dois guardas o pegaram pelo braço e o conduziram ao camburão. Desde então vivia na cela 24, onde não se sentia infeliz. Comia bem e não dormia mal. Por isso não havia protestado.

Tudo isso parecia plausível. No meio das risadas e de uma grande efervescência do público, o presidente adiou o julgamento até que a história pudesse ser investigada e verificada.

O inquérito estabeleceu imediatamente este fato, consignado no registro de admissão: oito semanas antes, um homem chamado Baudru Désiré havia dormido na prisão central. Liberado no dia seguinte, deixou a prisão às duas da tarde. No mesmo dia, às duas horas, interrogado pela última vez, Arsène Lupin saía da instrução e voltava à Santé no carro da penitenciária.

Os guardas teriam cometido um erro? Enganados pela semelhança, teriam, num momento de desatenção, substituído seu prisioneiro por aquele homem? Para isso era preciso que tivessem agido com uma negligência que suas ordens de serviço não permitiam supor.

A substituição fora tramada com antecedência? Além de a disposição dos lugares onde ela ocorreu tornar a coisa quase irrealizável, era necessário neste caso que Baudru fosse um cúmplice e se fizesse prender com o objetivo expresso de tomar o lugar de Arsène Lupin. Mas, então, por qual milagre semelhante plano, baseado numa série de eventualidades improváveis, coincidências fortuitas e erros fabulosos, conseguira ser bem-sucedido?

Fizeram Baudru Désiré passar pelo serviço antropométrico: não havia ficha correspondente à sua descrição física. Contudo, sua pista foi encontrada facilmente. Era conhecido em Courbevoie, Asnières e Levallois. Vivia de esmolas e dormia num dos casebres de catadores de papéis que se aglomeram perto da barreira de Ternes. Fazia um ano que desaparecera.

Teria sido cooptado por Arsène Lupin? Não havia evidência nesse sentido. E, mesmo assim, não se saberia mais sobre a fuga do preso. O mistério continuava o mesmo. Das vinte hipóteses que tentavam explicá-la, nenhuma era satisfatória. Só em relação à fuga não havia dúvida, uma evasão incompreensível, impressionante, em que o público, assim como a Justiça, sentia o esforço de uma preparação longa, um conjunto de atos maravilhosamente ligados uns aos outros, com um desfecho que justificava a previsão confiante de Arsène Lupin: "Eu não estarei presente no meu julgamento".

Depois de um mês de investigações minuciosas, o enigma continuava sem solução. Não se podia, entretanto, manter preso indefinidamente o pobre-diabo do Baudru. Processá-lo seria ridículo, pois não havia nenhuma acusação contra ele. Sua liberação foi assinada pelo juiz de instrução. Mas o chefe da Sûreté resolveu estabelecer uma vigilância ativa em torno dele.

A ideia foi de Ganimard. Segundo o seu ponto de vista, não havia cumplicidade nem acaso. Baudru era um instrumento usado com habilidade extraordinária por Arsène Lupin. Posto em liberdade, Baudru levaria a Arsène Lupin ou pelo menos a alguém do seu bando.

Para ajudar Ganimard foram designados os inspetores Folenfant e Dieuzy, e, numa manhã coberta da neblina de janeiro, as portas da prisão se abriram para deixar Baudru Désiré passar.

Ele pareceu, no início, não saber o que fazer e caminhou como um homem que não tem ideias claras sobre como empregar o tempo. Seguiu pela rua da Santé e pela rua Saint-Jacques. Num brechó, tirou o paletó e o colete, vendeu o colete por algumas moedas e, vestindo de novo o paletó, foi embora.

Cruzou o rio Sena. Na estação de Châtelet, um ônibus passou por ele. Quis subir, mas não havia lugar. O cobrador aconselhou-o a comprar um passe, e ele entrou na sala de espera.

Neste momento, Ganimard chamou os policiais ao seu lado e, sem perder de vista a entrada da sala, disse-lhes às pressas:

— Parem um carro. Não, dois, é mais prudente. Irei com um de vocês, e o seguiremos.

Os homens obedeceram. Baudru, entretanto, não aparecia. Ganimard entrou na sala e não viu ninguém.

— Idiota que sou — murmurou. — Esqueci a segunda saída.

De fato, um corredor interno se estendia da sala de espera à rua Saint-Martin. Ganimard correu o mais rápido que pôde. Chegou exatamente a tempo de ver Baudru no ônibus de dois andares da linha Batignolles-Jardin des Plantes, que dobrava a esquina da rua de Rivoli. Correu e alcançou o ônibus. Mas se extraviou dos dois agentes. Só ele continuava a perseguição.

Enfurecido, esteve a ponto de agarrar Baudru pelo colarinho, sem maior formalidade. Não fora com premeditação e com um truque engenhoso que aquele pretenso imbecil o separara de seus auxiliares?

Observou Baudru. Dormitava no banco, e sua cabeça balançava para todos os lados. Com a boca ligeiramente entreaberta, seu rosto tinha uma expressão de incrível estupidez. Não, não era um adversário capaz de enganar o velho Ganimard. A sorte o ajudara, nada mais.

Na passagem das Galerias Lafayette, o homem saltou do ônibus e subiu no bonde da Muette. O veículo elétrico seguiu pelo bulevar Haussmann e pela avenida Victor Hugo. Baudru só desceu na estação da Muette. E, com um passo indolente, penetrou no Bosque de Bolonha.

Passava de uma alameda a outra, voltava para trás, afastava-se. O que procurava? Tinha um objetivo?

Depois de uma hora de andanças, parecia esgotado. De fato, sentou-se ao avistar um banco. O lugar, situado não longe de Auteuil, à beira de um pequeno lago escondido entre as árvores, estava absolutamente deserto. Meia hora transcorreu. Impaciente, Ganimard resolveu ir conversar.

Aproximou-se e sentou-se ao lado de Baudru. Acendeu um cigarro, traçou círculos na areia com a ponta da bengala e disse:

— Não está quente.

Silêncio. De repente, ressoou uma gargalhada. Uma gargalhada alegre, feliz, a risada franca e estrepitosa de uma criança num acesso de riso que não consegue conter-se. De maneira clara e real, Ganimard sentiu os pelos do couro cabeludo se eriçarem. A risada, a risada infernal que ele conhecia tão bem.

Com um gesto brusco, pegou o homem pela lapela do paletó e olhou para ele de maneira profunda e violenta, com maior intensidade ainda que o havia olhado no inquérito judicial, e na verdade não era mais o mesmo homem que ele viu. Era aquele homem, mas era ao mesmo tempo o outro, o verdadeiro.

Ajudado por uma vontade cúmplice, reencontrou a vida ardente dos olhos, recompôs a magreza do rosto, percebeu a carne real debaixo da pele flácida e a boca real atrás do ricto que a deformava. Eram os olhos e a boca do outro, era sobretudo a sua expressão penetrante, viva, irônica, espiritual, tão clara e tão jovem.

— Arsène Lupin, Arsène Lupin — balbuciou.

Subitamente, num impulso de raiva, apertou-lhe a garganta e tentou derrubá-lo. Apesar de seus cinquenta anos, possuía ainda uma força pouco comum, enquanto seu adversário parecia encontrar-se em más condições. E depois, que golpe de mestre se conseguisse prendê-lo novamente.

A luta foi curta. Arsène Lupin defendeu-se apenas e, tão prontamente como atacara, Ganimard largou a presa. O seu braço direito pendia inerte, amortecido.

— Se lhe ensinassem jiu-jítsu no cais dos Orfèvres — declarou Lupin —, saberia que esse golpe se chama *udi-shi-ghi* em japonês.

E acrescentou friamente:

— Mais um segundo e eu lhe quebraria o braço, e você só teria o que merece. Como é que você, um velho amigo que estimo, diante do qual revelo espontaneamente o meu incógnito, abusa da minha confiança? É mau. E agora, o que tem?

Ganimard calou-se. Aquela fuga, pela qual se considerava responsável — afinal, não foi ele quem, com o seu depoimento sensacional, induziu a Justiça ao erro? —, parecia-lhe a vergonha da sua carreira. Uma lágrima rolou pelo seu bigode grisalho.

— Ah, meu Deus, Ganimard, não se recrimine. Se você não tivesse falado, eu teria ajeitado para que outro falasse. Ora, ora, eu poderia admitir que Baudru Désiré fosse condenado?

— Então era você quem estava lá? — murmurou Ganimard. — E é você quem está aqui?

— Eu, sempre eu, só eu.

— É possível?

— Ora, não é preciso ser adivinho. Basta, como disse o valoroso juiz, preparar-se durante dez anos para encarar todas as eventualidades.

— Mas o seu rosto? Os seus olhos?

— Você deve entender que, se trabalhei dezoito meses no Hospital Saint-Louis com o dr. Altier, não foi por amor à arte. Pensei que aquele que teria um dia a honra de se chamar Arsène Lupin deveria estar livre das leis ordinárias que regem a aparência e a identidade. A aparência pode ser modificada à vontade. Uma injeção hipodérmica de parafina incha a pele no lugar desejado. O ácido pirogálico transforma em moicano. O suco da grande quelidônia adorna com impigens e tumores do efeito mais feliz. Há um processo químico que age sobre o crescimento da barba e dos cabelos, e outro sobre o som da voz. Junte a isso dois meses de dieta na cela nº 24, exercícios repetidos mil vezes para abrir a boca segundo esse ricto, para manter a cabeça segundo esta inclinação e as costas segundo esta curva. Por fim, cinco gotas de atropina nos olhos para torná-los esgazeados e ariscos, e o truque está feito.

— Não compreendo como os carcereiros...

— A metamorfose foi progressiva. Eles não puderam observar a evolução no dia a dia.

— E Baudru Désiré?

— Baudru existe. É um pobre inocente que encontrei no ano passado e que realmente possui certa semelhança de traços comigo. Prevendo uma detenção sempre possível, eu o pus em segurança e me dediquei a discernir desde o início os pontos em que somos diferentes na aparência, para atenuá-los em mim quando fosse necessário. Meus amigos o fizeram passar uma noite na prisão central, de maneira que saísse mais ou menos na mesma hora que eu, e a coincidência fosse fácil de verificar. Pois, note, era preciso que o rastro da sua passagem fosse encontrado, sem o que, a Justiça procuraria descobrir quem eu era. Mas, ao oferecer-lhe esse excelente Baudru, era inevitável, compreende, que ela saltasse em cima dele e, apesar das dificuldades insuperáveis de uma substituição, preferisse acreditar na troca em vez de confessar sua ignorância.

— Sim, sim, claro — murmurou Ganimard.

— Além disso — acrescentou Arsène Lupin —, eu tinha nas mãos um trunfo formidável, uma carta preparada por mim desde o início: a expectativa de todo mundo de que eu ia fugir. E foi esse o erro grosseiro em que incorreram, você e os outros, nesta partida fascinante que a Justiça e eu tínhamos começado e na qual estava em jogo a minha liberdade. Imaginaram ainda uma vez que eu agia por arrogância, que estava deslumbrado com meus sucessos como um principiante. Eu, Arsène Lupin, manifestar semelhante fraqueza! E, como no caso Cahorn, não pensaram: "Quando Arsène Lupin grita aos quatro ventos que vai fugir, é porque tem razões que o obrigam a gritar". Mas, com os diabos, compreenda de uma vez que, para me evadir, sem me evadir, era preciso que acreditassem antes nessa fuga, que isso fosse um artigo de fé, uma convicção absoluta, uma verdade brilhante como o sol. E foi assim por minha vontade. Arsène Lupin se evadiria, Arsène Lupin não assistiria ao seu julgamento. E, quando você se levantou para dizer: "Este homem não é Arsène Lupin", teria sido um milagre se todo mundo não acreditasse imediatamente que eu não era Arsène Lupin. Se uma só pessoa duvidasse, se uma só emitisse esta simples restrição: "E se for Arsène Lupin?", eu estaria perdido no mesmo instante. Bastava se inclinar para mim, não com a ideia de que eu não era Arsène Lupin, como você e os outros fizeram, mas com a ideia de que eu poderia ser Arsène Lupin, e, apesar de todas as minhas precauções, eu seria reconhecido. Mas eu estava tranquilo. Lógica e psicologicamente, ninguém poderia ter essa simples ideia.

Ele pegou de repente na mão de Ganimard.

— Vamos, Ganimard, confesse que, oito dias depois da nossa conversa na prisão da Santé, você me esperou às quatro da tarde, na sua casa, como eu havia pedido.

— E o seu carro penitenciário? — indagou Ganimard, evitando responder.

— Era um blefe. Foram meus amigos que repararam e substituíram aquele carro velho fora de uso e quiseram tentar o golpe. Mas eu sabia que era impraticável sem a cooperação de circunstâncias excepcionais. No entanto, pareceu-me útil realizar a tentativa de fuga e dar a ela a maior publicidade. Uma primeira evasão preparada de modo audacioso dava à segunda o valor de uma fuga realizada antecipadamente.

— De sorte que o charuto...

— Forjado por mim, assim como a faca.

— E os bilhetes?

— Escritos por mim.

— E a correspondente misteriosa?

— Ela e eu somos a mesma pessoa. Escrevo com todos os tipos de letra à vontade.

Ganimard refletiu um instante e objetou:

— Como é que, no Serviço de Antropometria, quando preencheram a ficha de Baudru, não notaram que coincidia com a de Arsène Lupin?

— A ficha de Arsène Lupin não existe.

— Não está falando sério.

— Ou, pelo menos, é falsa. É uma questão que estudei a fundo. O sistema Bertillon[12] comporta primeiro a identificação visual — e você vê que ela não é infalível — e em seguida a identificação por medidas: medida da cabeça, dos dedos, das orelhas, etc. Contra isso não há nada a fazer.

— E então?

— Então tive de pagar. Antes mesmo do meu regresso dos Estados Unidos, um dos funcionários do serviço aceitou determinada quantia para inserir uma medida falsa no início da minha medição. Foi o suficiente para que todo o sistema mudasse de posição e que uma ficha se orientasse para uma divisão diametralmente oposta àquela em que deveria estar. A ficha de Baudru não deveria, portanto, coincidir com a ficha de Arsène Lupin.

Depois de um breve silêncio, Ganimard perguntou:

— E agora, o que vai fazer?

— Agora — respondeu Lupin — vou descansar, seguir um regime de superalimentação e voltar aos poucos a ser eu mesmo. É muito bom ser Baudru ou outro qualquer, mudar de personalidade como de camisa e escolher a própria aparência, a voz, o olhar, a letra. Mas chega um momento em que a gente não se reconhece mais em tudo isso e é muito triste. Atualmente experimento o que deve experimentar o homem que perdeu sua sombra. Vou me procurar... e me reencontrar.

---

[12] O sistema Bertillon foi inventado pelo francês Alphonse Bertillon (1853 – 1914). Ele criou em 1882, em Paris, a antropometria judiciária, chamada "sistema Bertillon". Era uma técnica de identificação de criminosos baseada na medição de várias partes do corpo e da cabeça, sinais individuais, tatuagens, cicatrizes e características pessoais do suspeito. Foi substituído, mais tarde, pelo método de identificação mediante as impressões digitais.

Começou a andar de um lado para o outro. Um pouco de escuridão já se misturava à luz do dia. Parou em frente a Ganimard.

— Não temos mais nada para conversar, imagino.

— Sim — respondeu o inspetor —, eu gostaria de saber se pretende revelar a verdade sobre a sua fuga, sobre o erro que cometi.

— Ah, ninguém jamais saberá que o próprio Arsène Lupin foi posto em liberdade. Tenho o maior interesse em me cercar das trevas mais misteriosas para preservar o caráter quase milagroso dessa fuga. Por isso, não tenha nenhum receio, meu bom amigo, e adeus. Vou jantar fora esta noite e só tenho tempo para trocar de roupa.

— Eu pensei que estava ansioso para descansar.

— Infelizmente, há obrigações sociais as quais não se podem evitar. O descanso começará amanhã.

— E onde vai jantar?

— Na Embaixada da Inglaterra.

❖

O viajante misterioso

No dia anterior, eu enviara o meu automóvel a Rouen pela estrada. Deveria ir até lá de trem e, dali, dirigir-me à casa de amigos que moram à beira do Sena.

Em Paris, minutos antes da partida, sete homens invadiram meu compartimento, e cinco deles fumavam. Por mais curto que seja o trajeto em trem expresso, a perspectiva de viajar em semelhante companhia não me agradava, principalmente porque o vagão, de modelo antigo, não tinha corredor. Peguei então o capote, os jornais, o guia de estradas de ferro e me refugiei num dos compartimentos vizinhos.

Uma senhora se encontrava ali. Quando me viu, fez um gesto de contrariedade que não me escapou e se inclinou para um senhor de pé no estribo, o seu marido sem dúvida, que a acompanhara à estação. O cavalheiro me observou, e minha aparência provavelmente não lhe desagradou, pois falou baixinho à mulher, sorrindo, com o ar de quem tranquiliza uma criança que está com medo. Ela também sorriu e me dirigiu um olhar amigável, como se compreendesse de repente que eu era um desses homens galantes com quem uma mulher pode ficar fechada durante duas horas, numa pequena cabina de menos de três metros quadrados, sem ter nada a temer.

— Você vai me perdoar, querida — disse-lhe o marido —, mas tenho um compromisso urgente e não posso esperar mais.

Abraçou-a com carinho e foi embora. A mulher enviou-lhe pela janela pequenos beijos discretos e acenou com o lenço. Um apito soou, e o trem se pôs em movimento.

Naquele exato momento, e apesar dos protestos dos empregados da estação, a porta se abriu, e um homem surgiu em nosso compartimento. Minha companheira, que estava de pé e dispunha de modo conveniente seus pertences no porta-bagagens, soltou um grito de terror e caiu no banco.

Não sou covarde, longe disso, mas confesso que essas irrupções de última hora são sempre irritantes. Parecem suspeitas, pouco naturais. Deve haver alguma coisa por trás, sem o que...

A aparência do recém-chegado e sua atitude contribuíram, entretanto, para atenuar a má impressão que seu ato causara. Havia nele correção, quase elegância. Usava uma gravata de bom gosto, luvas em ordem e tinha um rosto enérgico. Mas onde diabo eu vira aquele rosto? Pois não havia dúvida de que já o vira. Pelo menos, para ser mais preciso, encontrava dentro de mim a espécie de lembrança que deixa a visão de um retrato observado diversas vezes e cujo original nunca foi contemplado. Ao mesmo tempo, sentia a inutilidade de qualquer esforço de memória, tão inconsistente e vaga era aquela recordação.

Em seguida, ao voltar minha atenção para a senhora, fiquei espantado com sua palidez e o transtorno de seus traços. Ela olhava seu vizinho, sentado do mesmo lado, com uma expressão de medo real, e verifiquei que uma das suas mãos, trêmula, deslizava em direção a uma pequena sacola de viagem posta sobre o banco a vinte centímetros dos seus joelhos. Acabou apanhando-a e puxando-a nervosamente para o seu lado.

Nossos olhos se encontraram, e li nos dela tanta angústia e ansiedade que não pude deixar de perguntar-lhe:

— Não está se sentindo bem, madame? Quer que eu abra a janela?

Ela não me respondeu, mas me apontou o indivíduo com um gesto assustado. Sorri como fizera o seu marido, encolhi os ombros e lhe expliquei por sinais que ela não tinha nada a temer, que eu estava ali e que, além disso, aquele senhor parecia inofensivo.

Naquele instante o desconhecido virou-se para nós, examinou-nos da cabeça aos pés, depois se recostou no seu canto e não se mexeu mais.

Houve um silêncio, porém a senhora, como se tivesse reunido toda a sua energia para realizar um ato desesperado, disse-me com uma voz apenas audível:

— Sabe quem está no nosso trem?

— Quem?

— Ele... ele... eu garanto.

— Ele quem?

— Arsène Lupin.

Ela não tirava os olhos do viajante e era mais a ele do que a mim que dirigia as sílabas daquele nome inquietante.

O indivíduo baixou a aba do chapéu sobre o nariz. Era para disfarçar sua perturbação ou simplesmente se preparava para dormir?

— Arsène Lupin foi condenado ontem, à revelia, a vinte anos de trabalhos forçados — objetei. — Por isso, é pouco provável que cometa hoje a imprudência de aparecer em público. Ademais, os jornais não noticiaram sua presença na Turquia, neste inverno, depois da sua famosa fuga da Santé?

— Ele se encontra neste trem — repetiu a senhora, com a intenção cada vez mais evidente de ser ouvida por nosso companheiro. — O meu marido é subdiretor dos serviços penitenciários, e foi o próprio chefe da estação que nos disse que estavam procurando Arsène Lupin.

— Não é motivo...

— Foi visto na entrada. Comprou uma passagem de primeira classe para Rouen.

—Seria fácil pôr as mãos nele.

— Ele desapareceu. O guarda na porta das salas de espera não o viu, mas se supõe que passou pelas plataformas da periferia e subiu no expresso que parte dez minutos depois do nosso.

— Nesse caso o teriam detido.

— E se, no último momento, ele saltou do expresso para vir para cá, ao nosso trem... como é provável... como é certo?

— Se foi assim, será apanhado aqui mesmo. Pois os empregados e os policiais não deixaram de observar sua passagem de um trem para o outro e, quando chegarmos a Rouen, vão recebê-lo de maneira conveniente.

— A ele, jamais! Achará um meio para escapar outra vez.

— Nesse caso, desejo-lhe boa viagem.

— Mas, até lá, acho que ele pode fazer...

— O quê?

— Não sei. É preciso estar preparada para tudo.

Ela estava muito agitada, e de fato a situação justificava até certo ponto essa excitação nervosa. Fui impelido a dizer-lhe:

— Há, realmente, coincidências curiosas. Mas fique tranquila. Admitindo que Arsène Lupin esteja num desses vagões, agirá com a maior prudência e, em vez de atrair novos problemas, não terá outra ideia senão evitar o perigo que o ameaça.

Minhas palavras não a acalmaram. No entanto, ela se calou, sem dúvida com receio de ser indiscreta.

Abri os jornais e li os relatos do processo de Arsène Lupin. Como não continham nada que eu já não conhecesse, não me interessaram muito. Além disso, estava cansado, tinha dormido mal, sentia as pálpebras pesarem e a cabeça pender.

— O senhor não vai dormir.

A senhora arrancou-me os jornais e olhou para mim com indignação.

— Claro que não — respondi. — Estou sem vontade.

— Seria a maior imprudência — disse-me.

— A maior — concordei.

Lutei contra o sono, pondo-me a contemplar a paisagem e as nuvens que se deslocavam no céu. E logo tudo isso se embaralhou no espaço, a imagem da mulher agitada e do homem adormecido apagou-se na minha mente, e o grande e profundo silêncio do sono apoderou-se de mim.

Sonhos inconsistentes e leves logo o animaram. Um homem que representava o papel de Arsène Lupin e trazia o seu nome ocupava no meu espírito o lugar principal. Aparecia no horizonte, carregando objetos preciosos nas costas, atravessava paredes e removia móveis de castelos.

Mas os contornos daquele homem, que já não era Arsène Lupin, assumiram forma mais definida. Avançou em minha direção, tornou-se cada vez maior, saltou dentro do vagão com uma agilidade incrível e caiu em cheio no meu peito.

Uma dor atroz, um grito assustado. Acordei. O homem, o viajante, com um joelho em cima do meu peito, apertava-me a garganta.

Vi aquilo muito vagamente, pois os meus olhos estavam injetados de sangue. Vi também a mulher, atacada de convulsões num canto, vítima de uma crise nervosa. Eu não tentava sequer resistir. Além do mais, nem teria força para isso: minhas têmporas pulsavam, eu sufocava, respirava com dificuldade. Mais um minuto e seria a morte por asfixia.

O homem deve ter percebido, porque relaxou o aperto. Sem se afastar, com a mão direita, estendeu uma corda na qual preparara um nó corredio e, com um gesto seco, atou meus pulsos. Num instante fui amarrado, amordaçado e imobilizado.

Ele realizou a tarefa da maneira mais natural do mundo, com uma desenvoltura na qual se revelava o saber de um mestre, de um profissional do roubo e do crime. Nem uma palavra, nem um movimento nervoso. Sangue-frio e ousadia. E ali estava eu, no banco, atado com faixas como uma múmia, eu, Arsène Lupin!

Na verdade, havia motivo para rir. E, apesar da gravidade das circunstâncias, não deixei de apreciar o que a situação comportava de irônico e delicioso. Arsène Lupin enganado como um principiante! Roubado como uma pessoa qualquer — porque, evidentemente, o bandido me aliviou da bolsa e da carteira. Arsène Lupin, vítima por seu turno, logrado, vencido... Que aventura!

Faltava a mulher. Ele nem sequer prestou atenção nela. Contentou-se em apanhar a pequena sacola que caíra no chão e tirou as joias, o porta-moedas e os objetos de ouro e de prata que continha. A senhora abriu um olho, estremeceu de terror, tirou os anéis e os estendeu ao homem como se quisesse poupar-lhe qualquer esforço desnecessário. Ele pegou os anéis e a fitou. Ela desmaiou.

Então, sempre calado e tranquilo, sem se ocupar mais de nós, retornou ao seu lugar, acendeu um cigarro e se entregou a um exame minucioso dos tesouros que acabava de conquistar, exame que pareceu satisfazê-lo plenamente.

Eu não estava tão satisfeito. Não falo dos doze mil francos de que me havia privado de modo indevido: era uma perda apenas temporária, e eu contava que aqueles doze mil francos voltariam à minha posse num prazo bem curto, assim como os papéis importantes que guardava na carteira: projetos, orçamentos, endereços, listas de correspondentes, cartas comprometedoras. Mas, no momento, uma preocupação mais imediata e mais séria me afligia. O que iria ocorrer?

Como se pode imaginar, a agitação causada pela minha passagem na estação Saint-Lazare não me escapara. Convidado a visitar amigos que eu frequentava com o nome de Guillaume Berlat e para os quais minha semelhança com Arsène Lupin era assunto de brincadeiras afetuosas, não pude disfarçar-me ao meu modo, e minha presença chamou atenção. Além disso, viram um homem saltar do expresso e tomar o rápido. Quem era esse homem senão Arsène Lupin? Portanto, inevitavelmente, fatalmente, o comissário de polícia de Rouen, avisado por telegrama e ajudado por um número apreciável de agentes, aguardaria a chegada do trem, interrogaria os passageiros suspeitos e procederia a uma inspeção rigorosa dos vagões.

Eu tinha previsto tudo isso e não me havia impressionado muito, certo de que a polícia de Rouen não seria mais perspicaz que a de Paris e que eu saberia passar despercebido. Não me seria suficiente, na saída, mostrar com displicência o cartão de deputado, graças ao qual eu já inspirara confiança absoluta ao fiscal de Saint-Lazare? Mas como as coisas haviam mudado! Eu não estava mais livre. Impossível tentar um de meus truques habituais.

Num dos vagões, o comissário encontraria o sr. Arsène Lupin, que um acaso favorável lhe enviava de pés e mãos atados, dócil como um cordeiro, embalado, pronto para ser jogado num camburão. Só teria de levar a mercadoria, como se recebe uma encomenda postal endereçada à estação, uma canastra de caça ou uma cesta de frutas e legumes.

Para evitar esse desfecho lamentável, o que eu poderia fazer, enrolado em minhas faixas?

O expresso corria para Rouen, única e próxima estação, sem parar nas de Vernon e Saint-Pierre.

Outro problema me intrigava, no qual eu estava menos diretamente interessado, mas cuja solução despertava minha curiosidade de profissional. Quais eram as intenções do meu companheiro?

Se eu estivesse sozinho, ele teria tempo para descer tranquilamente em Rouen. Mas e a mulher? Assim que a portinhola fosse aberta, a senhora, tão discreta e humilde naquele momento, começaria a gritar, agitar-se e pedir socorro.

Daí o meu assombro. Por que não a reduzia à mesma impotência em que eu me encontrava, o que lhe daria tempo suficiente para desaparecer antes que alguém descobrisse seu crime duplo?

Fumava constantemente, com os olhos fixos no espaço que uma chuva indecisa começava a listrar com grandes linhas oblíquas. Uma vez, entretanto, virou-se, pegou o meu guia de estradas de ferro e o consultou.

A senhora se esforçava para permanecer desmaiada, tentando tranquilizar o inimigo. Mas acessos de tosse provocados pela fumaça desmentiam o desmaio.

Quanto a mim, estava muito desconfortável e cansado. E pensava, fazia planos.

Passamos por Pont-de-l'Arche, Oissel... O expresso se apressava, alegre, embriagado de velocidade.

Saint-Étienne... Naquele instante, o homem levantou-se e deu dois passos em nossa direção. A mulher apressou-se a responder com um novo grito e um desmaio não simulado.

Mas qual era a sua intenção? Ele baixou o vidro do nosso lado. A chuva caía agora com violência, e seu gesto expressou a contrariedade que sentia por não ter guarda-chuva nem capote. Olhou para o porta-bagagem e viu o guarda-chuva da mulher. Apanhou-o e também pegou meu capote e o vestiu.

Atravessávamos o Sena. O homem dobrou a barra da calça, inclinou-se e levantou o trinco externo da porta.

Ia atirar-se ao lado dos trilhos? Naquela velocidade, seria morte certa. Mergulhamos no túnel aberto na encosta Sainte-Catherine. O homem entreabriu a portinhola e experimentou com o pé o primeiro degrau. Que loucura! As trevas, a fumaça, o barulho, tudo isso dava à tentativa uma aparência fantástica. De repente, porém, o trem moderou a marcha, os freios se opondo ao esforço das rodas. Em um minuto voltou à velocidade normal e, em seguida, a diminuiu mais ainda. Sem dúvida, trabalhos de reparação estavam projetados naquele trecho do túnel, o que obrigava os trens a reduzir a marcha, há alguns dias talvez, e o homem sabia disso.

O desconhecido só teve de pôr o outro pé no estribo, descer ao segundo degrau e ir embora calmamente, não sem antes baixar o trinco e fechar a portinhola.

Logo depois que desapareceu, a luz do dia clareou a fumaça, tornando-a mais branca. Saímos num vale. Ainda um túnel, e estávamos em Rouen.

A dama recuperou imediatamente os sentidos e seu primeiro impulso foi lamentar a perda das joias. Implorei-lhe com os olhos. Ela compreendeu e retirou a mordaça que me sufocava. Pretendia também desatar as amarras que me prendiam, mas a impedi.

— Não, não, a polícia precisa ver tudo como está. Quero que verifique o que esse vigarista aprontou para nós.

— E se eu puxar o sinal de alarme?

— Tarde demais. Deveria ter pensado nisso enquanto ele me atacava.

— Ele teria me matado! Ah, senhor, eu lhe disse que ele viajava neste trem. Reconheci-o imediatamente, pelo retrato. E lá se foi ele com as minhas joias.

— A polícia vai apanhá-lo, não se preocupe.

— Apanhar Arsène Lupin? Nunca.

— Isso depende da senhora. Ouça. Assim que chegarmos, esteja na portinhola e chame, faça barulho. Policiais e empregados da ferrovia virão. Conte então o que viu em poucas palavras, a agressão de que fui vítima e a fuga de Arsène Lupin. Faça uma descrição dele: chapéu de feltro, um guarda-chuva — o seu — e um capote cinza sob medida.

— O seu — disse ela.

— Como o meu? Não, o dele. Eu não trouxe capote.

— Pareceu-me que ele também não trazia quando subiu.

— Sim, sim, a menos que tenha sido um capote esquecido no porta-bagagens. Em todo caso, ele o usava quando desceu, e isso é o essencial. Um capote cinza, feito sob medida, lembre-se. Ah, ia me esquecendo... diga o seu nome desde o início. As funções que o seu marido exerce estimularão o zelo de todas essas pessoas.

Estávamos chegando. Ela já se dirigia à portinhola. Continuei com uma voz um tanto forte, quase imperiosa, para que minhas palavras se gravassem bem em sua mente:

— Diga também o meu nome, Guillaume Berlat. Se for preciso, diga que me conhece. Isso nos fará ganhar tempo. É preciso acelerar a investigação preliminar. O importante é irem atrás de Arsène Lupin e de suas joias. Não há dúvida, não é? Guillaume Berlat, um amigo do seu marido.

— Entendido... Guillaume Berlat.

Ela já chamava e gesticulava. O trem ainda não havia parado, e um cavalheiro já subia, seguido por vários homens. A hora crítica soava.

Ofegante, a mulher clamou:

— Arsène Lupin... nos atacou... roubou minhas joias... Sou a sra. Renaud... o meu marido é subdiretor dos serviços penitenciários... Ah, aqui está o meu irmão, Georges Ardelle, diretor do Crédit Rouennais... Os senhores devem saber...

Abraçou um rapaz que acabava de se juntar a nós e que o comissário cumprimentou. E acrescentou, chorosa:

— Sim, Arsène Lupin... Enquanto este senhor dormia, ele se atirou à sua garganta... O sr. Berlat, amigo do meu marido.

O comissário perguntou:

— Mas onde está Arsène Lupin?

— Pulou do trem no túnel, depois de passar o Sena.

— Tem certeza de que era ele?

— Se tenho! Reconheci-o perfeitamente. Aliás, ele foi visto na estação Saint-Lazare. Usava um chapéu de feltro mole...

— Não... um chapéu de feltro duro, como este — retificou o comissário, apontando o meu chapéu.

— Um chapéu mole, afirmo — repetiu a sra. Renaud —, e um capote cinza sob medida.

— Isso mesmo — murmurou o comissário. — O telegrama assinala esse capote cinza sob medida com gola de veludo preto.

— Com gola de veludo preto, justamente! — exclamou a sra. Renaud, triunfante.

Respirei. Ah, a valorosa e excelente amiga que eu tinha ali!

Nesse meio-tempo, os agentes de polícia me haviam livrado de meus entraves. Mordi violentamente os lábios e escorreu sangue. Curvado em dois, com o lenço na boca, como convém a um indivíduo que permaneceu muito tempo numa posição incômoda e que traz no rosto a marca sangrenta da mordaça, eu disse ao comissário, com voz debilitada:

— Era Arsène Lupin, não há dúvida, senhor comissário. Se agirem com rapidez, poderão capturá-lo. Creio que posso ser-lhe de alguma utilidade.

O vagão que deveria servir para as investigações da Justiça foi desengatado. O trem continuou em direção a Le Havre. Fomos conduzidos ao gabinete do chefe de estação, no meio de uma multidão de curiosos que entulhava a plataforma.

Neste momento tive uma dúvida. Sob um pretexto qualquer, eu poderia afastar-me, alcançar meu automóvel e dar o fora. Permanecer ali era perigoso. Se um incidente ocorresse, se um telegrama chegasse de Paris, eu estaria perdido.

Sim, mas e o meu ladrão? Abandonado aos meus próprios recursos, numa região que não me era familiar, não poderia esperar encontrá-lo.

— Ah, enfrentemos a situação e fiquemos — disse a mim mesmo. — Ganhar a partida é difícil, mas é tão divertido jogar! E o que está em jogo vale a pena.

Como nos pedissem que renovássemos provisoriamente nossas declarações, exclamei:

— Senhor comissário, neste momento Arsène Lupin está se distanciando de nós. Meu automóvel me espera no estacionamento. Se quiser me dar o prazer de ir comigo, procuraremos...

O comissário sorriu com malícia:

— A ideia não é má. Aliás, é tão boa que já está em vias de execução.

— Ah!

— Sim, senhor, dois dos meus agentes partiram de bicicleta já há algum tempo.

— Para onde foram?

— Para a saída do túnel. Lá colherão indícios, testemunhos e seguirão a pista de Arsène Lupin.

Não pude deixar de encolher os ombros.

— Seus agentes não colherão nem indícios, nem testemunhos.

— Realmente?

— Arsène Lupin deve ter usado de cautela para que ninguém o visse sair do túnel. Deve ter tomado a primeira estrada e, dali...

— E dali vindo a Rouen, onde o apanharemos.

— Ele não virá a Rouen.

— Então ficará nas redondezas, onde somos ainda mais fortes.

— Ele não ficará nas redondezas.

— Oh! Oh! E onde então se esconderá?

Puxei o meu relógio.

— Neste momento, Arsène Lupin está rondando a estação de Darnétal. Às dez e cinquenta, isto é, daqui a vinte e dois minutos, tomará o trem que vai da estação norte de Rouen a Amiens.

— Acha mesmo? E como sabe disso?

— Ah, é muito simples. No compartimento, Arsène Lupin consultou meu guia de estradas de ferro. Por que motivo? Para ver se, não longe do local onde desapareceu, havia outra linha, uma estação nessa linha e um trem que parasse nessa estação. Também acabo de consultar o guia e descobri essa informação.

— Na verdade, senhor — comentou o comissário —, é uma dedução maravilhosa. Que competência!

Levado por minha convicção, eu cometera uma imprudência ao demonstrar tanta habilidade. O comissário olhava para mim com espanto, e tive a impressão de que uma suspeita aflorava em sua mente. Mas só uma suspeita, pois as fotografias distribuídas pela polícia eram muito imperfeitas para permitir que me reconhecesse, representando um Arsène Lupin bem diferente daquele que se encontrava à sua frente. Mas, mesmo assim, parecia perturbado, confusamente inquieto.

Houve um momento de silêncio. Algo de ambíguo e incerto suspendia nossas palavras. Um arrepio de insegurança agitou-me. A sorte iria voltar-se contra mim? Dominando-me, pus-me a rir.

— Meu Deus, nada estimula tanto nossa compreensão como a perda de uma carteira e o desejo de recuperá-la. Parece-me que, se o senhor for amável em me ceder dois dos seus agentes, eles e eu talvez possamos...

— Oh, por favor, senhor comissário — exclamou a sra. Renaud —, ouça o sr. Berlat.

A intervenção da minha excelente amiga foi decisiva. Pronunciado por ela, mulher de um personagem influente, o nome Berlat tornava-se realmente o meu e me conferia uma identidade imune a qualquer suspeita. O comissário levantou-se:

— Acredite em mim, sr. Berlat, ficarei muito feliz em vê-lo bem-sucedido. Estou tão interessado quanto o senhor na prisão de Arsène Lupin.

Acompanhou-me até o automóvel. Dois dos seus agentes, que me apresentou como Honoré Massol e Gaston Delivet, acomodaram-se no carro. Tomei assento ao volante. Meu mecânico virou a manivela. Segundos depois, deixávamos a estação. Eu estava salvo.

Ah, confesso que, enquanto rodava pelas avenidas que cercam a velha cidade normanda, na alta velocidade do meu Moreau-Lepton de trinta e cinco cavalos, não deixei de sentir certo orgulho. O motor roncava harmoniosamente. À direita e à esquerda, as árvores fugiam atrás de nós. Livre, fora de perigo, eu só tinha agora de resolver meus pequenos assuntos pessoais, com o auxílio dos dois representantes honrados da força pública. Arsène Lupin ia à procura de Arsène Lupin!

Guardiães modestos da ordem social, Gaston Delivet e Honoré Massol, como a ajuda de vocês foi valiosa para mim! O que teria feito sem vocês? Sem vocês, quantas vezes teria escolhido o caminho errado nos cruzamentos! Sem vocês, Arsène Lupin se enganaria, e o outro teria escapado!

Mas nem tudo estava terminado. Longe disso. Restava-me, primeiro, capturar o indivíduo e, em seguida, recuperar eu mesmo os documentos que me havia roubado. Por nada no mundo meus dois assistentes deveriam meter o nariz nesses documentos, menos ainda apoderar-se deles. Servir-me deles e agir distante deles, eis o que eu queria, mas não era fácil.

Chegamos a Darnétal três minutos depois que o trem passou. É verdade que tive o consolo de ficar sabendo que um indivíduo vestindo capote cinza, feito sob medida e com gola de veludo preto, havia subido num compartimento de segunda classe, com passagem para Amiens. Decididamente, o meu início como policial prometia.

— O trem é expresso e só para em Montérolier-Buchy, daqui a dezenove minutos — disse Delivet. — Se não chegarmos lá antes de Arsène Lupin, ele pode continuar até Amiens ou mudar de trem e ir a Clères e de lá dirigir-se a Dieppe ou Paris.

— Qual a distância até Montérolier?

— Vinte e três quilômetros.

— Vinte e três quilômetros em dezenove minutos. Estaremos lá antes dele.

Etapa emocionante! O meu fiel Moreau-Lepton jamais respondeu à minha impaciência com mais ardor e regularidade. Parecia que eu lhe comunicava a minha vontade diretamente, sem a intermediação de acelerador e direção. Ele compartilhava os meus desejos. Aprovava a minha obstinação. Compreendia a minha animosidade contra aquele vigarista do Arsène Lupin. O velhaco! O traidor! Eu venceria a resistência dele? Faria mais uma vez pouco caso da autoridade de que eu era a encarnação?

— À direita — gritava Delivet. — À esquerda! Em frente!

Quase estávamos voando, mal tocando o solo. Os marcos da estrada pareciam animais pequenos assustados que sumiam à nossa aproximação.

De repente, na curva de uma estrada, vimos um turbilhão de fumaça. Era o expresso do Norte.

Durante um quilômetro travou-se uma luta lado a lado, luta desigual cujo resultado era certo. Na reta final, vencemos por vinte corpos.

Em três segundos estávamos na plataforma, em frente dos vagões de segunda classe. As portinholas se abriram. Algumas pessoas desceram. O meu ladrão não. Inspecionamos os compartimentos. Nem sinal de Arsène Lupin.

— Com os diabos! — exclamei. — Ele provavelmente me reconheceu no automóvel enquanto corríamos lado a lado e deve ter saltado antes de chegarmos.

O chefe do trem confirmou a suposição. Vira um homem descendo precipitadamente ao longo do aterro, a duzentos metros da estação.

— Olhe, ali adiante. É aquele que está atravessando a passagem de nível.

Lancei-me em desabalada carreira, seguido por meus dois assistentes, ou melhor, seguido por um deles, porque o outro, Massol, era um corredor excepcional, tanto em resistência quanto em velocidade. Em poucos instantes, a distância que o separava do fugitivo diminuiu sensivelmente. O indivíduo percebeu, saltou uma cerca viva e correu em disparada para um barranco, que subiu. Nós o vimos ainda mais adiante, entrando num pequeno bosque.

Quando alcançamos o bosque, Massol nos aguardava. Considerou inútil aventurar-se mais longe, com receio de nos perder.

— Parabéns, meu caro amigo! — cumprimentei-o. — Depois de uma correria dessas, o nosso indivíduo deve estar sem fôlego. Vamos apanhá-lo.

Examinei as imediações, refletindo nos meios para proceder sozinho à prisão do fugitivo, a fim de fazer eu mesmo recuperações que a Justiça sem dúvida só toleraria depois de muitos inquéritos desagradáveis. Em seguida, retornei para junto de meus companheiros.

— É muito fácil. Você, Massol, posicione-se à esquerda. Você, Delivet, à direita. Dali vigiem toda a linha de trás do bosque. Ele não pode sair sem que o vejam, a não ser por esta vereda, onde me posiciono. Se ele não sair, vou entrar e, forçosamente, botá-lo para correr na direção de um ou de outro. Portanto, vocês só têm de esperar. Ah, eu já ia me esquecendo: em caso de alerta, um tiro.

Massol e Delivet afastaram-se cada um para o seu lado. Assim que desapareceram, penetrei no bosque, com as maiores precauções, de maneira a não ser visto nem ouvido. Era um matagal cerrado, próprio para a caça e cortado por trilhas muito estreitas onde não era possível caminhar a não ser curvando-se como em subterrâneos de folhagens.

Uma dessas trilhas conduzia a uma clareira onde a relva molhada apresentava vestígios de passos. Segui-os tendo o cuidado de me mover às escondidas através das moitas. Eles me levaram ao pé de um pequeno monte coroado por um casebre feito de restos de construção e meio demolido.

— Ele deve estar ali — pensei. — O ponto de observação foi bem escolhido.

Aproximei-me rastejando do casebre. Um ruído leve me preveniu sobre a sua presença e, de fato, por uma abertura, notei que se encontrava de costas para mim.

Em dois saltos, caí em cima dele. Ele tentou apontar o revólver que segurava na mão. Não lhe dei tempo e o derrubei no chão, de tal modo que seus braços ficaram presos debaixo do seu corpo, torcidos, e pesei com o meu joelho no seu peito.

— Ouça, meu bom rapaz — sussurrei-lhe no ouvido —, sou Arsène Lupin. Você vai me devolver imediatamente e de boa vontade a minha carteira e a sacola da senhora. Em troca, vou tirá-lo das garras da polícia e relacioná-lo entre meus amigos. Só uma palavra: sim ou não?

— Sim — murmurou ele.

— Tanto melhor. O seu golpe da manhã foi muito bem imaginado. Vamos nos entender.

Levantei-me. Ele procurou no bolso, tirou uma faca grande e tentou atacar-me.

— Imbecil! — exclamei.

Com uma mão aparei o ataque. Com a outra desferi-lhe um golpe violento na artéria carótida, o que se chama "*hook* na carótida". Ele caiu atordoado.

Na minha carteira encontrei meus documentos e meu dinheiro. Por curiosidade, peguei a dele. Num envelope que lhe era endereçado, li o seu nome: Pierre Onfrey.

Um calafrio percorreu a minha espinha. Pierre Onfrey, o assassino da rua Lafontaine, em Auteuil. Pierre Onfrey, que degolara a sra. Delbois e suas duas filhas. Debrucei-me sobre ele. Sim, era o rosto que, no compartimento do trem, despertara em mim a lembrança de traços já contemplados.

Mas o tempo corria. Introduzi num envelope duas notas de cem francos, um cartão e estas palavras:

> "Arsène Lupin para seus bons colegas Honoré Massol e Gaston Delivet, como demonstração de reconhecimento."

Pus o envelope num lugar bem à vista, no meio do aposento. Ao lado, a sacola da sra. Renaud. Podia deixar de devolvê-la à excelente amiga que me socorreu?

Confesso, entretanto, que retirei da sacola tudo o que apresentava um valor qualquer, deixando somente um pente de tartaruga e um porta-moedas vazio. Que diabo! Negócios são negócios. Além disso, o marido dela exercia uma profissão tão pouco honrosa!

Restava o homem. Começava a se mexer. O que eu deveria fazer? Não tinha autoridade para salvá-lo nem para condená-lo.

Tirei-lhe as armas e dei um tiro de revólver para o ar.

— Os outros dois virão — pensei. — Ele que se arranje. As coisas se cumprirão conforme o seu destino.

E me afastei a toda a pressa pelo caminho da clareira.

Vinte minutos mais tarde, uma estrada transversal, que eu observara quando perseguíamos o indivíduo, levava-me até o meu automóvel.

Às quatro da tarde, telegrafei para os meus amigos de Rouen, comunicando-lhes que um incidente imprevisto me obrigava a adiar minha visita. Mas, cá entre nós, receio muito, considerando o que eles devem saber agora, que terei de adiá-la indefinidamente. Desilusão cruel para eles.

Às seis da tarde, eu regressava a Paris pela Isle-Adam, por Enghien e pela porta Bineau.

Os jornais da noite me informaram que a polícia conseguira, enfim, botar a mão em Pierre Onfrey.

No dia seguinte — não desprezemos as vantagens de uma publicidade inteligente —, o *Écho de France* publicava este tópico sensacional:

"Ontem, nas imediações de Buchy, depois de numerosos incidentes, Arsène Lupin prendeu Pierre Onfrey. O assassino da rua Lafontaine acabava de roubar, na linha de Paris a Le Havre, a sra. Renaud, esposa do subdiretor dos serviços penitenciários. Arsène Lupin restituiu à sra. Renaud a sacola que continha suas joias e recompensou generosamente os dois agentes da Sûreté que o ajudaram a realizar essa prisão dramática."

❖

O colar da rainha

Duas ou três vezes por ano, em solenidades importantes, como os bailes da Embaixada da Áustria ou as festas noturnas de *lady* Billingstone, a condessa de Dreux-Soubise usava em seus ombros brancos o "colar da rainha".

Era realmente o colar famoso, o colar lendário que Bohmer e Bassenge, joalheiros da coroa, destinavam à condessa Du Barry, que o cardeal de Rohan-Soubise supôs oferecer a Maria Antonieta, rainha da França, e que a aventureira Jeanne de Valois, condessa de La Motte, partiu em pedaços numa noite de fevereiro de 1785, com a ajuda do seu marido e do seu cúmplice Rétaux de Villette.

Para dizer a verdade, só a armação era autêntica. Rétaux de Villette a conservara, enquanto o sr. de La Motte e a sua mulher espalhavam aos quatro ventos as pedras desengastadas brutalmente, as pedras admiráveis que Bohmer escolhera com tanto cuidado.

Mais tarde, na Itália, ele vendeu a armação a Gaston de Dreux-Soubise, sobrinho e herdeiro do cardeal, salvo por ele da ruína quando ocorreu a falência ruidosa dos Rohan-Guéménée. Gaston, em memória do tio, readquiriu os poucos diamantes que restavam em poder do joalheiro inglês Jefferys, completou-os com outros de valor bem menor, porém da mesma dimensão, e chegou a reconstituir o maravilhoso "colar com medalha", tal como saíra das mãos de Bohmer e Bassenge.

Os Dreux-Soubise se orgulharam dessa joia histórica durante cerca de um século. Circunstâncias diversas diminuíram de maneira notável a sua fortuna, mas eles preferiram reduzir as despesas domésticas a se desfazer da relíquia real e preciosa. O conde atual, em particular, aferrava-se a ela como os filhos se apegam à casa dos pais.

Por prudência, alugara um cofre no Crédit Lyonnais para guardá-la. Ele mesmo ia buscá-la na tarde do dia em que a sua mulher queria usá-la e voltava a depositá-la no banco no dia seguinte.

Naquela noite, na recepção do Palácio de Castela — a aventura remonta ao início do século —, a condessa obteve um sucesso extraordinário, e o rei Christian, para quem a festa foi promovida, observou sua beleza esplêndida. As pedrarias resplandeciam em volta do seu pescoço gracioso. As mil facetas dos diamantes brilhavam e faiscavam como chamas à claridade das luzes. Nenhuma outra mulher além dela, ao que parece, poderia carregar com tanta desenvoltura e nobreza o fardo de semelhante adorno.

Foi um triunfo duplo que o conde de Dreux saboreou profundamente e com o qual se felicitou quando entraram nos aposentos da sua velha mansão do bairro suburbano de Saint-Germain. Sentia orgulho da sua mulher e talvez outro tanto da joia que dava lustre à sua casa havia quatro gerações. E a sua mulher encontrava nesse fato motivo para uma vaidade um pouco ingênua, mas típica do seu temperamento soberbo.

Não foi sem pesar que tirou o colar dos seus ombros e o estendeu ao marido, que o examinou com admiração, como se nunca o tivesse visto antes. Depois de o repor no seu estojo de couro vermelho com as armas do cardeal, passou a um gabinete vizinho, que era mais uma espécie de alcova que fora completamente isolada do quarto e cuja única entrada ficava ao pé da sua cama. Como das outras vezes, escondeu-o em cima de uma tábua bem alta, entre chapeleiras e pilhas de roupas brancas. Fechou a porta e se despiu.

De manhã, levantou-se por volta das nove horas, com a intenção de ir ao Crédit Lyonnais antes do almoço. Vestiu-se, tomou uma xícara de café e desceu às cocheiras, onde deu suas ordens. Um dos cavalos o preocupava. Mandou que o fizessem andar e trotar na frente dele no pátio. Depois retornou para junto da mulher.

A condessa não saíra do quarto e se penteava, ajudada pela empregada.

— Vai sair? — indagou ao marido.

— Sim, vou ao banco.

— Ah, sim, é mais prudente.

O conde entrou no gabinete. Mas, depois de alguns segundos, perguntou, sem o menor assombro:

— Você o pegou, querida?

— O quê? Não, não peguei nada — replicou ela.

— Então o tirou do lugar.

— De modo algum. Nem sequer abri essa porta.

Ele apareceu na porta, alterado, e balbuciou, com a voz quase inaudível:

— Você não o pegou? Não foi você? Então…

Ela acudiu às pressas, e os dois procuraram com agitação, jogando as chapeleiras no chão e deitando abaixo as pilhas de roupa branca.

— Inútil. Tudo o que fazemos é inútil — repetia o conde, desanimado. — Foi aqui, em cima desta tábua, que o coloquei.

— Pode ter-se enganado.

— Foi aqui, em cima dessa tábua, e em nenhum outro lugar.

Acenderam uma vela, porque o aposento estava muito escuro, e tiraram toda a roupa branca e todos os objetos que ali se amontoavam. Quando não havia mais nada no gabinete, tiveram de reconhecer com desespero que o famoso colar, "o colar com medalha da rainha", havia desaparecido.

Mulher de natureza resoluta, a condessa, sem perder tempo em lamentações inúteis, mandou avisar o comissário, o sr. Valorbe, cujo espírito sagaz e clarividência já haviam tido a oportunidade de apreciar. Puseram-no a par de todos os detalhes, e sem demora ele perguntou:

— Tem certeza, senhor conde, de que ninguém atravessou à noite o seu quarto?

— Certeza absoluta. Meu sono é muito leve. Melhor ainda: a porta desse quarto estava fechada com tranca. Tive eu mesmo de destrancá-la esta manhã quando a minha mulher chamou a empregada.

— Não existe outra passagem que permita introduzir-se no gabinete?

— Nenhuma.

— Não há janela?

— Há, mas está vedada.

— Eu gostaria de ver.

Velas foram acesas e logo o sr. Valorbe observou que a janela só estava vedada até a metade por um baú, o qual, além disso, não estava bem encostado na vidraça.

— Está encostado o suficiente — replicou o sr. de Dreux — para que seja impossível deslocá-lo sem fazer muito barulho.

— E para onde dá essa janela?

— Para um pequeno pátio interno.

— E há mais um andar acima deste?

— Dois, mas no nível do andar dos empregados. O pátio é protegido por uma grade com malhas muito estreitas. Por isso temos aqui tão pouca claridade.

Aliás, quando afastaram o baú, verificaram que a janela estava fechada, o que não seria possível se alguém tivesse entrado de fora.

— A menos que essa pessoa tenha saído pelo nosso quarto — observou o conde.

— Nesse caso, o senhor teria encontrado a tranca do quarto movida.

O comissário refletiu um instante e depois se dirigiu à condessa.

— Senhora, entre as pessoas do seu convívio alguém sabia que ia usar o colar ontem à noite?

— Evidentemente. Não escondi que o faria. Mas ninguém sabia que o guardávamos dentro desse gabinete.

— Ninguém?

— Ninguém. A menos que...

— Por favor, senhora, seja explícita. É um ponto dos mais importantes.

— Eu pensava em Henriette — disse ela ao marido.

— Henriette? Ela desconhece esse detalhe como os outros.

— Tem certeza?

— Quem é essa senhora? — indagou o sr. Valorbe.

— Uma amiga do colégio de freiras que foi rejeitada pela família por se casar com uma espécie de operário. Quando o seu marido morreu, recolhi-a com o filho e mobiliei para eles um apartamento nesta casa.

E acrescentou com embaraço:

— Ela me presta alguns serviços. É muito hábil com as mãos.

— Em que andar ela mora?

— No nosso, não longe dos outros, no fim deste corredor... E até acho... a janela da sua cozinha...

— Abre para esse pequeno pátio, não é?

— Sim, exatamente em frente da nossa.

Um silêncio ligeiro sucedeu-se a essa declaração. Em seguida, o sr. Valorbe pediu para ser levado até onde Henriette estava.

Encontraram-na costurando, enquanto seu filho Raoul, um menino de seis ou sete anos, lia ao seu lado. Altamente surpreso ao ver o apartamento miserável fornecido a ela, que consistia no total em um aposento sem lareira e uma peça acanhada que servia de cozinha, o comissário a interrogou. Ela pareceu chocada ao saber do roubo cometido. Na noite anterior, ela mesma vestira a condessa e prendera o colar em volta do seu pescoço.

— Meu Deus! — exclamou. — Quem poderia pensar nisso?

— A senhora não tem alguma ideia? Alguma suposição? O culpado pode ter passado pelo seu quarto.

Ela riu com gosto, sem sequer imaginar que isso poderia dar margem a uma suspeita.

— Não saí do meu quarto. Nunca saio. Além disso, o senhor não viu?

Ela abriu a janela da cozinha.

— Veja. Há mais ou menos três metros até o parapeito da janela do outro lado.

— Quem lhe disse que consideramos a hipótese de um roubo executado por ali?

— Mas... o colar não estava no gabinete?

— Como sabe?

— Ora essa! Eu sempre soube que o punham ali durante a noite. Falaram na minha frente.

Seu rosto, ainda jovem, mas já murcho por causa dos desgostos que sofrera, desprendia uma grande doçura e resignação. Contudo, assumiu de repente, no silêncio, uma expressão de angústia, como se um perigo a ameaçasse. Puxou o filho contra si, e o menino pegou-lhe a mão e a beijou ternamente.

— Não acredito que o senhor suspeite dela — disse o sr. de Dreux ao comissário, quando ficaram sozinhos. — Eu respondo por ela. É a honestidade em pessoa.

— Ah, sou inteiramente da sua opinião — afirmou o sr. Valorbe. — No máximo pensei numa cumplicidade inconsciente. Mas reconheço que essa explicação deve ser abandonada, até porque ela não resolve o problema com o qual nos defrontamos.

O comissário não levou adiante o inquérito, que o juiz de instrução retomou e completou nos dias seguintes. Interrogou os empregados, verificou o estado da tranca, fez experiências fechando e abrindo a janela do gabinete, inspecionou o pequeno pátio de alto a baixo. Tudo inútil. A tranca estava intacta. A janela não podia ser aberta nem fechada pelo lado de fora.

As investigações visaram Henriette mais especificamente, pois, apesar de tudo, sempre se voltavam para o seu lado. Fizeram uma busca minuciosa na sua vida, e foi comprovado que, nos últimos três anos, ela só saíra quatro vezes da mansão, e as quatro para fazer compras, o que foi possível determinar. Na realidade, prestava serviço como arrumadeira e costureira à sra. de Dreux, que a tratava com muito rigor, como todos os empregados confirmaram confidencialmente.

No fim de uma semana, o juiz de instrução chegou às mesmas conclusões que o comissário.

— Admitindo que conhecêssemos o culpado, o que não é o caso, não saberíamos explicar de que maneira o roubo foi cometido — dizia. — Dois obstáculos se erguem de todos os lados: uma porta e uma janela fechadas. O mistério é duplo. Como alguém pôde entrar e como, o que era muito mais difícil, pôde escapar deixando atrás de si uma porta fechada na tranca e também uma janela fechada?

Após quatro meses de investigações, a ideia a que o juiz chegou em seu íntimo era esta: o sr. e a sra. de Dreux, pressionados por necessidades financeiras, haviam vendido o colar da rainha. E arquivou o caso.

A perda da joia preciosa desferiu nos Dreux-Soubise um golpe cuja impressão guardaram por muito tempo. Como seu crédito já não era apoiado pela espécie de reserva que esse tesouro constituía, defrontaram-se com credores mais exigentes e prestamistas menos favoráveis. Tiveram de cortar os gastos, vender, hipotecar. Em suma, teria sido a ruína se duas grandes heranças de parentes distantes não os tivessem salvado.

Sofreram também em seu orgulho, como se tivessem perdido um quarto de sua nobreza. E, coisa estranha, foi contra sua antiga amiga de pensionato que a condessa voltou-se. Sentia verdadeiro rancor em relação a ela e a acusava abertamente. Primeiro a rebaixou ao andar dos empregados e depois a despediu de um dia para o outro.

A vida seguiu, sem acontecimentos notáveis. Eles viajaram muito.

Um só fato deve ser realçado nessa época. Alguns meses depois que Henriette partiu, a condessa recebeu uma carta dela que a encheu de espanto:

> "Senhora,
>
> Não sei como lhe agradecer. Pois foi a senhora quem me enviou isto, não foi? Só pode ter sido a senhora. Ninguém mais conhece o meu retiro no fundo desta pequena aldeia. Se estou enganada, desculpe-me e receba pelo menos a expressão do meu reconhecimento por suas bondades do passado."

O que ela queria dizer? As bondades do presente ou do passado da condessa em relação a ela reduziam-se a muitas injustiças. O que significavam esses agradecimentos?

Intimada a explicar-se, ela respondeu que recebera pelo correio, num envelope não registrado nem com valor declarado, duas notas de mil francos. O envelope, que ela juntava à resposta, tinha o timbre de Paris e só trazia o seu endereço, desenhado com uma letra visivelmente disfarçada.

De onde provinham esses dois mil francos? Quem os havia enviado? A Justiça procurou informar-se, mas que pista poderia seguir nessas trevas?

O mesmo fato reproduziu-se doze meses depois. E uma terceira vez, e uma quarta, e a cada ano durante seis anos, com a diferença de que no quinto e no sexto ano a quantia dobrou, o que permitiu a Henriette, que ficara doente de um momento para o outro, tratar-se de forma adequada.

Outra diferença: como a administração dos correios apreendeu uma das cartas a pretexto de que não estava registrada, as duas últimas foram enviadas segundo o regulamento, a primeira datada de Saint-Germain, a outra de Suresnes. O remetente assinou primeiro Anquety e depois Péchard. Os endereços que deu eram falsos.

Ao final de seis anos, Henriette morreu. O enigma permaneceu sem solução.

Todos esses acontecimentos são de conhecimento do público. O caso foi daqueles que apaixonaram a opinião pública, e é estranho o destino desse colar, que, depois de chocar a França no fim do século XVIII, voltou a emocioná-la cento e vinte anos mais tarde. Mas o que vou contar ninguém sabe, a não ser os interessados principais e algumas pessoas às quais o conde pediu sigilo absoluto.

Como é provável que um dia ou outro elas deixem de cumprir a promessa, não tenho nenhum escrúpulo em rasgar o véu e revelar a chave do mistério, que explicará ao mesmo tempo a carta publicada pelos jornais de anteontem de manhã, carta extraordinária que acrescentava ainda, se é possível, um pouco de sombra e mistério às obscuridades do drama.

Foi há cinco dias. Entre os convidados que almoçavam na casa do sr. de Dreux-Soubise encontravam-se suas duas sobrinhas e sua prima, e, entre os homens, o presidente de Essaville, o deputado Bochas, o cavaleiro Floriani, que o conde conhecera na Sicília, e o general marquês de Rouzières, velho companheiro de grupo.

Depois da refeição, as mulheres serviram café e os homens receberam permissão para fumar um cigarro, contanto que não deixassem o salão. Conversaram. Uma das jovens distraiu-se em deitar as cartas e ler a sorte. Logo a conversa derivou para crimes famosos. E foi a esse respeito que o sr. de Rouzières, que nunca perdia ocasião para provocar o conde, lembrou a história do colar, assunto do qual o sr. de Dreux tinha pavor.

Imediatamente cada qual expôs seu ponto de vista. Cada um recomeçou a instrução à sua maneira. Evidentemente, todas as hipóteses se contradiziam, todas igualmente inadmissíveis.

— E o senhor — perguntou a condessa ao cavaleiro Floriani —, qual é a sua opinião?

— Ah, eu não tenho opinião, senhora.

Os convidados protestaram. O cavaleiro, precisamente, acabava de contar com muito brilho diversas aventuras nas quais estivera envolvido com o pai, magistrado em Palermo, confirmando seu discernimento e seu gosto por esses assuntos.

— Confesso — disse — que tive sorte de ser bem-sucedido em ocasiões nas quais pessoas mais hábeis desistiram. Mas daí a me considerar um Sherlock Holmes... Além disso, mal sei do que se trata.

Todos se voltaram para o dono da casa. A contragosto, ele teve de resumir os fatos. O cavaleiro ouviu, refletiu, fez algumas perguntas e murmurou:

— É engraçado. À primeira vista, não me parece que a coisa seja tão difícil de adivinhar.

O conde encolheu os ombros. Mas as outras pessoas se apressaram a juntar-se em volta do cavaleiro, e ele prosseguiu num tom um tanto dogmático:

— Em geral, para chegar ao autor de um crime ou de um roubo, é preciso determinar de que forma esse crime ou esse roubo foi cometido. No caso em discussão, nada mais simples, do meu ponto de vista, pois não nos encontramos diante de várias hipóteses, e sim de uma certeza, uma certeza única, rigorosa, que se enuncia assim: o indivíduo só poderia entrar pela porta do quarto ou pela janela do gabinete. Ora, não é possível abrir por fora uma porta trancada. Portanto, ele entrou pela janela.

— Ela estava fechada e foi encontrada fechada — declarou o sr. de Dreux.

— Para isso — continuou Floriani, sem levar em conta a interrupção —, só precisou estabelecer uma ponte, prancha ou escada, entre o balcão da cozinha e o parapeito da janela, e como o estojo...

— Repito que a janela estava fechada! — exclamou o conde com paciência.

Desta vez, Floriani teve de responder. E o fez com a maior tranquilidade, como homem que não se perturba com objeção tão insignificante.

— Admito que estava, mas não há um postigo na parte de cima?

— Como sabe?

— Primeiro, é quase uma regra nas mansões daquela época. Em seguida, deve ser assim, senão o roubo não teria explicação.

— Realmente, existe um, mas está fechado, como a janela. Nem sequer prestamos atenção nele.

— Foi um erro. Pois, se tivessem prestado atenção, teriam visto que fora aberto.

— Como?

— Suponho que, igual a todos os outros, ele se abre por meio de um fio de ferro trançado, munido de um anel na extremidade inferior.

— Sim.

— E esse anel estava pendurado entre a janela e o baú?

— Sim, mas não compreendo...

— Aí está. Por uma fresta feita na vidraça, foi possível, com a ajuda de um instrumento qualquer, suponhamos uma varinha de ferro provida de um gancho, agarrar o anel, puxar e abrir.

— Perfeito! Perfeito! — respondeu o conde, com ironia. — O senhor arranja tudo com facilidade, mas se esquece de uma coisa. Não havia fresta na vidraça.

— Deveria haver uma fresta.

— É um absurdo. Nós a teríamos visto.

— Para ver é preciso observar, e não se observou. A fresta existe. É materialmente impossível que não exista, ao longo da vidraça, contra a massa, no sentido vertical, é claro.

O conde levantou-se. Parecia muito excitado. Andou de um lado para o outro duas ou três vezes no salão com um passo nervoso e se aproximou de Floriani.

— Nada mudou lá em cima depois daquele dia — disse. — Ninguém pôs os pés naquele gabinete.

— Nesse caso, senhor, pode confirmar que a minha explicação coincide com a realidade.

— Ela não coincide com nenhum dos fatos que a Justiça comprovou. O senhor não viu nada, não sabe de nada e contraria tudo o que vimos e tudo o que sabemos.

Floriani pareceu não observar a irritação do conde e disse, sorrindo:

— Meu Deus, senhor, procuro ver claro, e é tudo. Se estou enganado, prove o meu erro.

— Sem mais tardar. Confesso que, com o passar dos minutos, a sua segurança...

O sr. de Dreux mastigou ainda algumas palavras. Depois, de repente, dirigiu-se para a porta e saiu.

Nem uma palavra foi pronunciada. Esperavam ansiosamente, como se realmente uma parcela da verdade fosse manifestar-se. O silêncio tinha uma gravidade extrema.

Por fim, o conde apareceu no vão da porta. Estava pálido e extraordinariamente agitado.

— Peço que me perdoem — disse aos amigos, com voz trêmula. — As revelações do senhor são tão inesperadas. Eu nunca poderia imaginar...

Sua mulher perguntou, aflita:

— Fale, por favor. O que há?

— A fresta existe — ele balbuciou. — Exatamente no lugar indicado, ao longo da vidraça.

Ele agarrou bruscamente o braço do cavaleiro e lhe disse em tom imperioso:

— E agora, senhor, prossiga. Reconheço que tem razão até aqui. Mas ainda não acabou. Responda. Em sua opinião, o que aconteceu?

Floriani livrou-se delicadamente da mão do conde e, depois de um instante, continuou:

— Bem, em minha opinião, o que aconteceu foi o seguinte: o indivíduo, sabendo que a sra. de Dreux iria ao baile com o colar, pôs a prancha durante a ausência dos dois. Através da janela, ficou de olho e o viu esconder a joia. Assim que o senhor saiu, cortou o vidro e puxou o anel.

— De acordo, mas a distância é grande demais para que ele pudesse, pelo postigo, alcançar a tranca da janela.

— Se não conseguiu abri-la, é porque entrou pelo próprio postigo.

— Impossível. Não há homem tão magro que possa entrar por ali.

— Então não foi um homem.

— Como?

— Certamente. Se a passagem é muito estreita para um homem, deve ter sido uma criança.

— Uma criança?!

— Não disse a senhora que sua amiga Henriette tinha um filho?

— Realmente. Um filho que se chamava Raoul.

— Então, foi com toda a probabilidade esse Raoul quem praticou o roubo.

— Que prova tem?

— Que prova? Provas não faltam. Assim, por exemplo...

Ele se calou e refletiu alguns segundos. Depois continuou:

— A prancha, por exemplo. Não é provável que o menino a tenha trazido de fora e levado embora sem que alguém percebesse. Deve ter usado a que estava à sua disposição. Na peça acanhada que Henriette transformou em cozinha não havia tábuas pregadas na parede onde ela punha as louças e as panelas?

— Duas tábuas, que eu me lembre.

— Seria preciso dar uma olhada para ver se essas tábuas estão realmente presas aos pés de madeira que as suportam. Caso contrário, estaríamos autorizados a pensar que o menino as despregou e juntou em seguida uma à outra. Como havia também um fogão, é possível que se encontrasse ali o atiçador curvado de que deve ter-se servido para abrir o postigo.

Sem dizer palavra o conde saiu, e dessa vez os presentes não sentiram sequer a pequena ansiedade do desconhecido que experimentaram da primeira vez. Sabiam, e sabiam com grande confiança, que as previsões de Floriani eram corretas. Emanava daquele homem uma impressão de certeza tão rigorosa que o escutavam não como se deduzisse fatos uns dos outros, mas como se contasse realidades cuja autenticidade era fácil de verificar progressivamente.

E ninguém se admirou quando, ao retornar, o conde declarou:

— Foi o menino. Foi ele. Tudo o comprova.

— Viu as tábuas, o atiçador?

— Vi. As tábuas foram despregadas. O atiçador ainda está lá.

A sra. de Dreux-Soubise exclamou:

— Foi ele. O senhor quer dizer que foi a mãe dele. Henriette é a única culpada. Ela deve ter obrigado o filho.

— Não — afirmou o cavaleiro —, a mãe não teve nada a ver com aquilo.

— Não é possível! Moravam no mesmo quarto. O menino não poderia ter agido sem que Henriette soubesse.

— Moravam no mesmo quarto, mas tudo ocorreu no aposento vizinho, à noite, enquanto a mãe dormia.

— E o colar? — indagou o conde. — Teria sido encontrado entre as coisas do menino.

— Perdão! Ele saía de casa. Na mesma manhã em que o surpreenderam diante da sua mesa de trabalho, ele voltava da escola, e talvez a Justiça, em vez de desperdiçar o seu tempo com a mãe inocente, tivesse feito melhor revistando a estante da criança, entre os seus livros escolares.

— Que seja! Mas os dois mil francos que Henriette recebia todos os anos não são o sinal mais evidente da sua cumplicidade?

— Se fosse cúmplice, teria agradecido o dinheiro à senhora? Além disso, não a vigiavam? Mas o menino, estando livre, tinha toda a facilidade para correr até a cidade vizinha, entrar em contato com um revendedor qualquer e lhe ceder a preço vil um diamante, dois diamantes, conforme o caso, com a única condição de que a remessa de dinheiro fosse feita de Paris, mediante o que a venda se repetiria no ano seguinte.

Um mal-estar indefinível oprimia os Dreux-Soubise e seus convidados. Havia realmente no tom e na atitude de Floriani algo mais que a certeza que, desde o início, exasperara tanto o conde. Havia uma ponta de ironia, uma ironia que mais se afigurava hostil do que simpática e amigável, como convinha.

O conde fingiu rir.

— Tudo isso é de uma inventividade que me encanta — comentou. — Meus cumprimentos. Que imaginação brilhante!

— Não, de modo algum! — exclamou Floriani com mais gravidade. — Não imagino nada. Só relembro circunstâncias que ocorreram inevitavelmente como as apresentei.

— O que sabe sobre elas?

— O que o senhor mesmo me contou. Represento na imaginação a vida da mãe e da criança lá no fundo da província, a mãe que cai doente, os artifícios e as invenções do pequeno para vender as pedras e salvar a mãe ou pelo menos suavizar seus últimos momentos. O mal leva a melhor. Ela morre. Os anos passam. O menino cresce, vira homem. E então — desta vez devo admitir que a minha imaginação corre solta — suponhamos que esse homem sente a necessidade de voltar aos lugares onde viveu a sua infância, visita-os, volta a ver aqueles que suspeitaram da sua mãe e a acusaram. Pensem no interesse doloroso de um encontro semelhante na velha casa onde as peripécias do drama se desenrolaram.

Suas palavras ressoaram por alguns segundos no silêncio apreensivo, e no rosto do conde e da condessa se lia um esforço desvairado para entender, ao mesmo tempo sentindo o medo e a angústia de compreender.

— Quem é o senhor? — murmurou o conde.

— Eu? O cavaleiro Floriani, que o senhor conheceu em Palermo e tem tido a gentileza de convidar à sua casa já diversas vezes.

— Então o que significa essa história?

— Ora, absolutamente nada. É um simples jogo da minha parte. Tento imaginar a alegria que o filho de Henriette, se ainda estiver vivo, sentiria de lhes dizer que foi o único culpado e que fez aquilo porque a sua mãe era infeliz, a ponto de perder o emprego de... doméstica do qual vivia, e porque a criança sofria ao ver a sua mãe infeliz.

Floriani se expressava com uma emoção contida, meio erguido e inclinado para a condessa. Nenhuma dúvida poderia subsistir. O cavaleiro Floriani não era outro senão o filho de Henriette. Tudo em sua atitude e em suas palavras o proclamava. Além do mais, não era sua intenção evidente, sua vontade, ser reconhecido como tal?

O conde hesitou. Como iria proceder em relação ao personagem audacioso? Tocar a campainha para chamar os criados? Provocar um escândalo? Desmascarar aquele que antes o havia espoliado? Mas fazia tanto tempo! E quem iria admitir a história absurda do menino culpado? Não, era melhor aceitar a situação, simulando não perceber seu verdadeiro sentido. E o conde, aproximando-se de Floriani, exclamou com cordialidade:

— Muito divertida e muito curiosa a sua história. Juro-lhe que me fascina. Mas, em sua opinião, o que aconteceu com aquele bom rapaz, aquele modelo de filho? Espero que não tenha deixado de ir adiante em tão belo caminho.

— Ah, com certeza não.

— Depois de um início semelhante! Apoderar-se do colar da rainha aos seis anos, o colar famoso que Maria Antonieta cobiçava!

— E se apoderar dele — comentou Floriani, acomodando-se ao jogo do conde — sem que lhe custasse o menor dissabor, sem que ninguém tivesse a ideia de examinar o estado das vidraças ou notar que o parapeito da janela estava muito limpo, parapeito que ele limpou para apagar os vestígios de sua passagem sobre o pó acumulado. Reconheça que era suficiente para virar a cabeça de um garoto da sua idade. Era muito fácil, bastava querer e estender a mão. E, por Deus, ele quis.

— E estendeu a mão.

— As duas mãos — completou o cavaleiro, rindo.

Um arrepio perpassou pelos presentes. Que mistério escondia a vida do pretenso Floriani? Como deveria ser extraordinária a vida daquele aventureiro, ladrão genial aos seis anos, que hoje, por um refinamento de diletante em busca de emoção, ou quando muito para satisfazer um sentimento de rancor, vinha desafiar sua vítima na própria casa dela, com ousadia, loucamente, porém com toda a correção de um convidado galante.

Ele levantou-se e se aproximou da condessa para se despedir. Ela reprimiu um movimento de recuo. Ele sorriu.

— Oh, senhora, está com medo! Eu teria levado longe demais a minha pequena comédia de mágico de salão?

Ela se dominou e respondeu com a mesma desenvoltura um tanto zombeteira:

— De modo algum, senhor. Ao contrário, a lenda desse bom filho me interessou muito, e estou feliz que meu colar tenha dado oportunidade a um destino tão brilhante. Mas não acha que o filho daquela... mulher, daquela Henriette, obedecia sobretudo à sua vocação?

Ele estremeceu, sentindo o golpe, e replicou:

— Estou persuadido disso, e era preciso, mesmo, que essa vocação fosse séria para que o menino não esmorecesse.

— Como assim?

— A senhora sabe que a maioria das pedras era falsa. As únicas verdadeiras eram os poucos diamantes comprados do joalheiro inglês, pois os outros foram vendidos um por um, de acordo com as duras necessidades da vida.

— Era sempre o colar da rainha, senhor — respondeu a condessa com altivez —, e isso, parece-me, o filho de Henriette não poderia compreender.

— Ele deve ter compreendido, senhora, que, falso ou verdadeiro, o colar era antes de tudo um objeto de exibição, um emblema.

O sr. de Dreux fez um gesto. Sua mulher o entendeu imediatamente.

— Senhor — disse ela —, se o homem ao qual faz alusão tem o menor pudor...

Interrompeu-se, intimidada pelo olhar calmo de Floriani.

— Se esse homem tem o menor pudor... — repetiu ele.

Ela sentiu que não ganharia nada falando-lhe daquela maneira e, contra a sua vontade, apesar de sua raiva e indignação, tremendo de orgulho humilhado, disse-lhe quase de modo cortês:

— Senhor, a lenda conta que Rétaux de Villette, quando teve o colar da rainha nas mãos e fez saltar todos os diamantes com Jeanne de Valois, não ousou tocar na armação. Entendeu que os diamantes eram apenas o ornamento, o acessório, e que a armação era a obra essencial, a criação do artista, e a respeitou. Acha que aquele homem também compreendeu isso?

— Não tenho dúvida de que a armação ainda existe. O menino a respeitou.

— Bem, senhor, se por acaso o encontrar, diga-lhe que guarda injustamente uma dessas relíquias que são a propriedade e a glória de certas famílias, e, embora ele tenha arrancado as pedras, o colar da rainha ainda pertence à casa de Dreux-Soubise. Ele nos pertence como o nosso nome, como a nossa honra.

O cavaleiro respondeu simplesmente:

— Eu direi, senhora.

Ele inclinou-se diante dela, cumprimentou o conde, saudou um por um todos os presentes e saiu.

Quatro dias mais tarde, a sra. de Dreux encontrou em cima da mesa do seu quarto um porta-joias vermelho com as armas do cardeal. Abriu-o. Era o colar da rainha.

Mas, como todas as coisas na vida de um homem preocupado com a unidade e a lógica devem concorrer para o mesmo fim, e um pouco de publicidade nunca faz mal, no dia seguinte o *Écho de France* publicava estas linhas sensacionais:

> "O colar da rainha, a joia famosa roubada outrora da família de Dreux-Soubise, foi recuperado por Arsène Lupin. Arsène Lupin apressou-se a devolvê-lo aos seus legítimos donos. Essa atenção delicada e cavalheiresca só merece aplausos."

❖

O sete de copas

Uma pergunta vez por outra se apresenta e já me foi feita muitas vezes: "Como conheci Arsène Lupin?".

Ninguém duvida que o conheço. Os detalhes que acumulo sobre esse homem desconcertante, os fatos irrefutáveis que exponho, as evidências novas que trago, a interpretação que dou a certos atos dos quais só foram vistas as manifestações externas sem penetrar suas razões secretas nem seu mecanismo invisível, tudo isso prova, senão uma intimidade, que a própria vida de Lupin torna impossível, pelo menos relações de amizade e confidências regulares.

Mas como o conheci? De onde me vem o privilégio de ser o narrador de suas aventuras? Por que eu e não outro?

A resposta é fácil: só o acaso presidiu a uma escolha na qual o meu mérito não foi levado em conta. Foi o acaso que me pôs em seu caminho. Foi por acaso que me envolvi numa de suas aventuras mais estranhas e misteriosas, por acaso, enfim, fui protagonista num drama do qual ele foi o diretor maravilhoso, drama obscuro e complexo, repleto de peripécias que sinto até certo embaraço ao iniciar o seu relato.

O primeiro ato se passa na noite famosa de 22 para 23 de junho, sobre a qual tanto já foi dito. E, da minha parte, esclareço logo, atribuo a conduta anormal que tive na oportunidade ao estado de espírito muito especial em que me encontrava ao retornar para casa. Havíamos jantado entre amigos no restaurante da Cascata e, a noite inteira, enquanto fumávamos e a orquestra de ciganos tocava valsas melancólicas, falamos só de crimes e roubos, de intrigas assustadoras e tenebrosas. O que é sempre uma preparação inconveniente para o sono.

Os Saint-Martin foram embora de automóvel. Jean Daspry — o fascinante e despreocupado Daspry que seis meses mais tarde seria morto de forma tão trágica na fronteira do Marrocos —, Jean Daspry e eu voltamos a pé pela noite escura e quente. Quando chegamos em frente a casa onde eu morava havia um ano em Neuilly, no bulevar Maillot, ele me disse:

— Você nunca sente medo?

— Que ideia!

— Meu Deus, como a sua casa é isolada! Não tem vizinhos, só terrenos baldios. Na verdade, não sou covarde, no entanto...

— Não está falando sério.

— Ah, digo isso como poderia dizer outra coisa. Os Saint-Martin me impressionaram com suas histórias de ladrões.

Depois de me apertar a mão, ele se afastou. Puxei a chave e abri a porta.

— Com os diabos! — murmurei. — Antoine se esqueceu de acender uma vela.

Então me lembrei: Antoine estava ausente, pois eu o dispensara.

Imediatamente a escuridão e o silêncio se tornaram desagradáveis. Subi ao quarto tateando, o mais rápido que pude, e, ao contrário do que costumava fazer, dei uma volta na chave e corri a tranca. Em seguida acendi a vela.

Sua chama devolveu-me o sangue-frio. Tive, porém, o cuidado de tirar o revólver da bainha, um revólver grande, de cano longo, e o pus ao lado da cama. Essa precaução acabou me tranquilizando. Deitei-me e, como sempre, para pegar no sono, apanhei na mesinha da cabeceira o livro que me aguardava toda noite.

Fiquei muito espantado. No lugar da espátula com que o deixara marcado no dia anterior, encontrava-se um envelope, fechado com cinco lacres de cera vermelha. Apanhei-o ansiosamente. Trazia como endereço meu nome e sobrenome, acompanhados da menção: "Urgente".

Uma carta! Uma carta em meu nome! Quem a poderia ter posto naquele lugar? Um pouco nervoso, rasguei o envelope e li:

> "A partir do momento em que abrir esta carta, aconteça o que acontecer, ouça o que ouvir, não se mexa mais, não faça um gesto, não solte um grito. Senão estará perdido."

Eu também não sou covarde e, tão bem como outro qualquer, sei enfrentar o perigo real ou sorrir dos perigos fantásticos que assustam nossa imaginação. Mas, repito, estava num estado de espírito anormal, mais fácil de ser impressionado, com os nervos à flor da pele. Além do mais, não havia em tudo aquilo algo de inquietador e inexplicável que faria tremer a alma mais intrépida?

Meus dedos apertavam febrilmente a folha de papel e meus olhos reliam sem parar as frases ameaçadoras. "Não faça um gesto... não solte um grito... senão estará perdido..." Tolice!, pensei, é alguma brincadeira, uma farsa estúpida.

Cheguei quase a rir e até senti vontade de rir em voz alta. O que me impedia? Que temor difuso me comprimia a garganta?

Pelo menos apagaria a vela. Não, não pude soprá-la. "Nem um gesto, ou estará perdido", dizia a nota.

Mas por que lutar contra esse tipo de autossugestão, muitas vezes mais imperiosas do que os fatos mais precisos? A única alternativa era fechar os olhos. E foi o que eu fiz.

No mesmo instante, um ruído leve rompeu o silêncio, seguido por estalos. Provinham, conforme me pareceu, de uma sala espaçosa ao lado, onde eu instalara o meu gabinete de trabalho e do qual só estava separado pela antessala.

A aproximação de um perigo real provocou em mim grande excitação e tive a sensação de que ia levantar-me, pegar o revólver e correr à sala. Mas não me levantei: na minha frente, uma das cortinas da janela da esquerda se moveu.

A dúvida não era possível: ela havia se mexido. E se movia ainda. E vi — ah, vi distintamente — que havia entre as cortinas e a janela, nesse espaço muito estreito, uma forma humana cujo volume impedia o tecido de cair direito.

O homem também me via, era certo que me via por entre as malhas largas da cortina. Então compreendi tudo. Enquanto os outros pilhavam a casa, a missão dele consistia em me ameaçar com uma arma. Levantar-me? Pegar o revólver? Impossível. Ele estava ali! Ao menor gesto, ao menor grito, eu estaria perdido.

Um golpe violento sacudiu a casa, seguido por golpes mais fracos agrupados de dois em dois e de três em três, como os de um martelo que bate em pregos e reboa. Ao menos era o que eu imaginava na confusão do meu cérebro. Outros ruídos se entrecruzaram, uma verdadeira balbúrdia que provava que os intrusos não só não se incomodavam, mas agiam com toda a segurança.

E estavam certos: eu não me mexia. Não era covardia, mas prostração, impotência total para mover um só dos meus membros. Bom-senso igualmente, pois, afinal, por que lutar? Atrás daquele homem havia outros dez que viriam assim que ele chamasse. Ia arriscar a minha vida para salvar algumas tapeçarias e alguns objetos de pouco valor?

O suplício durou a noite inteira. Suplício intolerável, angústia terrível! O ruído se interrompera, mas eu não parava de esperar que recomeçasse. E o homem! O homem que me vigiava, com a arma na mão! O meu olhar assustado não o deixava. O meu coração batia, e o suor escorria pela minha testa e por todo o meu corpo.

De repente um bem-estar inexprimível me invadiu: um carro de leiteiro cujo rodar eu conhecia bem passou pela avenida e tive ao mesmo tempo a impressão de que a aurora se esgueirava entre as persianas fechadas, e um pouco do dia de fora se misturava às sombras.

O dia penetrou no quarto. E outros veículos passaram. E todos os fantasmas da noite desapareceram.

Então fui esticando um braço em direção à mesa, devagar, sorrateiramente. Na frente nada se mexeu. Marquei com os olhos a dobra da cortina, o lugar preciso onde devia mirar, previ exatamente os movimentos que devia executar e, rapidamente, empunhei o revólver e atirei.

Pulei da cama com um grito de libertação e corri até a cortina. A bala atravessara o tecido e a vidraça da janela, mas não pôde atingir o homem, pela simples razão de que ali não havia ninguém.

Ninguém! Assim, a noite inteira fui hipnotizado por uma dobra da cortina. E, durante todo aquele tempo, os malfeitores... Furiosamente, num impulso que nada poderia deter, girei a chave na fechadura, abri a porta, atravessei a antessala, abri outra porta e me precipitei na sala.

Mas uma paralisia repentina me pregou no limiar, ofegante, atordoado, mais espantado ainda do que ficara com a ausência do homem: nada havia desaparecido. Todas as coisas que eu supunha roubadas, móveis, quadros, veludos gastos e sedas velhas, todas essas coisas estavam em seus devidos lugares!

Espetáculo incompreensível! Eu não acreditava no que via. E aquele tumulto, aqueles ruídos de remoção? Dei a volta no aposento, inspecionei as paredes, fiz o levantamento de todos os objetos que conhecia tão bem. Não faltava nada. E o que me desconcertava mais é que também nada revelava a passagem dos malfeitores, nenhum indício, nenhuma cadeira deslocada, nenhum vestígio de passos.

— Ora vamos — dizia a mim mesmo, levando as mãos à cabeça —, não estou louco! Ouvi muito bem!

Palmo a palmo, seguindo os processos de investigação mais

minuciosos, examinei a sala. Foi em vão. Ou melhor... Mas poderia considerar aquilo uma descoberta? Debaixo de um pequeno tapete persa, jogada no soalho, encontrei uma carta, uma carta de baralho. Era um sete de copas, semelhante a todos os sete de copas dos baralhos franceses, mas ele chamou minha atenção por um detalhe muito curioso. A ponta extrema de cada uma das sete marcas vermelhas em forma de coração estava varada por um buraco, o buraco redondo e regular feito por um instrumento pontiagudo.

Nada mais. Uma carta de baralho e um bilhete encontrado dentro de um livro. Nada além disso. Era suficiente para afirmar que eu não fora joguete de um sonho?

O dia todo prossegui minhas buscas no salão. Era um aposento grande, em desproporção ao restante da residência, e sua ornamentação atestava o gosto extravagante de quem o havia projetado. O soalho era feito de um mosaico de pequenas pedras multicoloridas, formando largos desenhos simétricos. O mesmo mosaico cobria as paredes, disposto em painéis: alegorias a Pompeia, composições bizantinas, afrescos da Idade Média. Um Baco cavalgava um tonel. Um imperador com coroa de ouro e barba florida segurava uma espada na mão direita.

No alto, como no ateliê de um artista, abria-se uma única e ampla janela. Como ela ficava sempre aberta à noite, era provável que os homens tivessem passado por ali, com a ajuda de uma escada. Mas aqui ainda não há nenhuma certeza. A parte inferior da escada teria deixado vestígios no solo batido do pátio, mas não havia nenhum. A grama do terreno baldio que cercava a casa deveria ter marcas de passos recentes, mas não tinha.

Confesso que a ideia de ir à polícia não me ocorreu, porque os fatos que deveria expor eram inconsistentes e absurdos. Teriam rido de mim. Mas dois dias depois era o meu dia de crônica no *Gil Blas*, no qual eu escrevia então. Obcecado pela minha aventura, contei-a em todos os detalhes.

O artigo não passou despercebido, mas reparei que não o levavam a sério e o consideravam mais uma fantasia do que uma história real. Os Saint-Martin caçoaram de mim. Daspry, entretanto, a quem não faltava certa competência nesses assuntos, veio me ver, pediu que lhe explicasse o caso e o estudou, mas não chegou a conclusão alguma.

Numa das manhãs seguintes, porém, a campainha do portão tocou e Antoine veio avisar que um senhor desejava falar comigo. Não quis dar o nome. Pedi-lhe que subisse.

Era um homem de uns quarenta anos, bem moreno, de rosto enérgico, com roupas limpas, mas surradas, o que revelava cuidados de elegância que contrastavam com suas maneiras vulgares.

Indo direto ao assunto, disse-me, com voz rouca e pronúncia que me confirmava sua posição social:

— Senhor, encontrando-me de viagem e estando num café, deparei com um exemplar do *Gil Blas*. Li o seu artigo. Ele me interessou muito.

— Obrigado.

— E voltei atrás.

— Ah!

— Sim, para falar com o senhor. Todos os fatos que relatou são exatos?

— Absolutamente exatos.

— Não há nada que tenha sido inventado?

— Nada.

— Nesse caso, eu talvez tenha informações a lhe fornecer.

— Estou ouvindo.

— Não.

— Como não?

— Antes de falar, preciso me certificar de que são corretos.

— E o que precisa para se certificar?

— Preciso ficar sozinho neste aposento.

— Não entendo bem... — eu disse, olhando-o com surpresa.

— Foi uma ideia que me ocorreu ao ler seu artigo. Alguns detalhes coincidem de maneira extraordinária com outra aventura que o acaso me revelou. Se me enganei, é preferível que eu guarde silêncio. E o único modo para saber é ficar sozinho.

O que havia por trás dessa proposta? Mais tarde me lembrei de que, ao formulá-la, o homem estava nervoso e tinha uma expressão ansiosa. Mas, no momento, embora um pouco admirado, não achei nada de particularmente anormal no seu pedido. Além do mais, uma grande curiosidade me animava.

— Está bem — respondi. — De quanto tempo precisa?

— Ah, de três minutos, não mais. Daqui a três minutos voltarei a me encontrar com o senhor.

Saí do aposento. Embaixo, tirei o relógio. Um minuto passou. Dois minutos. Por que eu me sentia angustiado? Por que esses instantes me pareciam mais solenes que outros?

Dois minutos e meio. Dois minutos e três quartos. De repente, um disparo de arma ressoou.

Subi os degraus com alguns passos e entrei. Um grito de horror me escapou.

O homem jazia no meio da sala, imóvel, caído sobre o lado esquerdo. Sangue escorria da sua cabeça, misturado com pedaços de cérebro. Ao lado do seu punho, um revólver fumegante. Uma convulsão o agitou, e foi tudo.

Mais ainda que diante daquele espetáculo horrível, alguma coisa me chocou, algo que fez com que eu não chamasse por socorro imediatamente e me lançasse de joelhos para ver se o homem ainda respirava. A dois passos dele, no soalho, havia um sete de copas.

Apanhei-o. As sete pontas das sete marcas vermelhas tinham um pequeno furo.

Meia hora mais tarde, o comissário de polícia de Neuilly chegava, depois o médico-legista e por fim o chefe da Sûreté, o sr. Dudouis. Tive o cuidado de não tocar no cadáver. Nada podia falsear as primeiras apurações.

Elas foram breves, ou porque inicialmente não se descobriu nada, ou porque havia pouca coisa. Nos bolsos do morto não havia nenhum documento, em suas roupas nenhum nome e em sua roupa branca nenhuma inicial. No fim das contas, nem um só indício capaz de estabelecer a sua identidade. E na sala a mesma ordem de antes. Os móveis não tinham sido mexidos, e os objetos mantinham a posição anterior.

Contudo, aquele homem não tinha vindo à minha casa apenas com a intenção de se matar e porque considerava que meu domicílio convinha, mais do que outro qualquer, ao seu suicídio. Era preciso que um motivo o tivesse determinado àquele ato de desespero, e que o motivo houvesse resultado de um fato novo, verificado por ele nos três minutos que passara sozinho.

Que fato seria esse? O que havia visto? O que o tinha surpreendido? Que segredo terrível havia descoberto? Nenhuma suposição era permitida.

Mas, no último momento, ocorreu um incidente que nos pareceu de interesse enorme. Quando dois policiais se abaixaram para erguer o cadáver e depositá-lo numa maca, notaram que a mão esquerda, até então fechada e contraída, se distendera, e um cartão de visita, todo amarrotado, caíra dela.

Esse cartão trazia: Georges Andermatt, rua de Berri, 37.

O que isso significava? Georges Andermatt era um grande banqueiro de Paris, fundador e presidente da Bolsa dos Metais, que tanto impulso deu às indústrias metalúrgicas da França. Levava uma vida de lorde e possuía carruagem inglesa, automóvel e cocheira de cavalos de corrida. Suas festas eram muito concorridas, e a sra. Andermatt se destacava por sua graça e beleza.

— Seria o nome do morto? — murmurei.

O chefe da Sûreté inclinou-se sobre o cadáver.

— Não é ele — respondeu. — O sr. Andermatt é um homem pálido e com os cabelos um pouco grisalhos.

— Então por que esse cartão?

— Tem telefone, senhor?

— Sim, na entrada. Queira acompanhar-me.

Ele procurou na lista telefônica e pediu o número 415-21.

— O sr. Andermatt está? Faça o favor de dizer-lhe que o sr. Dudouis pede-lhe que venha o quanto antes ao bulevar Maillot, número 102. É urgente.

Vinte minutos mais tarde, o sr. Andermatt descia do seu automóvel. Expuseram-lhe as razões que faziam necessária a sua intervenção e depois o levaram diante do cadáver.

Ele demonstrou um segundo de emoção que contraiu seu rosto e pronunciou em voz baixa, como se falasse a contragosto:

— Étienne Varin.

— O senhor o conhecia?

— Não... ou melhor, sim... mas de vista somente. O irmão dele...

— Ele tem um irmão?

— Sim, Alfred Varin. O irmão dele veio em certa época me solicitar... não sei mais o quê.

— Onde ele mora?

— Os dois irmãos moravam juntos. Na rua de Provence, creio eu.

— E não suspeita do motivo que levou este a se matar?

— Não.

— E o cartão que tinha na mão? O seu cartão com o seu endereço.

— Não tenho a menor ideia. É evidentemente um acaso que o inquérito nos explicará.

Um acaso muito curioso, pensei, e senti que todos nós tínhamos a mesma impressão.

Voltei a observar a mesma impressão nos jornais do dia seguinte e em todos os amigos com quem conversei sobre a aventura. Entre os mistérios que a complicavam, após a dupla e desconcertante descoberta daquele sete de copas furado sete vezes, após os dois acontecimentos tão enigmáticos de que a minha casa fora palco, aquele cartão de visita parecia finalmente prometer alguma luz. Por ele se chegaria à verdade.

Mas, ao contrário das previsões, o sr. Andermatt não forneceu nenhuma indicação.

— Já disse tudo o que sei — repetia. — O que querem mais? Sou o primeiro a ficar surpreso com o fato de esse cartão ter sido encontrado naquele lugar e espero, como todo mundo, que esse ponto seja esclarecido.

Não foi. O inquérito estabeleceu que os irmãos Varin, suíços de nascimento, haviam levado, com nomes diferentes, uma vida muito agitada. Frequentavam casas de jogos e mantinham relações com um grande número de estrangeiros de que a polícia se ocupava e se haviam dispersado depois de uma série de roubos nos quais sua participação só foi comprovada mais tarde. No número 24 da rua de Provence, onde os irmãos Varin haviam realmente morado seis anos antes, ninguém sabia que fim tinham levado.

Confesso que o caso me parecia tão confuso que não acreditava na possibilidade de uma solução e me esforçava para não pensar mais nele. Mas Jean Daspry, que vi diversas vezes naquela época, apaixonava-se cada dia mais pelo assunto.

Foi ele quem me chamou a atenção para esta notícia publicada num jornal estrangeiro que toda a imprensa reproduziu e comentou:

"Os primeiros testes de um submarino que deve revolucionar as condições futuras da guerra naval serão realizados na presença do imperador, num lugar que será mantido em sigilo até o último minuto. Uma indiscrição revelou o seu nome: chama-se Sete de Copas."

Sete de Copas? Seria coincidência ou se deveria estabelecer um vínculo entre o nome do submarino e os incidentes de que falamos? Mas um vínculo de que natureza? O que ocorria aqui não podia de modo algum ter relação com o que sucedia em outro país.

— O que você sabe? — dizia-me Daspry. — Os efeitos mais diferentes provêm muitas vezes de uma causa única.

Dois dias depois, recebíamos outra notícia.

"Consta que os planos do Sete de Copas, o submarino cujas experiências vão ocorrer continuamente, foram elaborados por engenheiros franceses. Esses engenheiros, que solicitaram sem maior sucesso o apoio de seus compatriotas, dirigiram-se então ao Almirantado inglês. Essas notícias são dadas com a maior reserva."

Não me atrevo a insistir sobre assuntos de natureza extremamente delicada e que provocaram, como todos se lembram, emoção tão forte.

Entretanto, como todo perigo de complicação está afastado, tenho de falar sobre o artigo do *Écho de France*, que causou grande alvoroço na época e lançou algumas luzes, confusas, sobre o caso do Sete de Copas, como foi chamado.

Este é o artigo que foi publicado, com a assinatura de Salvator:

> "O caso do 'Sete de copas'.
>
> Levantada uma ponta do véu.
>
> Seremos breves. Há dez anos, um jovem engenheiro de minas, Louis Lacombe, querendo dedicar seu tempo e sua fortuna aos estudos que realizava, pediu demissão do seu emprego e alugou, no número 102, do bulevar Maillot, um pequeno palacete que um conde italiano mandara construir e decorar recentemente. Por intermédio de dois indivíduos, os irmãos Varin, de Lausanne — um dos quais o auxiliava em suas experiências como pesquisador, e o outro procurava financiadores para o projeto —, ele foi apresentado ao sr. Georges Andermatt, que acabava de fundar a Bolsa dos Metais.
>
> Depois de várias entrevistas, conseguiu fazer com que ele se interessasse por um projeto de submarino no qual estava trabalhando, e ficou combinado que, assim que a invenção fosse aperfeiçoada, o sr. Andermatt usaria sua influência junto ao Ministério da Marinha para obter uma série de testes.
>
> Durante dois anos, Louis Lacombe frequentou assiduamente a mansão de Andermatt e apresentou ao banqueiro os aperfeiçoamentos que fez em seu plano original, até o dia em que, satisfeito com o seu trabalho, pois encontrara a fórmula definitiva que procurava, pediu ao sr. Andermatt que entrasse em contato com o ministro da Marinha.
>
> Naquele dia, Louis Lacombe jantou na residência dos Andermatt. Foi embora pelas onze e meia da noite. E desde então não foi mais visto.
>
> A leitura dos jornais da época mostra que a família do jovem acionou a polícia, que se pôs em ação. Mas não se chegou a nenhuma certeza, e foi opinião geral que Louis Lacombe, que tinha fama de rapaz original e excêntrico, saíra de viagem sem comunicar ninguém.
>
> Aceitemos essa hipótese improvável. Mas uma pergunta se impõe, fundamental para o nosso país: o que aconteceu com os planos do submarino? Louis Lacombe levou-os com ele? Foram destruídos?
>
> Da investigação séria que realizamos, conclui-se que esses planos

realmente existem. Os irmãos Varin os tiveram nas mãos. Como? Ainda não pudemos explicar, assim como não sabemos por que não os venderam antes. Temiam que lhes perguntassem como os tinham em seu poder? Em todo caso, esse temor não persistiu, e podemos com toda certeza afirmar que os planos de Louis Lacombe são agora propriedade de uma potência estrangeira e estamos em condições de publicar a correspondência trocada com esse propósito entre os irmãos Varin e o representante dessa potência. O Sete de Copas inventado por Louis Lacombe acaba de ser construído por nossos vizinhos.

A invenção atenderá às expectativas otimistas dos que se envolveram nessa traição? Temos razões para esperar o contrário, pois os fatos, queremos crer, não enganarão ninguém."

E um pós-escrito acrescentava:

"*Última hora.* – Esperávamos com toda a razão. Nossas informações particulares permitem anunciar que os testes do Sete de Copas não foram satisfatórios. É bastante provável que nos planos entregues pelos irmãos Varin faltasse o último documento apresentado por Louis Lacombe ao sr. Andermatt na noite em que desapareceu, documento indispensável para a compreensão total do projeto, espécie de resumo no qual se encontram as conclusões definitivas, os cálculos e as medidas contidas nos outros papéis. Sem esse documento, os planos são incompletos, assim como, sem os planos, o documento é inútil.

Portanto, ainda é tempo de agir e recuperar o que nos pertence. Para essa tarefa difícil, contamos com a ajuda do sr. Andermatt. Ele terá a obrigação de explicar a conduta inexplicável que adotou desde o início. Deverá dizer não só por que ocultou o que sabia no momento do suicídio de Étienne Varin, mas também por que nunca revelou o desaparecimento dos papéis dos quais tinha conhecimento. Terá de contar por que, nos últimos seis anos, manda vigiar os movimentos dos irmãos Varin por agentes pagos.

Esperamos dele não só palavras, mas também atos. Caso contrário..."

A ameaça era pesada. Mas em que consistia? Que meio de intimidação possuía Salvator, o autor... anônimo do artigo, sobre Andermatt?

Uma nuvem de repórteres assediou o banqueiro e dez entrevistas com ele expressaram a forma desdenhosa como respondeu aos questionamentos. Em função disso, o *Écho de France* reagiu com estas palavras:

> "Queira o sr. Andermatt ou não, ele é, de agora em diante, nosso colaborador na obra que empreendemos."

No dia em que essa réplica foi publicada, Daspry e eu jantamos juntos. Naquela noite, com os jornais esparramados em cima da minha mesa, discutimos o caso e o examinamos sob todos os aspectos com a irritação que sente quem caminha indefinidamente no escuro e sempre tropeça nos mesmos obstáculos.

De repente, sem que o meu empregado me avisasse e antes que a campainha tocasse, a porta se abriu, e uma mulher entrou, com o rosto coberto por um véu espesso.

Levantei-me de imediato e fui ao encontro dela.

— É o senhor que mora aqui? — perguntou.

— Sim, senhora, mas confesso...

— O portão para a avenida não estava fechado — explicou.

— E a porta da entrada?

Ela não respondeu, e pensei que dera a volta pela escada de serviço. Conhecia, então, o caminho?

Houve um silêncio um tanto embaraçoso. Ela olhou para Daspry. Mesmo contra minha vontade e como faria num salão, eu o apresentei. Depois pedi à mulher que se sentasse e me expusesse o objetivo de sua visita.

Ela levantou o véu e vi que era morena, de rosto regular e, se não muito bonita, pelo menos de uma simpatia infinita que provinha, sobretudo, dos seus olhos, graves e dolorosos.

— Sou a sra. Andermatt — disse simplesmente.

— A sra. Andermatt! — repeti, cada vez mais surpreso.

Novo silêncio, e ela prosseguiu com a voz calma e a expressão mais tranquila.

— Venho a respeito desse assunto... que o senhor sabe. Pensei que talvez pudesse fornecer-me algumas informações.

— Meu Deus, senhora, não sei mais do que os jornais divulgaram. Queira indicar com precisão em que lhe posso ser útil.

— Não sei... Não sei...

Só então tive a intuição de que sua calma era simulada, e, por trás daquele ar de segurança perfeita, escondia-se uma grande inquietação. E nos calamos, um tão constrangido quanto o outro.

Mas Daspry, que não parava de observá-la, aproximou-se dela e disse:

— Permite-me, senhora, algumas perguntas?

— Ah, sim! — exclamou ela. — Deste modo lhe responderei.

— Responderá sejam quais forem as perguntas?

— Sejam quais forem.

Ele refletiu e indagou:

— Conhecia Louis Lacombe?

— Sim, por intermédio do meu marido.

— Quando o viu pela última vez?

— Na noite em que jantou em nossa casa.

— Naquela noite, havia algo que a levasse a pensar que não o veria mais?

— Não. Ele tinha feito alusão a uma viagem à Rússia, mas muito vagamente.

— Então, esperava vê-lo novamente?

— Dois dias depois, para jantar.

— E como explica esse desaparecimento?

— Não explico.

— E o sr. Andermatt?

— Ignoro.

— No entanto...

— Não me interrogue sobre isso.

— O artigo do *Écho de France* parece dizer...

— O que ele parece dizer é que os irmãos Varin não são estranhos a esse desaparecimento.

— É a sua opinião?

— Sim.

— Em que se baseia a sua convicção?

— Ao se despedir de nós, Louis Lacombe levava uma pasta que continha todos os papéis relativos ao seu projeto. Dois dias depois houve entre o meu marido e um dos irmãos Varin, o que está vivo, um encontro durante o qual o meu marido obteve a prova de que esses papéis estavam nas mãos dos dois irmãos.

— E ele não os denunciou?

— Não.

— Por quê?

— Porque havia na pasta outra coisa além dos papéis de Louis Lacombe.

— O quê?

Ela hesitou, quase respondeu, e finalmente guardou silêncio. Daspry continuou:

— Essa é, portanto, a causa pela qual o seu marido mandava vigiar os dois irmãos sem avisar a polícia. Esperava recuperar ao mesmo tempo os papéis e essa coisa... comprometedora, com a qual os dois irmãos exerciam sobre ele uma espécie de chantagem.

— Sobre ele e sobre mim.

— Ah, sobre a senhora também?

— Sobre mim principalmente.

Ela pronunciou essas três palavras com voz abafada. Daspry a observou, deu alguns passos e, voltando-se para ela, indagou:

— A senhora escreveu para Louis Lacombe?

— Sim. Meu marido tinha negócios com ele.

— Além das cartas comerciais, não escreveu para Louis Lacombe... outras cartas? Desculpe a insistência, mas é indispensável que eu saiba toda a verdade. Escreveu outras cartas?

— Sim — murmurou ela, corando.

— E eram essas cartas que os irmãos Varin possuíam?

— Sim.

— O sr. Andermatt sabe disso?

— Ele não as viu, mas Alfred Varin lhe revelou a sua existência, ameaçando-o de publicá-las se meu marido tomasse medidas contra eles. Meu marido ficou com medo e recuou diante do escândalo.

— Mas recorreu a todos os meios para tirar deles essas cartas.

— Recorreu a todos os meios... pelo menos é o que suponho, pois, a partir do último encontro com Alfred Varin e depois de algumas palavras muito violentas com as quais me comunicou o que ocorria, não houve mais entre mim e meu marido nenhuma intimidade, nenhuma confiança. Vivemos como dois estranhos.

— Nesse caso, se não tem nada a perder, o que receia?

— Por mais indiferente que eu tenha me tornado, sou aquela que ele amou, aquela que ele ainda pode amar. Tenho certeza disso — murmurou ela com voz ardente. — E ainda me amaria, se não tivesse se apoderado daquelas malditas cartas.

— Como! Por acaso ele conseguiu... Mas os dois irmãos não o desafiavam com isso?

— Sim, e até se vangloriavam, ao que parece, de ter em um esconderijo seguro.

— Então?

— Acredito que meu marido descobriu o esconderijo.

— Não é possível! E onde esse esconderijo se encontrava?

— Aqui.

Levei um susto.

— Aqui?

— Sim, e eu sempre desconfiei. Louis Lacombe, muito criativo, com paixão pela mecânica, divertia-se, nas horas vagas, construindo cofres e fechaduras. Os irmãos Varin devem ter descoberto e, em seguida, usado um desses esconderijos para esconder as cartas... e outras coisas mais, sem dúvida.

— Mas eles não moravam aqui — retruquei.

— Antes que o senhor viesse morar aqui, há quatro meses, esta casa permaneceu desocupada. Portanto, é provável que viessem aqui e pensassem que sua presença não os incomodaria no dia em que precisassem retirar os seus papéis. Mas não contavam com meu marido, que, na noite de 22 para 23 de junho, forçou o cofre, apossou-se... do que procurava e deixou o seu cartão para mostrar aos dois irmãos que não tinha mais por que os temer e deixar claro que as posições haviam se invertido. Dois dias mais tarde, informado pelo artigo do *Gil Blas*, Étienne Varin se apresentou em sua casa apressadamente, ficou sozinho neste salão, encontrou o cofre vazio e se matou.

Depois de um instante, Daspry perguntou:

— É uma simples suposição, não é? O sr. Andermatt não lhe disse nada?

— Não.

— A atitude dele em relação à senhora não se modificou? Não lhe pareceu mais sombrio, mais preocupado?

— Não.

— Acha que ele continuaria assim se tivesse encontrado as cartas? Em minha opinião, as cartas não estão com ele. Para mim, não foi ele quem entrou aqui.

— Quem foi então?

— O personagem misterioso que conduz este caso, que move todos os fios e que o dirige para um objetivo que mal conseguimos entrever através de tantas complicações, o personagem misterioso cuja ação visível e de grande poder sentimos desde a primeira hora. Foram ele e seus amigos que entraram nesta residência em 22 de junho, foi ele quem descobriu o esconderijo, foi ele quem deixou o cartão do sr. Andermatt, é ele quem possui a correspondência e as provas da traição dos irmãos Varin.

— Ele quem? — interrompi, não sem impaciência.

— O colaborador do *Écho de France*, por Deus, este Salvator. Não é de uma evidência ofuscante? Não há em seu artigo detalhes que só o homem que penetrou os segredos dos dois irmãos pode conhecer?

— Nesse caso — balbuciou a sra. Andermatt, com pavor —, ele também tem as minhas cartas e é ele quem ameaça agora o meu marido. O que fazer, meu Deus?

— Escrever-lhe — declarou Daspry claramente—, confiar nele sem reservas, contar-lhe tudo o que sabe e tudo o que pode descobrir.

— O que está dizendo?

— O seu interesse é o mesmo que o dele. Está fora de dúvida que ele age contra o irmão vivo. Não é contra o sr. Andermatt que busca munição, mas contra Alfred Varin. Ajude-o.

— Como?

— Seu marido tem o documento que completa e permite usar os planos de Louis Lacombe?

— Sim.

— Avise Salvator. Se necessário, procure obter esse documento para ele. Em uma palavra, comunique-se com ele. Que risco corre?

O conselho era ousado e mesmo perigoso à primeira vista, mas a sra. Andermatt não tinha escolha. Além do mais, como Daspry dizia, que risco corria? Se o desconhecido fosse um inimigo, esse procedimento não agravaria a situação. Se fosse um estrangeiro que pretendia alcançar um objetivo particular, deveria atribuir àquelas cartas uma importância secundária.

De qualquer modo, era uma ideia, e a sra. Andermatt, em sua agitação, foi muito feliz em aceitá-la. Agradeceu-nos com efusão e prometeu manter-nos informados.

Dois dias depois, realmente, ela nos enviava este bilhete que recebera em resposta:

> "As cartas não se encontravam ali. Mas eu as terei, fique tranquila. Eu cuido de tudo. S."

Peguei o papel. Era a letra do bilhete que introduziram em meu livro de cabeceira, na noite de 22 de junho.

Então Daspry estava certo. Salvator era o grande organizador do caso.

Na verdade, começamos a vislumbrar alguns raios de luz entre as trevas que nos cercavam, e uma claridade inesperada iluminava certos pontos. Mas muitos outros permaneciam obscuros, como a descoberta dos dois setes de copas. Da minha parte, retornava sempre ao enigma, mais intrigado talvez do que o necessário com esses dois cartões com sete figuras pequenas perfuradas que impressionaram meus olhos em circunstâncias tão estranhas. Que papel desempenhavam no drama? Que importância deveria ser atribuída a eles? Que conclusão deveria ser tirada do fato de que o submarino construído segundo os planos de Louis Lacombe tinha o nome de Sete de Copas?

Daspry ocupava-se pouco dos dois cartões, inteiramente dedicado ao estudo de outro problema cuja solução lhe parecia mais urgente: procurava incansavelmente o esconderijo famoso.

— Quem sabe — dizia — se não encontrarei nele as cartas que Salvator não encontrou, por inadvertência talvez? É pouco provável que os irmãos Varin tenham tirado de um lugar que supunham inacessível a arma que possuía valor inapreciável para eles.

E procurava. Como a sala grande já não tinha segredos para ele, estendeu as investigações a todos os outros aposentos do prédio. Esquadrinhou o interior e o exterior, examinou as pedras e os tijolos das paredes, levantou as ardósias do telhado.

Um dia, veio com uma pá e uma picareta, deu-me a pá, ficou com a picareta e, apontando o terreno baldio, disse:

— Vamos lá.

Acompanhei-o sem entusiasmo. Dividiu o terreno em várias partes, que inspecionou seguindo certa ordem. Mas, num canto, no ângulo formado pelos muros das duas propriedades vizinhas, um amontoado de pedras e calhaus cobertos de espinheiros e capim chamou a sua atenção. Atacou-o.

Tive de ajudá-lo. Durante uma hora, em pleno sol, mourejamos inutilmente. Mas quando, debaixo das pedras removidas, chegamos ao solo e o cavamos, a picareta de Daspry pôs a descoberto uma ossada, restos de um esqueleto em volta do qual pedaços de roupa ainda se desfaziam.

De repente, senti que empalidecia. Notei fincada na terra uma pequena placa de ferro, cortada em forma de retângulo e na qual me parecia distinguir manchas vermelhas. Abaixei-me. Era isso mesmo: a placa tinha as dimensões de uma carta de baralho e as manchas vermelhas, de óxido vermelho de chumbo corroído em alguns lugares, eram sete, dispostas como os sete pontos de um sete de copas e furadas em cada uma das sete extremidades.

— Ouça, Daspry, estou farto de todas essas histórias. Tanto melhor para você se elas lhe interessam. Eu não lhe faço mais companhia.

Era a emoção? Era o cansaço de um trabalho executado debaixo de sol muito forte? A verdade é que quase não pude me aguentar nas pernas e tive de ir para a cama, onde fiquei por quarenta e oito horas, com febre e ardendo, obcecado por esqueletos que dançavam em volta de mim e jogavam na cabeça uns dos outros seus corações tintos de sangue.

Daspry me foi fiel. Cada dia me concedeu três ou quatro horas de companhia, que passou, é verdade, na sala grande, investigando, batendo e dando pancadinhas.

— As cartas estão aí, neste aposento — vinha me dizer de tempos em tempos. — Estão aí. Ponho a mão no fogo.

— Deixe-me em paz — eu respondia, horripilado.

Na manhã do terceiro dia, levantei-me, ainda muito fraco, mas curado. Um almoço substancial me reconfortou. Mas uma pequena carta que recebi às cinco da tarde contribuiu, mais que qualquer outra coisa, para o meu restabelecimento completo, pois minha curiosidade foi despertada de novo e apesar de tudo.

A mensagem continha estas palavras:

"Senhor,

O drama cujo primeiro ato ocorreu na noite de 22 para 23 de junho está chegando ao fim. A própria força das circunstâncias exige que eu ponha um em frente do outro os dois personagens principais desse drama, e é fundamental que essa confrontação se realize em sua casa. Por isso ficaria imensamente grato se me permitisse usar a sua residência na noite de hoje. Seria oportuno que, das nove às onze da noite, o seu empregado fosse dispensado e preferível que o senhor mesmo fizesse a grande gentileza de deixar o campo livre para os adversários. O senhor pôde notar, na noite de 22 para 23 de junho, que respeitei escrupulosamente tudo o que lhe pertence. Da minha parte, creio que o ofenderia se duvidasse um só instante de sua discrição absoluta em relação àquele que assina.

Cordialmente,

Salvator."

Havia na carta um tom de ironia cortês e, no pedido que formulava, uma fantasia tão bela que me encantou. Era de uma desenvoltura fascinante, e meu correspondente parecia seguro do meu consentimento. Por nada no mundo eu o decepcionaria ou responderia à sua confiança com a ingratidão.

Às oito da noite, meu empregado, a quem ofereci um ingresso de teatro, acabava de sair quando Daspry chegou. Mostrei-lhe a carta.

— E então? — indagou.

— Deixei o portão do jardim aberto para que possam entrar.

— E você vai sair?

— De jeito nenhum!

— Mas ele lhe pede...

— Ele me pede discrição. Serei discreto. Mas faço questão absoluta de ver o que vai acontecer.

Daspry se pôs a rir.

— Por Deus, você tem razão. Eu também fico. Tenho o pressentimento de que não vamos nos aborrecer.

O toque da campainha o interrompeu.

— Será que já são eles? — sussurrou. — Vinte minutos antes da hora! Impossível.

Da entrada, puxei a corda que abria o portão. Uma silhueta de mulher atravessou o jardim. Era a sra. Andermatt.

Parecia transtornada e foi engasgando que balbuciou:

— O meu marido... está vindo... tem um encontro... devem dar-lhe as cartas...

— Como sabe? — perguntei.

— Por acaso. Um recado que meu marido recebeu durante o jantar.

— Uma pequena carta?

— Um recado por telefone. O empregado o entregou a mim por engano. Meu marido o pegou rapidamente, mas era tarde demais. Eu já o tinha lido.

— A senhora leu...

— Mais ou menos isto: "Às nove horas, esta noite, esteja no bulevar Maillot com os documentos que se referem ao caso. Em troca, receberá as cartas". Depois do jantar, subi ao meu quarto e saí.

— Sem que o sr. Andermatt notasse?

— Sim.

— O que acha? — indagou Daspry, olhando para mim.

— O mesmo que você: que o sr. Andermatt é um dos adversários convidados.

— Por quem? E com que objetivo?

— É justamente o que vamos saber.

Conduzi-os à sala grande.

Podíamos, com certa folga, ficar os três debaixo do pano da chaminé e nos esconder atrás da tapeçaria de veludo. Ali nos instalamos.

A sra. Andermatt sentou-se entre nós dois. Pelas aberturas da cortina víamos o aposento inteiro.

Soaram nove horas. Alguns minutos mais tarde, o portão do jardim rangeu nos gonzos.

Confesso que não deixava de sentir certa angústia e que uma febre nova me excitava intensamente. Estava na iminência de conhecer a chave do enigma. A aventura desconcertante cujas peripécias se desenrolavam na minha frente havia semanas ia finalmente assumir o seu verdadeiro sentido, e seria diante dos meus olhos que a batalha seria travada.

Daspry pegou na mão da sra. Andermatt e sussurrou:

— Sobretudo, nenhum movimento. Não importa o que ouça ou veja, mantenha-se impassível.

Alguém entrou. Reconheci imediatamente Alfred Varin, por sua grande semelhança com seu irmão, Étienne. O mesmo andar pesado, o mesmo rosto lívido coberto pela barba.

Entrou com o ar inquieto de quem tem o hábito de temer emboscadas ao seu redor, que as fareja e evita. Percorreu de relance o aposento e tive a impressão de que a chaminé dissimulada por uma cortina de veludo não lhe agradava. Deu três passos para o nosso lado. Mas uma ideia, mais imperiosa sem dúvida, o fez voltar e caminhar em direção à parede. Parou diante do velho rei de mosaico, com barba florida e brandindo a espada, e o examinou longamente, subindo numa cadeira, acompanhando com o dedo o contorno dos ombros e do rosto, apalpando certas partes da imagem.

Mas, de súbito, pulou da cadeira e se afastou da parede. Ouvira o ruído de passos que se aproximavam. O sr. Andermatt apareceu na porta.

O banqueiro soltou um grito de surpresa.

— Você! Você! Foi você quem me chamou?

— Eu? De forma alguma! — protestou Varin com uma voz trêmula que me lembrou a do irmão. — Foi o seu bilhete que me fez vir aqui.

— O meu bilhete?

— Um bilhete assinado pelo senhor, no qual me oferece…

— Eu não lhe escrevi.

— Não me escreveu?

Instintivamente, Varin colocou-se em posição de defesa, não contra o banqueiro, mas contra o inimigo desconhecido que o atraíra à armadilha. Pela segunda vez, seus olhos se voltaram para o nosso lado e, rapidamente, ele se dirigiu à porta.

O sr. Andermatt barrou-lhe a passagem.

— O que está fazendo, Varin?

— Há em tudo isso tramas que não me agradam. Vou embora. Boa noite.

— Um instante.

— Não insista, sr. Andermatt, não temos nada para conversar.

— Temos muito o que conversar, e a ocasião é muito oportuna.

— Deixe-me passar.

— Não, não, não, você não vai passar.

Varin recuou, intimidado pela atitude resoluta do banqueiro, e resmungou:

— Então seja rápido. Vamos conversar e acabar logo com isso.

Uma coisa me surpreendia, e eu não tinha dúvida de que meus dois companheiros experimentavam a mesma decepção. Por que motivo Salvator não estava presente? Não fazia parte de seus projetos intervir? Só a confrontação do banqueiro com Varin lhe parecia suficiente? Eu estava particularmente confuso. Por causa de sua ausência, aquele duelo, combinado por ele, desejado por ele, assumia o aspecto trágico dos acontecimentos que a ordem rigorosa do destino provoca e dirige, e a força que fazia aqueles dois homens se baterem um contra o outro impressionava ainda mais porque residia fora deles.

Um momento depois, o sr. Andermatt aproximou-se de Varin e, frente a frente, encarando-o nos olhos, disse:

— Agora que já se passaram vários anos, e você não tem mais nada a temer, responda-me francamente, Varin. O que fizeram com Louis Lacombe?

— Uma boa pergunta. Como se eu pudesse saber o que aconteceu com ele!

— Você sabe! Você sabe! Você e seu irmão seguiam todos os seus passos, quase moravam na casa dele, nesta mesma casa onde nos encontramos agora. Estavam a par de todos os seus trabalhos, de todos os seus projetos. E, na última noite, Varin, quando acompanhei Louis Lacombe até a porta da minha casa, vi duas silhuetas se moverem furtivamente nas sombras. Isso estou disposto a jurar.

— E o que isso tem a ver comigo?

— Eram você e seu irmão, Varin.

— Prove.

— A melhor prova é que, dois dias mais tarde, você mesmo me mostrou os papéis e os planos que tiraram da pasta de Lacombe e queriam me vender. Como esses papéis vieram parar em seu poder?

— Eu já lhe disse, sr. Andermatt. Nós os encontramos na mesa de Louis Lacombe, na manhã seguinte ao seu desaparecimento.

— Não é verdade.

— Prove.

— A Justiça poderia ter provado.

— E por que não se dirigiu à Justiça?

— Por quê? Ah, porque...

Ele se calou, com o rosto sombrio.

— Está vendo, sr. Andermatt? — prosseguiu o outro. — Se tivesse a menor certeza, não teria sido a pequena ameaça que lhe fizemos que impediria...

— Que ameaça? Aquelas cartas? Acha que acreditei nelas por um só instante?

— Se não acreditou nas cartas, por que me ofereceu tanto dinheiro para reavê-las? E por que, depois, mandou nos perseguir como animais, a mim e a meu irmão?

— Para recuperar os planos que me interessavam.

— Ora, ora! Era por causa das cartas. Assim que se apossasse das cartas, o senhor nos denunciaria. Mais rápido do que eu me desfizesse delas.

E desatou a rir, mas se interrompeu bruscamente.

— Basta! De nada adianta continuarmos repetindo as mesmas palavras, pois não faremos nenhum progresso. E, por conseguinte, vamos ficar por aqui.

— Não vamos ficar — retorquiu o banqueiro —, e, já que falou das cartas, não sairá desta casa antes de devolvê-las.

— Sairei.

— Não, não.

— Ouça, sr. Andermatt, eu lhe aconselho...

— Não sairá.

— É o que veremos — disse Varin com tanta raiva que a sra. Andermatt abafou um pequeno grito.

Ele deve ter ouvido, pois tentou passar à força. O sr. Andermatt empurrou-o com violência. Então vi que Varin enfiou a mão no bolso da jaqueta.

— Pela última vez.

— As cartas primeiro.

Varin sacou um revólver e, mirando o sr. Andermatt, indagou:

— Sim ou não?

O banqueiro abaixou-se rapidamente.

Um tiro ecoou. A arma caiu.

Fiquei atônito. O disparo partira do meu lado. E fora Daspry quem, com uma bala de pistola, fizera a arma saltar da mão de Alfred Varin.

Subitamente de pé entre os dois adversários, diante de Varin, Daspry disse com sarcasmo:

— Tem sorte, meu amigo, muita sorte. Mirei a mão e acertei o revólver.

Os dois o contemplavam, imóveis e confusos.

— Desculpe-me, senhor, por me intrometer no que não me diz respeito — disse ao banqueiro. — Mas a verdade é que joga a partida com pouca habilidade. Permita-me ter nas mãos as cartas.

Virando-se para o outro, acrescentou:

— Agora é entre nós dois, companheiro. E jogando limpo, por favor. O trunfo é copas, e eu jogo o sete.

E, a sete centímetros do nariz, mostrou-lhe a placa de ferro na qual os sete pontos vermelhos estavam marcados.

Nunca havia visto transformação semelhante num homem. Lívido, com os olhos arregalados e o rosto deformado pela angústia, Varin parecia hipnotizado pela imagem que lhe era apresentada.

— Quem é o senhor? — balbuciou.

— Eu já lhe disse. Um senhor que se intromete no que não lhe diz respeito, mas que se intromete a fundo.

— O que quer?

— Tudo o que você trouxe.

— Eu não trouxe nada.

— Trouxe, sim, sem o que não teria vindo. Você recebeu esta manhã um bilhete convidando-o a vir às nove da noite e pedindo-lhe que trouxesse todos os papéis que tinha. Você está aqui. Onde estão os papéis?

Havia na voz e na atitude de Daspry uma autoridade que me desconcertava, um modo de agir completamente novo naquele homem que, na maior parte das vezes, era despreocupado e cordial. Totalmente dominado, Varin apontou um de seus bolsos.

— Os papéis estão aqui.

— Todos eles?

— Sim.

— Todos os que encontrou na pasta de Louis Lacombe e vendeu para o major von Lieben?

— Sim.

— É a cópia ou o original?

— O original.

— Quanto quer por ele?

— Cem mil.

Daspry soltou uma gargalhada.

— Está louco — comentou. — O major só lhe deu vinte mil. Vinte mil jogados fora, porque os testes falharam.

— Não souberam aplicar os planos.

— Os planos não estão completos.

— Então, por que os pede?

— Preciso deles. Ofereço-lhe cinco mil francos. Nem um tostão a mais.

— Dez mil. Nem um tostão a menos.

— Fechado.

Daspry virou-se para o sr. Andermatt.

— Tenha a bondade de assinar um cheque, senhor.

— É que eu não tenho…

— O seu talão? Aqui está.

Surpreso, o sr. Andermatt apalpou o talonário que Daspry lhe estendia.

— É o meu. Como é que...?

— Nada de palavras inúteis, por favor, caro senhor. Só tem de assinar.

O banqueiro puxou a caneta e assinou. Varin estendeu a mão.

— Não toque — disse Daspry. — Ainda não acabou.

E, dirigindo-se ao banqueiro:

— Há também algumas cartas que o senhor reclama, não é?

— Sim, um maço de cartas.

— Onde elas estão, Varin?

— Não estão comigo.

— Onde elas estão, Varin?

— Não sei. Foi meu irmão quem se encarregou delas.

— Estão escondidas aqui, neste aposento.

— Neste caso, sabe onde estão.

— Como posso saber?

— Ora essa, não foi o senhor quem visitou o esconderijo? Parece tão bem informado como Salvator.

— As cartas não estão no esconderijo.

— Estão.

— Abra-o.

Varin olhou para ele com desconfiança. Daspry e Salvator não seriam a mesma pessoa, como tudo fazia supor? Se fosse assim, ele não arriscaria nada mostrando um esconderijo já conhecido. Senão, seria inútil.

— Abra-o — repetiu Daspry.

— Não tenho o sete de copas.

— Tem sim: este — disse Daspry, estendendo-lhe a placa de ferro.

Varin recuou amedrontado.

— Não... não... não quero...

— Não se preocupe por isso.

Daspry dirigiu-se até o velho monarca de barba florida, subiu em uma cadeira e aplicou o sete de copas na parte inferior da espada, contra o guarda-mão, de modo que as bordas da placa coincidissem exatamente com as duas bordas da espada. Depois, com a ajuda de um furador que introduziu alternadamente em cada um dos sete furos nas pontas dos sete corações, fez pressão sobre sete pedrinhas do mosaico. Quando a sétima pedrinha foi pressionada, ocorreu um desbloqueio e todo o busto do rei girou, pondo a descoberto uma abertura larga em forma de cofre, com revestimentos de ferro e duas prateleiras de aço reluzente.

— Como vê, Varin, o cofre está vazio.

— Realmente. Então meu irmão deve ter retirado as cartas.

Daspry desceu da cadeira, aproximou-se do homem e lhe disse:

— Não banque o esperto comigo. Há outro esconderijo. Onde está?

— Ele não existe.

— É dinheiro que você quer? Quanto?

— Dez mil.

— Sr. Andermatt, essas cartas valem dez mil francos para o senhor?

— Sim — disse o banqueiro, com determinação.

Varin fechou o cofre, pegou o sete de copas com uma repugnância visível e o aplicou sobre a espada, contra o guarda-mão, exatamente no mesmo lugar. Em seguida enfiou o furador na ponta dos sete corações. Produziu-se um segundo desbloqueio, mas, desta vez, inesperadamente, só uma parte do cofre girou, mostrando um pequeno cofre embutido na própria espessura da porta que fechava o maior.

O maço de cartas estava ali, amarrado com um barbante e lacrado. Varin o entregou a Daspry. Este perguntou ao banqueiro:

— O cheque está pronto, sr. Andermatt?

— Sim.

— E tem também o último documento que recebeu de Louis Lacombe, aquele que completa os planos do submarino?

— Sim.

A troca foi feita. Daspry pôs o documento e o cheque no bolso e entregou o maço ao sr. Andermatt.

— Aqui está o que o senhor deseja.

O banqueiro hesitou um momento, como se tivesse medo de tocar naquelas páginas malditas que procurara com tanta insistência. Depois as pegou, com um gesto nervoso.

Ao meu lado, ouvi um gemido. Segurei a mão da sra. Andermatt. Estava gelada.

— Creio, senhor, que nossa conversa terminou — disse Daspry ao banqueiro. — Ah, nada de agradecimentos, por favor. Só o acaso quis que eu pudesse ser-lhe útil.

O sr. Andermatt retirou-se, levando as cartas da sua mulher a Louis Lacombe.

— Esplêndido! — exclamou Daspry, encantado. — Tudo se resolveu da melhor maneira. Só nos falta encerrar o nosso negócio, companheiro. Tem os papéis?

— Estão todos aqui.

Daspry os manuseou, examinou atentamente e guardou no bolso.

— Muito bem, você cumpriu a palavra.

— Mas...

— Mas o quê?

— Os dois cheques? O dinheiro?

— Você é insolente, meu rapaz. Como se atreve a reclamar?

— Reclamo aquilo a que tenho direito.

— Por acaso tem direito a alguma coisa por papéis que você roubou?

O homem parecia fora de si. Tremia de raiva, com os olhos injetados de sangue.

— O dinheiro... os vinte mil... — gaguejou.

— Impossível. Já tenho em que os empregar.

— O dinheiro.

— Vamos, seja razoável e deixe o seu punhal tranquilo.

Daspry o agarrou pelo braço com tanta força que o outro soltou um grito de dor.

— Vá embora, companheiro, o ar da rua lhe fará bem — acrescentou. — Quer que eu lhe mostre o caminho? Iremos juntos pelo terreno baldio e lhe mostrarei um monte de pedras debaixo do qual...

— Não é verdade! Não é verdade!

— Sim, é verdade. Esta pequena placa de ferro com sete pontos vermelhos vem de lá. Louis Lacombe nunca a largava, lembra-se? Seu irmão e você a enterraram com o cadáver e com outras coisas que interessarão enormemente à Justiça.

Varin cobriu o rosto com seus punhos raivosos. Depois pronunciou:

— Está bem. Perdi. Não falemos mais no assunto. Uma palavra, no entanto, uma só palavra. Eu gostaria de saber...

— Estou ouvindo.

— Havia neste cofre, no maior dos dois, uma caixinha?

— Sim.

— Quando o senhor veio aqui, na noite de 22 para 23 de junho, ela estava ali?

— Sim.

— O que continha?

— Tudo o que os irmãos Varin haviam posto dentro dela: uma belíssima coleção de joias, diamantes e pérolas, colhidos por toda parte pelos referidos irmãos.

— E o senhor os apanhou?

— Ora essa! Ponha-se no meu lugar.

— Então foi ao verificar o desaparecimento da caixinha que meu irmão se matou?

— Provavelmente. O desaparecimento de sua correspondência com o major von Lieben não teria sido motivo suficiente. Mas o desaparecimento da caixinha... É só isso que tinha para me perguntar?

— E mais uma coisa: o seu nome.

— Você diz isso como se tivesse planos de desforra.

— Por Deus! A sorte muda. Hoje o senhor é o mais forte. Amanhã...

— Será você.

— Espero que sim. O seu nome?

— Arsène Lupin.

— Arsène Lupin!

O homem cambaleou, como se tivesse sido posto a nocaute por uma bordoada. Pode-se dizer que aquelas duas palavras tiraram dele toda a esperança. Daspry se pôs a rir.

— Ah, você imagina que um senhor Durant ou Dupont poderia montar um caso como esse? Não, era preciso, no mínimo, um Arsène

Lupin. E agora que está informado, meu rapaz, vá preparar a sua desforra. Arsène Lupin o espera.

E o empurrou para fora, sem mais uma palavra.

— Daspry, Daspry! — gritei, dando-lhe ainda e sem refletir, o nome com o qual o conheci.

Afastei a cortina de veludo. Ele acorreu.

— O quê? O que há?

— A sra. Andermatt não está se sentindo bem.

Daspry apressou-se, fez com que respirasse sais e, enquanto cuidava dela, interrogou-me.

— O que ocorreu?

— As cartas — respondi. — As cartas de Louis Lacombe que você entregou ao marido dela.

Ele deu uma pancada com a palma da mão na testa.

— Ela pensou que eu fiz isso. Sim, afinal de contas, podia pensar. Como sou imbecil!

A sra. Andermatt, reanimada, escutava-o ansiosamente. Ele tirou da carteira um maço pequeno parecido em todos os detalhes com o que o sr. Andermatt havia levado.

— Aqui estão as suas cartas, senhora, as verdadeiras.

— Mas... e as outras?

— As outras são iguais a essas, mas recopiadas por mim, nesta noite, e arrumadas cuidadosamente. Seu marido ficará tanto mais contente de as ler se não desconfiar da substituição, porque tudo pareceu ocorrer diante de seus olhos.

— A letra...

— Não há letra que não possa ser imitada.

Ela lhe agradeceu com as mesmas palavras de gratidão que dirigiria a um homem do seu círculo de amizades, e me dei conta de que não deveria ter ouvido as últimas frases trocadas entre Varin e Arsène Lupin.

Eu olhava para ele, não sem embaraço, não sabendo muito bem o que dizer àquele velho amigo que se revelava a mim sob um aspecto tão imprevisto. Lupin! Era Lupin! O meu companheiro de grupo não era outro senão Lupin! Eu tinha dificuldade de me recuperar da surpresa. Mas ele me disse, muito à vontade:

— Pode dar o seu adeus a Jean Daspry.

— Ah!

— Sim, Jean Daspry parte de viagem. Estou enviando-o para o Marrocos. É bem provável que encontre lá um fim digno. Confesso mesmo que é a intenção dele.

— Mas Arsène Lupin fica conosco?

— Ah, mais do que nunca. Arsène Lupin ainda está no início da carreira e olha para o futuro.

Um movimento de curiosidade irresistível lançou-me em direção a ele, e o conduzi a certa distância da sra. Andermatt.

— Então acabou descobrindo o segundo esconderijo, onde o maço de cartas se encontrava?

— Tive muita dificuldade. Foi só ontem à tarde, quando você estava deitado. No entanto, Deus sabe como era fácil. Mas as coisas mais simples são aquelas nas quais a gente pensa por último.

E, mostrando-me o sete de copas, acrescentou:

— Adivinhei que, para abrir o cofre grande, era preciso apoiar esta carta na espada do homem de mosaico.

— Como adivinhou?

— Facilmente. Por minhas informações particulares, eu sabia, ao vir aqui, na noite de 22 de junho…

— Depois que me deixou…

— Sim, e depois de o ter posto, mediante assuntos escolhidos de propósito, num estado de espírito tal que um indivíduo nervoso e impressionável como você deveria fatalmente me deixar agir à vontade, sem sair da cama.

— O raciocínio era correto.

— Eu sabia, ao vir aqui, que havia uma caixinha escondida num cofre com fechadura secreta e que o sete de copas era a chave, o segredo dessa fechadura. Era preciso somente colocar o sete de copas num lugar que lhe fosse reservado claramente. Uma hora de estudo foi suficiente para mim.

— Uma hora!

— Observe o homem de mosaico.

— O velho imperador?

— Esse velho imperador é a representação exata do rei de copas de todos os baralhos, Carlos Magno.

— Realmente. Mas por que o sete de copas abre tanto o cofre grande quanto o pequeno? E por que abriu logo só o cofre grande?

— Por quê? Porque eu teimava em pôr meu sete de copas sempre no mesmo sentido. Só ontem notei que, invertendo a placa, isto é, pondo o sétimo ponto, o do meio, em cima e não embaixo, a disposição dos sete pontos mudava.

— Com os demônios!

— Evidentemente, com os demônios, mas era preciso pensar nisso.

— Outra coisa: você ignorava a história das cartas antes que a sra. Andermatt...

— ... falasse delas na minha frente? Sim. Eu só havia descoberto dentro do cofre, além da caixinha, a correspondência dos dois irmãos, correspondência que me pôs no caminho da sua traição.

— Resumindo, foi por acaso que foi movido primeiro a reconstituir a história dos dois irmãos e depois a procurar os planos e os documentos do submarino?

— Por acaso.

— Mas com que finalidade os procurou?

Daspry interrompeu-me, rindo:

— Meu Deus! Como esse caso lhe interessa!

— Ele me fascina.

— Bem, daqui a pouco, depois que eu levar a sra. Andermatt para casa e encaminhar ao *Écho de France* a nota que vou escrever, voltarei e entraremos em detalhes.

Sentou-se e escreveu uma das pequenas notas lapidares em que a fantasia do personagem se divertia. Quem não se lembra do alvoroço que ela provocou no mundo inteiro?

> "Arsène Lupin resolveu o problema que Salvator levantou nos últimos tempos. Tendo em seu poder todos os documentos e planos originais do engenheiro Louis Lacombe, fez com que eles chegassem às mãos do ministro da Marinha. Nesta oportunidade, ele abre uma subscrição com o objetivo de oferecer ao Estado o primeiro submarino construído com base nesses planos. Ele próprio é o primeiro a assinar a lista com a quantia de vinte mil francos."

— Os vinte mil francos dos cheques do sr. Andermatt? — perguntei quando me deu o papel para ler.

— Exatamente. É justo que Varin pague em parte o resgate da sua traição.

Foi assim que conheci Arsène Lupin. Foi assim que soube que Jean Daspry, companheiro de grupo, relação de minha vida social, não era outro senão Arsène Lupin, o ladrão de casaca. Foi assim que criei laços de amizade muito agradáveis com nosso grande homem e que aos poucos, graças à confiança com a qual me honrou, tornei-me seu muito humilde, fiel e grato historiógrafo.

❖

O cofre-forte da sra. Imbert

Às três da madrugada ainda havia meia dúzia de carros em frente a uma das pequenas residências que compõem o único lado da avenida Berthier. A porta da casa abriu-se. Um grupo de convidados, entre homens e mulheres, saiu. Quatro carros partiram para a direita e para a esquerda e só ficaram na avenida dois homens, que se separaram na esquina da rua de Courcelles, onde um deles morava. O outro resolveu ir a pé até a porta Maillot.

Ele atravessou a avenida de Villiers e continuou a caminhar na calçada oposta às fortificações. Naquela bela noite de inverno, clara e fria, era um prazer andar a pé e respirar bem. O ruído dos passos ressoava alegremente.

Mas, depois de alguns minutos, teve a impressão desagradável de que era seguido. De fato, ao se virar, notou o vulto de um homem que se esgueirava entre as árvores. Ele não era medroso. Entretanto, apressou o passo a fim de chegar o mais rápido possível à barreira de Ternes. Mas o perseguidor pôs-se a correr, e, inquieto, ele achou mais prudente puxar o revólver e enfrentá-lo.

Mas não teve tempo, pois o desconhecido o atacou com violência. Imediatamente uma luta teve início na avenida deserta, uma luta corpo a corpo na qual sentiu logo que estava em desvantagem. Gritou por socorro, debateu-se e foi derrubado sobre um monte de cascalho, onde o agressor lhe apertou a garganta e o amordaçou com um lenço que lhe enfiou na boca. Seus olhos se fecharam, seus ouvidos zumbiram e ia perder os sentidos quando, de repente, o aperto afrouxou, e o homem que o sufocava com seu peso levantou-se para se defender de um ataque imprevisto.

Um golpe de bengala no pulso, um pontapé no tornozelo... O homem soltou dois grunhidos de dor e fugiu, mancando e rogando pragas.

Sem se dar ao incômodo de perseguir o fugitivo, o recém-chegado debruçou-se sobre o homem lançado ao chão e perguntou:

— Está ferido, senhor?

Ele não estava ferido, mas muito atordoado e incapaz de se manter em pé. Por sorte, um dos empregados da barreira chegou, atraído pelos gritos. Um carro foi requisitado e o senhor sentou-se no veículo, acompanhado pelo seu salvador, que o conduziu à sua mansão na avenida da Grande-Armée.

Em frente à porta, completamente recuperado, o agredido se desfez em agradecimentos.

— Devo-lhe a vida, senhor, e creia que não o esquecerei. Não quero assustar a minha mulher neste momento, mas amanhã ela terá o prazer de lhe agradecer pessoalmente.

Convidou-o então para almoçar e lhe disse seu nome, Ludovic Imbert, acrescentando:

— Posso saber a quem devo a honra?

— Certamente — respondeu o outro.

E se apresentou:

— Arsène Lupin.

Na época, Arsène Lupin ainda não tinha a fama que lhe trouxeram o caso Cahorn, a sua fuga da Santé e tantas outras façanhas retumbantes. Nem mesmo se chamava Arsène Lupin. Esse nome, ao qual o futuro reservava tanto brilho, foi imaginado especialmente para designar o salvador do sr. Imbert, e pode-se dizer que foi nesse caso que recebeu o batismo de fogo. Pronto para o combate, é verdade, e totalmente armado, mas sem recursos nem a autoridade que o sucesso proporciona, Arsène Lupin era então apenas aprendiz numa profissão na qual logo se tornaria mestre.

Ao levantar-se, com que alegria recordou-se do convite que recebeu naquela noite! Finalmente alcançava o seu objetivo. Finalmente iniciava uma obra digna de suas forças e de seu talento. Os milhões dos Imbert, que presa maravilhosa para um apetite como o dele!

Ele preparou um traje especial para a ocasião: casaca velha, calças gastas, chapéu de seda um pouco avermelhada, punhos e colarinho postiço desfiados, tudo muito limpo, mas com a marca inconfundível da pobreza. Como gravata, uma fita preta presa com um diamante falso. Vestido assim, desceu a escada do quarto que ocupava em

Montmartre. No terceiro andar, sem se deter, bateu com o castão da bengala no batente de uma porta fechada. Ao sair, dirigiu-se até as avenidas exteriores. Um bonde passava. Embarcou. Alguém que caminhava atrás dele, o inquilino do terceiro andar, sentou-se ao seu lado.

Um instante depois, esse homem disse a Lupin:

— E então, patrão?

— Então está feito.

— Como?

— Estou indo lá almoçar.

— Vai almoçar lá?

— Você não queria, espero, que eu perdesse de graça dias tão preciosos como os meus. Salvei o sr. Ludovic Imbert da morte certa que você lhe reservava. O sr. Ludovic Imbert não possui uma índole desprovida de gratidão. Ele me convidou para almoçar.

Depois de um breve silêncio, o outro arriscou:

— Então, não vai desistir?

— Meu caro rapaz — respondeu Arsène —, se planejei a pequena agressão desta noite, se me dei ao trabalho, às três horas da madrugada, ao longo das fortificações, de lhe acertar um golpe de bengala no pulso e um pontapé na tíbia, com o risco de ferir meu único amigo, não foi para desistir agora dos benefícios a serem obtidos de um salvamento tão bem organizado.

— E os boatos desagradáveis que correm sobre a fortuna...

— Deixe que corram. Há seis meses acompanho o assunto. Há seis meses me informo, estudo, estendo minhas redes, interrogo empregados, agiotas e testas de ferro. Há seis meses vivo seguindo como uma sombra o marido e a mulher. Por isso, sei com exatidão a quantas anda o negócio. Não importa que a fortuna provenha do velho Brawford, como pretendem, ou de outra fonte, afirmo que ela existe. E, já que existe, é minha.

— Cem milhões? Com todos os demônios!

— Suponhamos que sejam dez, ou mesmo cinco, não importa. Há maços grandes de títulos no cofre-forte. Será o diabo se, um dia ou outro, eu não puser a mão na chave.

O bonde parou na praça da Estrela. O homem sussurrou:

— Fica assim, por enquanto?

— Por enquanto, não há nada a fazer. Eu o avisarei. Temos tempo.

Cinco minutos depois, Arsène Lupin subia a escada suntuosa da mansão Imbert, e Ludovic o apresentava à sua esposa. Gervaise era uma mulher baixa, rechonchuda, tagarela. Ofereceu a Lupin a melhor acolhida.

— Eu quis que estivéssemos sozinhos para festejar o nosso salvador — disse ela.

E, desde o início, trataram "o nosso salvador" como amigo de longa data. À sobremesa, a intimidade era completa, e as confidências surgiram rapidamente. Arsène contou a sua vida, a vida do pai, magistrado íntegro, as tristezas da sua infância, as dificuldades do presente.

Gervaise, por seu lado, discorreu sobre a sua juventude, o seu casamento, os favores do velho Brawford, os cem milhões que herdara, os obstáculos que os impediam de desfrutar dessa herança, os empréstimos que tiveram de contrair a taxas exorbitantes, as disputas intermináveis com os sobrinhos de Brawford, as contestações e os sequestros. Tudo, enfim.

— Imagine só, sr. Lupin, os títulos estão aí ao lado, no escritório do meu marido. Se destacarmos um único cupom, perderemos tudo. Eles estão aí, no nosso cofre, e não podemos tocar neles.

Um leve arrepio agitou o sr. Lupin diante da ideia da proximidade de tanta riqueza. E ele teve a sensação muito clara de que o sr. Lupin nunca atingiria elevação de alma suficiente para sentir os mesmos escrúpulos da boa senhora.

— Ah, eles estão aí — murmurou, com a garganta seca.

— Estão.

Relações iniciadas sob tais circunstâncias só poderiam criar laços ainda mais estreitos. Interrogado delicadamente, Arsène Lupin confessou a sua miséria, o seu sofrimento. Imediatamente, o infeliz rapaz foi nomeado secretário particular do casal, com salário de cento e cinquenta francos por mês. Continuaria morando em sua própria casa, mas viria todos os dias receber as ordens de serviço, e, para maior comodidade, puseram à sua disposição um dos aposentos do segundo andar como gabinete de trabalho.

Foi ele mesmo quem o escolheu. Por que acaso feliz se encontrava bem em cima do escritório de Ludovic?

Arsène não tardou a perceber que seu cargo de secretário quase não lhe exigia nenhum esforço. Em dois meses não teve senão quatro cartas insignificantes para copiar e só foi chamado uma vez ao escritório do patrão, o que lhe permitiu contemplar oficialmente o cofre-forte somente uma vez. Além disso, notou que não o consideravam digno de figurar ao lado do deputado Anquety ou do presidente da

Ordem dos Advogados Grouvel, pois nunca fora convidado para as famosas recepções sociais a que esses personagens compareciam.

Mas não se lamentou por isso, preferia permanecer em seu lugar modesto à sombra. Assim, manteve-se a distância, em paz e liberdade. De qualquer modo, não perdia tempo. Antes de mais nada, fez certo número de visitas clandestinas ao escritório de Ludovic e apresentou seus cumprimentos ao cofre, o qual nem por isso ficou menos hermeticamente fechado. Era um bloco enorme de ferro fundido e aço, de aparência fria e severa, contra o qual não podiam prevalecer nem limas, nem verrumas, nem pés de cabra.

Arsène Lupin não era cabeça-dura.

— Onde a força fracassa, a astúcia dá resultado — disse a si mesmo. — O essencial é ter um olho e um ouvido de sobreaviso.

Tomou então as medidas necessárias e, depois de sondagens minuciosas e árduas no soalho do seu compartimento, introduziu um tubo de chumbo que conduzia ao teto do escritório entre duas molduras da cornija. Por esse tubo, que funcionava como tubo acústico e binóculos, esperava ver e ouvir.

Daí por diante passou os dias de barriga para baixo no soalho do aposento. E, de fato, viu muitas vezes os Imbert em conferência diante do cofre, consultando registros e folheando documentos. Quando eles faziam girar sucessivamente os quatro botões que comandavam a fechadura, procurava contar o número de encaixes que passavam, para descobrir o número. Observava seus gestos, prestava atenção a suas palavras. O que faziam com a chave do cofre? Escondiam-na?

Um dia, desceu as escadas rapidamente quando os viu sair do aposento sem fechar o cofre. Entrou resolutamente. Eles haviam voltado.

— Oh, desculpem-me — disse. — Enganei-me de porta.

Mas Gervaise se precipitou, atraindo-o.

— Entre, sr. Lupin, entre. Não está em sua casa? Vai nos dar um conselho. Que títulos devemos vender? Os do exterior ou os da renda?

— E a contestação? — objetou Lupin, surpreso.

— Ela não atinge todos os títulos.

A mulher abriu mais a porta do cofre. Nas prateleiras se amontoavam pastas presas por cintas de elástico. Ela pegou uma. Mas o seu marido protestou.

— Não, não, Gervaise, seria loucura vender os títulos do exterior. Eles vão subir, enquanto os da renda estão no pico. O que acha, meu caro amigo?

O caro amigo não tinha opinião. Entretanto, aconselhou o sacrifício dos títulos da renda. Então ela apanhou outro maço e, nesse maço, ao acaso, um papel. Era um título de mil trezentos e setenta e quatro francos, a três por cento. Ludovic o pôs no bolso. À tarde, acompanhado por seu secretário, fez um corretor da bolsa vendê-lo e recebeu quarenta e seis mil francos.

A despeito do que Gervaise havia dito, Arsène Lupin não se sentia em casa. Ao contrário, sua situação na mansão Imbert o enchia de surpresa. Em diversas ocasiões, pôde verificar que os empregados não sabiam o seu nome e o chamavam de senhor. Ludovic o designava sempre assim: "Avisem o senhor... O senhor já chegou?" Por que essa denominação enigmática?

Além disso, passado o entusiasmo do início, os Imbert mal falavam com ele e, embora o tratassem com a consideração devida a um benfeitor, davam-lhe pouca ou nenhuma atenção. Pareciam considerá-lo um excêntrico que não gosta de ser importunado e respeitavam seu isolamento, como se esse isolamento fosse uma regra estabelecida por ele, um capricho da parte dele. Certa vez, quando passava pela entrada, ouviu Gervaise dizer a dois senhores:

— É tão selvagem!

— Está bem — pensou ele —, sou um selvagem.

Desistindo de explicar as esquisitices daquelas pessoas, prosseguia a execução do seu plano. Adquirira a certeza de que não deveria contar com o acaso nem com um descuido de Gervaise, que nunca abandonava a chave do cofre e, além disso, nunca a tirava sem antes embaralhar as letras que formavam a combinação da fechadura. Assim, precisava agir.

Um acontecimento precipitou as coisas: a campanha violenta desenvolvida contra os Imbert por alguns jornais. Eram acusados de fraude. Arsène Lupin assistiu às peripécias do drama, às agitações do casal e compreendeu que, se demorasse mais, perderia tudo.

Durante cinco dias seguidos, em vez de sair às seis da tarde como costumava fazer, trancou-se no aposento. Os outros supunham que já tinha ido embora. Mas ele se deitava no soalho e vigiava o escritório de Ludovic.

Como nas cinco noites a circunstância favorável que esperava não ocorreu, saiu no meio da noite pela pequena porta que dava para o pátio, da qual possuía a chave.

No sexto dia soube que os Imbert, em resposta às insinuações mal-intencionadas de seus inimigos, haviam proposto que se abrisse o cofre e se fizesse o inventário.

— É para esta noite — pensou Lupin.

Realmente, depois do jantar, Ludovic se instalou no escritório. Gervaise juntou-se a ele. Puseram-se a examinar os livros contábeis e os valores mobiliários do cofre.

Uma hora transcorreu, depois outra. Lupin ouviu os empregados subirem para seus quartos. Não havia mais ninguém no primeiro andar. Meia-noite. Os Imbert continuavam sua tarefa.

— Vamos lá — murmurou Lupin.

Ele abriu a sua janela. Ela dava para o pátio e o espaço estava escuro, na noite sem lua e sem estrelas. Tirou do armário uma corda com nós, que prendeu ao parapeito da sacada, saltou-a e deslizou suavemente, apoiando-se numa calha, até a janela situada abaixo da sua. Era a do escritório, e o pano espesso das cortinas forradas com feltro escondia o interior do aposento. De pé no parapeito, Lupin permaneceu imóvel um momento, com os ouvidos atentos e os olhos à espreita.

Tranquilizado pelo silêncio, empurrou suavemente as duas vidraças. Se ninguém tivera o cuidado de fechá-las convenientemente, deveriam ceder ao menor esforço, pois ele, durante a tarde, havia torcido o ferrolho de modo que não entrasse mais nos encaixes.

As vidraças cederam. Então, com precauções infinitas, entreabriu-as mais. Assim que pôde introduzir a cabeça, deteve-se. Um pouco de luz se filtrava entre as duas cortinas mal unidas. Percebeu Gervaise e Ludovic sentados ao lado do cofre.

Trocavam algumas palavras só de vez em quando e em voz baixa, absorvidos por seu trabalho. Arsène calculou a distância que o separava deles, estabeleceu os movimentos exatos que deveria fazer para reduzi-los um após o outro à impotência, antes que tivessem tempo de gritar pedindo socorro, e ia precipitar-se quando Gervaise disse:

— Como o escritório ficou frio de uns instantes para cá! Vou me deitar. E você?

— Eu gostaria de terminar o trabalho.

— Terminar! É serviço para a noite inteira.

— Não, para uma hora no máximo.

Ela se retirou. Vinte, trinta minutos se passaram. Arsène empurrou as vidraças um pouco mais. As cortinas se moveram. Empurrou mais ainda. Ludovic virou-se e, vendo as cortinas se inflarem com o vento, levantou-se para fechar a janela.

Não houve grito, nem mesmo aparência de luta. Com poucos

movimentos precisos, e sem lhe causar o menor mal, Arsène o atordoou, envolveu-lhe a cabeça com a cortina e o amarrou com uma corda, de tal maneira que Ludovic sequer pôde distinguir o rosto de seu agressor.

Depois se dirigiu rapidamente até o cofre, apanhou duas pastas, que pôs debaixo do braço, saiu do escritório, desceu a escada, atravessou o pátio e abriu a porta de serviço. Uma carruagem estava estacionada na rua.

— Guarde isto primeiro e venha comigo — disse ao cocheiro.

Voltou ao escritório. Em duas viagens esvaziaram o cofre. Em seguida, Arsène subiu ao seu quarto, tirou a corda da janela e apagou todos os vestígios da sua passagem. Era o fim.

Algumas horas depois, Arsène Lupin, com a ajuda do companheiro, procedeu à verificação minuciosa das pastas. Não ficou desapontado ao comprovar que a fortuna dos Imbert não tinha a importância que lhe atribuíam, pois já tinha previsto isso. Ela não consistia em centenas, nem mesmo em dezenas de milhões. No entanto, ainda se elevava a uma soma considerável, e eram valores excelentes, obrigações de estradas de ferro, da prefeitura de Paris, de Suez, de minas do norte, fundos de Estado, etc.

Lupin se declarou satisfeito.

— É verdade — disse — que haverá uma perda considerável quando chegar a hora de negociar. Vou tropeçar em contestações e será preciso mais de uma vez liquidar por preços vis. Não importa. Com esse primeiro capital poderei viver como bem entendo... e realizar alguns sonhos que venho acalentando.

— E o resto?

— Pode queimar, meu rapaz. Esses montes de papéis serviam para fazer volume no cofre-forte. Para nós são inúteis. Quanto aos títulos, vão descansar tranquilamente no armário, enquanto aguardamos o momento propício.

No dia seguinte, Arsène achou que nenhum motivo o impedia de voltar à mansão dos Imbert. Mas a leitura dos jornais revelou-lhe esta notícia inesperada: Ludovic e Gervaise haviam desaparecido.

A abertura do cofre realizou-se com grande solenidade. Os magistrados encontraram dentro dele o que Arsène Lupin havia deixado. Pouca coisa.

Estes são os fatos e esta é a explicação que dá a alguns deles a intervenção de Arsène Lupin. Ele me fez o seu relato num dia em que estava em estado de espírito favorável a confidências.

Naquele dia, Arsène andava de um lado para o outro no meu gabinete de trabalho, e eu percebia em seus olhos uma pequena excitação que ainda não tinha visto.

— No fim das contas — perguntei-lhe —, foi o seu golpe mais bem-sucedido?

Sem me responder diretamente, ele prosseguiu:

— Há neste caso segredos impenetráveis. Assim, mesmo depois da explicação que lhe dei, muitas coisas permanecem obscuras. Por que aquela fuga? Por que não aproveitaram a ajuda que lhes prestei involuntariamente? Teria sido tão simples dizer: "Os cem milhões se encontravam no cofre. Não estão mais porque foram roubados".

— Perderam a cabeça.

— Sim, foi isso. Perderam a cabeça. Por outro lado, é verdade...

— É verdade...

— Não, nada.

O que significavam aquelas reticências? Ele não havia contado tudo, estava claro, e o que não havia dito repugnava-lhe contar. Fiquei intrigado. Devia ter sido algo grave para provocar hesitação num homem como ele.

Fiz-lhe algumas perguntas ao acaso.

— Não voltou a vê-los?

— Não.

— E nunca chegou a sentir pena daqueles dois coitados?

— Eu? — proferiu com um sobressalto.

Sua reação me surpreendeu. Eu teria tocado no ponto sensível? Insisti.

— Evidentemente. Sem a sua intervenção, eles talvez pudessem enfrentar o perigo ou pelo menos desaparecer com os bolsos cheios.

— Remorso, é o que me atribui, não é?

— Ora essa!

Ele desferiu um soco violento na minha mesa.

— Assim, em sua opinião, eu deveria sentir remorso?

— Chame isso de remorso ou arrependimento, em suma, um sentimento qualquer.

— Um sentimento qualquer por pessoas...

— Por pessoas de quem você surrupiou uma fortuna.

— Que fortuna?

— Ora, os dois ou três maços de títulos...

— Os dois ou três maços de títulos! Eu surripiei deles maços de títulos, não é? Uma parte da sua herança. É essa a minha culpa?

É esse o meu crime? Com os demônios, meu caro, você ainda não adivinhou que aqueles títulos eram falsos? Entendeu? Eram falsos!

Olhei para ele atônito.

— Falsos, os quatro ou cinco milhões?

— Falsos — gritou com raiva —, totalmente falsos! As obrigações, os títulos da prefeitura de Paris e os fundos de Estado. Papel, nada mais do que papel! Nem um tostão, não tirei nem um tostão de todo aquele monte! E você me pergunta se não sinto remorso! Eles é que deveriam senti-lo! Enganaram-me como um ingênuo vulgar! Depenaram-me como o último de seus otários, e o mais estúpido!

Uma cólera real o agitava, provocada pelo rancor e pelo amor-próprio ferido.

— Do começo ao fim, desde a primeira hora, levei a pior. Sabe que papel representei neste caso, ou melhor, que papel me fizeram representar? O de André Brawford. Sim, meu caro, e não suspeitei de nada. Foi só mais tarde, ao ler os jornais e aproximar certos detalhes, que a luz clareou a minha mente. Enquanto eu posava de benfeitor, do cavalheiro que arriscara a vida para livrar o sr. Imbert das garras de um bandido, eles me faziam passar por um dos Brawfords.

"Não é admirável? O indivíduo excêntrico que tinha o seu gabinete no segundo andar, o selvagem que só mostravam de longe, era Brawford, e Brawford era eu! E graças a mim, graças à confiança que eu inspirava com o nome de Brawford, os banqueiros emprestavam, e os tabeliães aconselhavam seus clientes a emprestar! Que escola para um principiante, hein? Ah, juro que a lição foi útil para mim."

Deteve-se de repente, segurou-me o braço e, num tom exasperado no qual era fácil, entretanto, perceber contrastes sutis de ironia e admiração, disse-me esta frase inefável:

— Meu caro, neste momento Gervaise Imbert me deve mil e quinhentos francos.

Daquela vez, não pude deixar de rir. Era realmente de um ridículo sem limite. E ele mesmo teve um acesso de riso.

— Sim, meu caro, mil e quinhentos francos! Não só não recebi um só tostão do meu ordenado de secretário particular, como ainda ela me pediu emprestados mil e quinhentos francos! Todas as minhas economias da juventude! E sabe para quê? Dou-lhe mil francos se adivinhar. Eram para os seus pobres! É como estou lhe dizendo. Para pretensos infelizes que ela ajudava sem que Ludovic soubesse!

"E fui logrado facilmente! É muito engraçado, não é? Arsène Lupin havia sido despojado de mil e quinhentos francos pela boa senhora, de quem roubava quatro milhões de títulos falsos! E a quantas combinações, esforços e artimanhas geniais tive de recorrer para chegar a esse belo resultado! Foi a única vez que me enganaram em minha vida. Mas, com todos os demônios, foi a única vez, e pagando um preço muito alto!"

❖

A pérola negra

Um violento toque de campainha despertou a porteira do número 9 da avenida Hoche. Ela puxou o cordão para abrir a porta, reclamando:

— Pensei que todo mundo já tivesse voltado. São pelo menos três horas da madrugada.

O marido resmungou:

— Talvez seja alguém procurando o médico.

De fato, uma voz perguntou:

— O dr. Harel... qual é o andar?

— O terceiro, à esquerda. Mas o doutor não atende à noite.

— Ele tem que atender.

O homem entrou no prédio, subiu um andar, dois andares e, sem mesmo parar no piso do dr. Harel, continuou até o quinto. Ali experimentou duas chaves. Uma delas fez funcionar a fechadura, a outra, a tranqueta de segurança.

— Às mil maravilhas! — murmurou. — Isso simplifica a tarefa consideravelmente. Mas, antes de agir, preciso garantir a retirada. Deixe-me ver. Tive tempo suficiente para tocar a campainha do apartamento do médico e ser mandado embora por ele? Ainda não. Mais alguns minutos.

Ao fim de dez minutos desceu a escada e bateu na janela da portaria, esbravejando contra o médico. Abriram-lhe de novo a porta da rua, e ele a bateu atrás de si. Entretanto, a porta não se fechou, pois o homem aplicou rapidamente um pedaço de ferro sobre o anel da fechadura para que a lingueta não pudesse ser introduzida em seu lugar.

Voltou a entrar sem fazer barulho e sem que os porteiros percebessem. Em caso de alarme, sua retirada estava garantida.

Calmamente, subiu outra vez os cinco andares. Na antessala, à luz de uma lanterna elétrica, depositou o capote e o chapéu numa cadeira, sentou-se em outra e cobriu os sapatos com pantufas grossas de feltro.

— Ufa! Aqui estou. E como foi fácil. Eu me pergunto por que todo mundo não escolhe a confortável profissão de ladrão. Com um pouco de habilidade e reflexão, não há outra mais agradável. Uma profissão de confiança, uma profissão de pai de família. Muito cômoda mesmo. Chega a ser até enfadonha.

Desdobrou uma planta detalhada do apartamento.

— Comecemos por nos orientar. Aqui observo o retângulo da entrada onde estou. Do lado da rua, a sala de visitas, o quarto de vestir e a sala de jantar. Inútil perder tempo por aí. Parece que a condessa tem um gosto deplorável. Nem um objeto de valor. Portanto, direto ao objetivo. Ah, aqui está o traçado de um corredor, do corredor que leva aos quartos. A três metros, devo encontrar a porta do guarda-roupa que se comunica com o quarto da condessa.

Dobrou a planta, apagou a lanterna e se deslocou pelo corredor, enquanto contava:

— Um metro... dois metros... três metros. Aqui está a porta. Como tudo se arranja, meu Deus! Um simples trinco, um pequeno trinco, me separa do quarto e, além disso, sei que esse trinco se encontra a um metro e quarenta e três centímetros do soalho. Portanto, com uma incisão leve que vou fazer em volta, ficarei livre dele.

Tirou do bolso os instrumentos necessários, porém uma ideia o deteve.

— E se, por acaso, a porta não estiver trancada? Experimentemos... Não custa tentar.

Girou a maçaneta, e a porta se abriu.

— Meu bravo Lupin, decididamente a sorte o favorece. O que deve fazer agora? Você conhece a topografia do local onde vai agir. Sabe o lugar onde a condessa esconde a pérola negra. Por conseguinte, para que a pérola negra lhe pertença, precisa simplesmente ser mais silencioso que o silêncio, mais invisível que a noite.

Arsène Lupin demorou cerca de meia hora para abrir a segunda porta, uma porta de vidro que dava para o quarto. Mas o fez com tanta precaução que, mesmo que a condessa não estivesse dormindo, nenhum rangido suspeito poderia inquietá-la.

Segundo as indicações da sua planta, era só seguir o contorno de uma espreguiçadeira. Isso o conduzia a uma poltrona e, em seguida, a uma mesinha situada perto da cama. Sobre a mesa havia uma caixa de papéis de carta e, simplesmente fechada dentro dessa caixa, a pérola negra.

Deitou-se sobre o tapete e seguiu os contornos da espreguiçadeira. Mas, ao chegar à extremidade, deteve-se para refrear as batidas do coração. Embora nenhum temor o agitasse, não conseguia vencer a angústia nervosa que se experimenta em meio a um grande silêncio. Espantou-se com isso, pois, afinal, vivera sem sentir emoção em momentos muito mais solenes. Nenhum perigo o ameaçava. Então, por que o coração batia como sino tocando a rebate? Seria a mulher adormecida que o impressionava, a proximidade de outro coração pulsando?

Prestou atenção e lhe pareceu discernir o ritmo de uma respiração. Sentiu-se tranquilizado como que por uma presença amiga.

Procurou a poltrona e depois, com pequenos movimentos insensíveis, rastejou até a mesa, tateando na sombra com o braço estendido. A mão direita tocou num dos pés da mesa.

Até que enfim! Só tinha de se levantar, pegar a pérola e ir embora. Felizmente, pois o coração recomeçava a pular dentro do peito como animal assustado, e um tal ruído que lhe parecia impossível não acordar a condessa.

Apaziguou-o com um esforço prodigioso de vontade, mas, no instante em que tentava levantar-se, a sua mão esquerda esbarrou, no tapete, num objeto que reconheceu imediatamente como um castiçal, um castiçal virado. No momento seguinte outro objeto se apresentou, um relógio, um desses relógios pequenos de viagem, revestido com capa de couro.

O que estava ocorrendo? Ele não compreendia. Aquele castiçal, aquele relógio. Por que aqueles objetos não estavam no lugar de costume? Ah, o que se passava na escuridão assustadora?

De súbito, um grito escapou-lhe. Havia tocado em alguma coisa estranha, horrível demais para ser mencionada. Não, não, o medo perturbava-lhe o cérebro. Vinte segundos, trinta segundos, ele permaneceu imóvel, aterrorizado, com a testa banhada de suor. E os dedos ainda conservavam a sensação daquele contato terrível.

Com um esforço enorme, estendeu o braço de novo. A mão, outra vez, tocou de leve aquela coisa, aquela coisa estranha, inominável. Apalpou-a. Exigiu que a sua mão a apalpasse e descobrisse o que era. Era cabelo, um rosto, e aquele rosto estava frio, quase gelado.

Por mais aterrorizante que seja a realidade, um homem como Arsène Lupin a domina a partir do momento em que toma conhecimento dela. Rapidamente, pôs em funcionamento a lanterna. Uma mulher jazia à sua frente, coberta de sangue. Ferimentos horríveis haviam destroçado o seu pescoço e os seus ombros. Inclinou-se sobre ela e a examinou. Estava morta.

— Morta, morta — repetiu atordoado.

Fitava aqueles olhos fixos, o ricto daquela boca, aquela carne lívida, aquele sangue, todo aquele sangue que havia escorrido sobre o tapete e agora se coagulava, grosso e escuro.

Já de pé, apertou o interruptor de luz, e o aposento ficou claro. Pôde ver todos os sinais de uma luta desesperada. A cama estava completamente em desordem, com as cobertas e os lençóis rasgados. No chão, o castiçal, o relógio — com os ponteiros marcando onze e vinte —, mais adiante uma cadeira virada, e em toda parte sangue, poças de sangue.

— E a pérola negra? — sussurrou Lupin.

A caixa de papéis de carta estava no lugar. Abriu-a ansiosamente. Continha o estojo da pérola, mas ele estava vazio.

— Com o diabo! — disse a si mesmo. — Você se gabou cedo demais da sua sorte, amigo Arsène Lupin. A condessa assassinada, a pérola negra desaparecida. A situação não é brilhante. Vamos sair daqui, senão você corre o risco de incorrer em responsabilidades graves.

Não se mexeu, entretanto.

— Ir embora? Sim, outro iria. Mas Arsène Lupin? Não tem algo melhor a fazer? Vamos proceder por ordem. Afinal, a sua consciência está tranquila. Suponha que é comissário de polícia e tem de realizar um inquérito. Sim, mas para isso precisaria estar com a cabeça mais clara. E a minha está muito confusa.

Caiu numa poltrona, com as mãos crispadas na testa em brasa.

O crime da avenida Hoche foi um daqueles que mais vivamente nos intrigaram nos últimos tempos, e eu certamente não o contaria se a participação de Arsène Lupin não o esclarecesse com uma luz especial. Poucos suspeitam dessa participação. Ninguém sabe, em todo caso, a verdade exata e curiosa.

Quem não conhecia, porque a viu no Bosque, Léontine Zalti, a ex-cantora, esposa e viúva do conde de Andillot, a Zalti cujo luxo fascinava Paris, há cerca de vinte anos condessa de Andillot, para quem os adornos de diamantes e pérolas proporcionaram fama em toda a Europa? Diziam que carregava nos ombros o cofre-forte de vários bancos e as minas de ouro de muitas companhias australianas. Os grandes joalheiros trabalhavam para a Zalti como faziam antigamente para os reis e as rainhas.

E quem não se lembra da catástrofe em que todas essas riquezas foram engolidas? Bancos e minas de ouro, a voragem devorou tudo. Da coleção maravilhosa, dividida pelo agente oficial de leilões, só restou a famosa pérola negra. A pérola negra, isto é, uma fortuna se ela quisesse se desfazer dela.

Ela não quis. Preferiu restringir os gastos, viver num apartamento simples, com uma dama de companhia, uma cozinheira e um empregado, a vender aquela joia inestimável. Havia para isso uma razão que não tinha medo de confessar: a pérola negra era presente de um imperador. E quase arruinada, reduzida à existência mais medíocre, permaneceu fiel à sua companheira dos bons tempos.

— Enquanto viver — dizia —, não a deixarei.

Da manhã à noite, carregava-a no pescoço. À noite guardava-a num lugar que só ela conhecia.

Todos esses fatos, lembrados pela imprensa, estimularam a curiosidade do público e, coisa estranha, porém fácil de entender por aqueles que possuem a chave do enigma, foi precisamente a prisão do suposto assassino que tornou o mistério mais complicado e a emoção mais intensa. Dois dias depois, com efeito, os jornais publicaram a seguinte notícia:

> A Polícia anunciou a prisão de Victor Danègre, o empregado da condessa de Andillot. As acusações apresentadas contra ele são esmagadoras. Verificou-se a existência de manchas de sangue na manga de alpaca de seu colete de libré, que o sr. Dudouis, chefe da Sûreté, encontrou no sótão, debaixo do colchão. Além disso, faltava no colete um botão coberto de tecido. Esse botão, já no início da investigação, foi recolhido debaixo da própria cama da vítima.
>
> É provável que, depois do jantar, Danègre, em vez de subir ao sótão, tenha entrado no quarto de vestir e, pela porta de vidro, tenha visto a condessa esconder a pérola negra.
>
> Até agora, nenhuma prova veio confirmar essa suposição. Em todo caso, outro ponto continua obscuro. Às sete horas da manhã, Danègre dirigiu-se à tabacaria do bulevar de Courcelles. A porteira primeiro e depois a proprietária do estabelecimento testemunharam nesse sentido.

Por outro lado, a cozinheira da condessa e sua dama de companhia, que dormem no fim do corredor, afirmam que às oito da manhã, quando se levantaram, a porta da antessala e a porta da cozinha estavam fechadas com duas voltas de chave. Há 20 anos a serviço da condessa, essas duas mulheres estão acima de qualquer suspeita. A pergunta é, então, como Danègre conseguiu sair do apartamento. Mandou fazer outra chave? As investigações esclarecerão esses diferentes pontos.

As investigações não esclareceram absolutamente nada. Ao contrário. Soube-se que Victor Danègre era um reincidente perigoso, um alcoólatra e um devasso que não se assustava com uma facada. Mas, à medida que era analisado, o próprio caso parecia envolver-se em trevas mais espessas e contradições mais inexplicáveis.

Primeiro uma tal srta. de Sinclèves, prima e única herdeira da vítima, declarou que a condessa, um mês antes da sua morte, comunicara-lhe em uma de suas cartas o modo como escondia a pérola negra. Um dia depois de receber essa carta, percebeu o seu desaparecimento. Quem a havia roubado?

Por seu lado, os porteiros contaram que tinham aberto a porta a um indivíduo, que subira ao apartamento do dr. Harel. Mandaram vir o médico, que declarou que ninguém havia tocado a campainha do apartamento dele. Então quem era aquele indivíduo? Um cúmplice?

A hipótese de um cúmplice foi adotada pela imprensa e pelo público. Ganimard, o velho inspetor principal, a defendia, não sem razão.

— Há Lupin nisso — dizia ele ao juiz.

— Bah! — retrucava este —, o senhor vê o seu Lupin em toda parte.

— Eu o vejo em toda parte porque ele está em toda parte.

— Diga antes que o vê toda vez que uma coisa não lhe parece muito clara. Além disso, nesse caso, observe o seguinte: o crime foi cometido às onze e vinte da noite, como atesta o relógio de cabeceira, e a visita noturna, denunciada pelos porteiros, só ocorreu às três horas da madrugada.

A Justiça obedece muitas vezes aos encadeamentos de opinião que fazem com que os fatos sejam obrigados a se conformar à primeira explicação dada a eles. Os antecedentes deploráveis de Victor Danègre, reincidente, alcoólatra e devasso, influenciaram o juiz, e, embora nenhuma circunstância nova viesse corroborar os dois ou três indícios descobertos inicialmente, nada pôde mudar o seu parecer. Encerrou-se a investigação, e algumas semanas depois o julgamento começou.

Os debates foram confusos e sem interesse. O presidente os dirigiu sem entusiasmo. O ministério público atacou com frouxidão. Nessas condições, o advogado de Danègre teve uma tarefa fácil. Mostrou as lacunas e as impossibilidades da acusação. Nenhuma prova material existia. Quem forjara a chave, a chave indispensável sem a qual Danègre, depois de sair, não poderia fechar com duas voltas a porta do apartamento? Quem vira aquela chave e o que havia sido feito dela? Quem vira a faca do assassino e o que sucedera com ela?

— Em todo caso — concluiu o advogado —, provem que foi o meu cliente quem matou! Provem que o autor do roubo e do crime não foi o personagem misterioso que entrou na casa às três da madrugada! O relógio marcava onze horas e vinte minutos, dirão. E daí? Não se pode pôr os ponteiros de um relógio na hora que convém?

Victor Danègre foi absolvido.

Saiu da prisão numa sexta-feira ao anoitecer, emagrecido e deprimido após seis meses numa cela. A instrução criminal, o isolamento, os debates, as deliberações do júri, tudo isso o enchera de um pavor doentio. De noite, pesadelos horríveis, com visões de cadafalso, o atormentavam. Tremia de febre e de terror.

Com o nome de Anatole Dufour, alugou um pequeno quarto nas alturas de Montmartre e vivia fazendo bicos onde pudesse encontrá-los.

Levava uma vida lamentável. Contratado por três patrões diferentes, foi reconhecido e despedido imediatamente.

Muitas vezes percebeu, ou imaginou perceber, que homens o seguiam, homens da polícia, não tinha dúvida, que não desistiam de o fazer cair numa armadilha. E sentia de antemão o aperto rude da mão que o agarrava pelo colarinho.

Numa noite em que jantava num restaurante do bairro, um homem sentou-se à sua frente. Contava uns quarenta anos e trajava uma sobrecasaca preta, de asseio duvidoso. Pediu uma sopa, legumes e uma garrafa de vinho.

Quando terminou de tomar a sopa, virou os olhos para Danègre e o fitou longamente.

Danègre empalideceu. Com certeza o indivíduo era um dos que o seguiam havia semanas. O que ele queria? Danègre tentou levantar-se. Não conseguiu. Vacilou sobre as pernas.

O homem encheu o seu copo de vinho e fez o mesmo com o de Danègre.

— Vamos brindar, companheiro?

Victor balbuciou:

— Sim… sim… à sua saúde, companheiro.

— À sua saúde, Victor Danègre.

O outro amedrontou-se:

— Eu!… Eu!… Não… Eu lhe juro…

— Jura o quê? Que você não é você? O empregado da condessa?

— Que empregado? Eu me chamo Dufour. Pergunte ao dono do restaurante.

— Dufour, Anatole, sim, para o dono do restaurante, mas Danègre para a Justiça, Victor Danègre.

— Não é verdade! Não é verdade! Alguém mentiu para o senhor.

O recém-chegado tirou do bolso um cartão, que lhe estendeu. Victor leu:

"Grimaudan, ex-inspetor da Sûreté. Informações confidenciais."

O ex-empregado da condessa estremeceu.

— O senhor é da polícia?

— Não sou mais, porém a profissão me agradava e continuo a exercê-la de modo mais… lucrativo. De tempos em tempos, aparecem oportunidades de ouro… como no seu caso.

— O meu caso?

— Sim, o seu é um caso excepcional, se estiver disposto a ser um pouco razoável.

— E se eu não for?

— Terá de ser. Está numa situação em que não pode recusar nada.

Uma apreensão surda invadiu Victor Danègre, que perguntou:

— O que o senhor quer? Fale.

— Está bem — respondeu o outro —, vamos terminar com isso. Em poucas palavras, o assunto é o seguinte: fui enviado pela srta. de Sinclèves.

— Sinclèves?

— A herdeira da condessa de Andillot.

— Com que objetivo?

— A srta. de Sinclèves me encarregou de recuperar a pérola negra.

— A pérola negra?

— A que você roubou.

— Eu não a tenho.

— Você a tem.

— Se eu a tivesse, seria o assassino.

— Você é o assassino.

Danègre esboçou um sorriso forçado.

— Felizmente, meu caro senhor, o tribunal do júri não teve a mesma opinião. Todos os jurados reconheceram que sou inocente, entendeu? E quando se tem a consciência tranquila e a estima de doze pessoas honradas...

O ex-inspetor agarrou-o pelo braço e disse:

— Chega de conversa, meu rapaz. Ouça-me com muita atenção e reflita sobre as minhas palavras, porque vale a pena. Danègre, três semanas antes do crime, você roubou da cozinheira a chave que abre a porta de serviço e mandou fazer uma cópia no serralheiro Outard, na rua Oberkampf, 244.

— Não é verdade, não é verdade — rosnou Victor. — Ninguém viu essa chave. Ela não existe.

— Ela está aqui.

Depois de um silêncio, Grimaudan prosseguiu:

— Você matou a condessa com a ajuda de uma faca de virola comprada no Bazar da República, no mesmo dia em que mandou fazer a cópia da chave. A lâmina da faca é triangular e vazada por uma estria.

— Tudo isso é bobagem. O senhor fala por mero palpite. Ninguém viu a faca.

— Aqui está.

Victor Danègre fez um gesto de recuo. O ex-inspetor continuou:

— Há manchas de ferrugem nela. Preciso explicar-lhe de onde vêm?

— E daí? O senhor tem uma chave e uma faca. Quem pode afirmar que me pertenciam?

— O serralheiro em primeiro lugar e em seguida o empregado de quem você comprou a faca. Já refresquei a memória deles. Quando estiverem na sua presença, não deixarão de o reconhecer.

Falava de forma áspera e dura, com uma precisão assustadora. Danègre tremia de medo. Nem o juiz, nem o presidente do inquérito judicial, nem o promotor o haviam pressionado tanto ou visto com tamanha clareza coisas que ele mesmo não discernia mais com muita nitidez.

Entretanto, ainda tentou manter um ar de indiferença.

— Se são essas todas as suas provas... — comentou.

— Tenho ainda mais esta. Depois do crime, saiu pelo mesmo caminho. Mas, quando se encontrava no quarto de vestir, assaltado pelo pânico, precisou apoiar-se na parede para manter o equilíbrio.

— Como sabe? — gaguejou Victor. — Ninguém poderia saber.

— A Justiça, não. Não podia ocorrer a nenhum desses senhores do tribunal acender uma vela e examinar as paredes. Mas, se o tivessem feito, teriam visto na pintura branca uma marca vermelha muito leve, mas suficientemente nítida para que fosse encontrada nela a impressão da face anterior do seu polegar, do seu polegar úmido de sangue que você encostou na parede. Como bem sabe, em antropometria esse é um dos principais meios de identificação.

Victor Danègre estava muito pálido. Gotas de suor escorriam da sua testa. Fitava com olhos desvairados aquele homem estranho que relembrava seu crime como se tivesse sido testemunha invisível.

Curvou a cabeça, vencido, impotente. Havia meses lutava contra todo mundo. Contra aquele homem, tinha a impressão de que nada podia fazer.

— Quanto me dará se eu lhe entregar a pérola? — balbuciou.

— Nada.

— Como? Está caçoando de mim! Eu lhe darei uma coisa que vale milhares, centenas de milhares, e não receberei nada em troca?

— Receberá, sim: a vida.

O miserável estremeceu. Grimaudan acrescentou, num tom quase afável:

— Ora vamos, Danègre, esta pérola não tem nenhum valor para você. Não vai conseguir vendê-la. De que adianta guardá-la?

— Há receptadores... e um dia ou outro, por um preço qualquer...

— Um dia ou outro será tarde demais.

— Por quê?

— Por quê? Porque a Justiça terá botado novamente a mão em você, e, desta vez, com as provas que lhe fornecerei - a faca, a chave e a indicação do seu polegar -, estará liquidado, meu caro.

Victor apertou a cabeça entre as mãos e refletiu. Sentia-se perdido, com efeito, irremediavelmente perdido, e, ao mesmo tempo, uma sensação de cansaço o invadia, uma necessidade enorme de repouso e de abandono.

— Quando precisa dela? – murmurou.

— Esta noite, antes de uma hora.

— E se eu me recusar?

— Se isso ocorrer, ponho no correio esta carta na qual a srta. de Sinclèves o denuncia ao procurador da República.

Danègre serviu-se de dois copos de vinho, que bebeu um atrás do outro, de um só trago. Em seguida se levantou e disse:

— Pague a conta e vamos. Já estou cansado desse assunto maldito.

A noite havia chegado. Os dois homens desceram a rua Lepic e seguiram pelas avenidas externas em direção à praça da Estrela. Caminhavam em silêncio. Victor ia muito cansado e com as costas arqueadas.

No Parque Monceau, disse:

— É do lado da casa.

— É verdade! Antes da sua prisão, você só saiu para ir à tabacaria.

— Chegamos — disse Danègre, com voz fraca.

Ladearam o portão do jardim e atravessaram uma rua que tinha a tabacaria na esquina. Danègre parou alguns passos adiante. Suas pernas vacilavam. Deixou-se cair num banco.

— Então? — perguntou o acompanhante.

— Está ali.

— Está ali! O que está dizendo?

— Sim, ali, na nossa frente.

— Na nossa frente! Olhe lá, Danègre, não é preciso...

— Repito que está ali.

— Onde?

— Entre dois paralelepípedos.

— Quais?

— Procure.

— Quais? — repetiu Grimaudan.

Victor não respondeu.

— Ah, perfeito, está querendo se divertir comigo, meu rapaz.

— Não... mas... é que vou morrer na miséria.

— Então é por isso que hesita? Está bem, não vou ser duro com você. De quanto precisa?

— O dinheiro necessário para comprar uma passagem de terceira para a América.

— Combinado.

— E uma nota de cem francos para as primeiras despesas.

— Receberá duas. Fale.

— Conte os paralelepípedos à direita do bueiro. Está entre o décimo segundo e o décimo terceiro.

— Na canaleta?

— Sim, embaixo da calçada.

Grimaudan olhou em volta para ver se alguém estava olhando. Bondes e pessoas passavam. Mas o que importava? Quem poderia desconfiar?

Abriu o canivete e o enfiou entre o décimo segundo e o décimo terceiro paralelepípedos.

— E se ela não estiver aqui?

— Deve estar aí, a não ser que alguém tenha visto que me abaixei e a escondi.

Seria possível que estivesse mesmo ali? A pérola negra jogada na lama de uma canaleta, à disposição do primeiro que aparecesse?! A pérola negra, uma fortuna?!

— A que profundidade?

— Está a dez centímetros, mais ou menos.

Grimaudan cavou na areia molhada. A ponta do canivete bateu em alguma coisa. Com os dedos, alargou o buraco. Viu a pérola negra.

— Tome lá, aqui estão seus duzentos francos. Eu lhe mandarei a passagem para a América.

No dia seguinte, o *Écho de France* publicava este tópico, que foi reproduzido pelos jornais do mundo inteiro.

"Desde ontem, a famosa pérola negra está nas mãos de Arsène Lupin, que a recuperou do assassino da condessa de Andillot. Cópias dessa joia preciosa serão expostas brevemente em Londres, São Petersburgo, Calcutá, Buenos Aires e Nova York.

Arsène Lupin aguarda as propostas que seus correspondentes queiram fazer-lhe."

— E é assim que o crime é sempre punido, e a virtude, recompensada — concluiu Arsène Lupin, quando me revelou os bastidores do caso.

— E foi assim que, com o nome de Grimaudan, ex-inspetor da Sûreté, o destino o escolheu para tirar do criminoso o benefício do seu delito.

— Exatamente. E confesso que é uma das aventuras de que mais me orgulho. Os quarenta minutos que passei no apartamento da condessa, depois de comprovar a sua morte, estão entre os mais impressionantes e profundos da minha vida. Em quarenta minutos, envolvido na situação mais complicada, reconstituí o crime e, com a ajuda de alguns indícios, adquiri a certeza de que o culpado só poderia ser um empregado da condessa. Enfim, compreendi que, para ter a pérola, era preciso que aquele empregado fosse preso — e deixei o botão do colete —, mas era preciso também que não encontrassem contra ele provas incontestáveis da sua responsabilidade — e recolhi a faca esquecida sobre o tapete, tirei a chave deixada na fechadura, tranquei a porta com duas voltas e apaguei as impressões dos dedos na parede do quarto de dormir. Em minha opinião, foi uma dessas ideias…

— De gênio — interrompi.

— De gênio, se quiser, e que não teria iluminado o cérebro de qualquer um. Adivinhar em um segundo os dois termos do problema — uma prisão e uma absolvição —, servir-me do aparato formidável da Justiça para desestabilizar o homem, para embrutecê-lo, para colocá-lo num estado de espírito tal que, uma vez livre, ele caísse inevitavelmente na armadilha um tanto rudimentar que lhe preparei.

— Um tanto? Diga muito rudimentar, porque ele não corria perigo algum.

— Sim, perigo algum, pois, no nosso sistema penal, toda absolvição é definitiva.

— Pobre-diabo.

— Pobre-diabo, Victor Danègre? Não leva em conta que é um assassino? Seria a última imoralidade se ele ficasse com a pérola negra. Está vivo. Pense nisso, Danègre vive.

— E a pérola negra é sua.

Ele a tirou de uma das divisórias secretas da sua carteira, examinou-a, acariciou-a com os dedos e os olhos e suspirou:

— Quem será o nababo, quem será o rajá imbecil e vaidoso que possuirá este tesouro? A que milionário americano está destinado o pedacinho de beleza e luxo que enfeitava os ombros brancos de Léontine Zalti, a condessa de Andillot?

❖

Herlock Sholmes chega tarde demais*

— É estranho como você se parece com Arsène Lupin, Velmont!

— Você o conhece?

— Ah, como todo mundo, por suas fotografias. Nenhuma se parece com as outras, mas cada uma dá a impressão de uma fisionomia idêntica, que é a sua.

Horace Velmont pareceu contrariado.

— Acha mesmo, meu caro Devanne? Não é o primeiro a me fazer essa observação, pode acreditar.

— Tanto é assim — insistiu Devanne — que, se não tivesse sido recomendado por meu primo d'Estevan e não fosse o pintor conhecido cujas belas marinas admiro, pergunto-me se não teria avisado a polícia de sua presença em Dieppe.

O gracejo foi acolhido com uma risada geral. Estavam na grande sala de jantar do castelo de Thibermesnil além de Velmont, o abade Gélis, pároco da aldeia, e uma dúzia de oficiais cujos regimentos faziam manobras nas redondezas e aceitaram o convite do banqueiro Georges Devanne e da sua mãe. Um deles comentou:

— A presença de Arsène Lupin não foi por acaso notada na costa, depois do seu golpe famoso no rápido de Paris a Le Havre?

— Perfeitamente, faz uns três meses, e na semana seguinte conheci no cassino o nosso excelente Velmont, que em seguida quis honrar-me com algumas visitas, preâmbulo agradável de uma visita

* Na versão original, o nome do personagem era Sherlock Holmes, e fazia referência aos contos policiais de Arthur Conan Doyle. No entanto, em virtude do processo que Maurice Leblanc sofreu por apropriar-se do personagem do escritor inglês, teve de alterar seu nome para Herlock Sholmes, como consta nas edições atuais. (N. E.)

domiciliar mais séria que me fará um dia desses, ou melhor, uma noite dessas.

Os convidados riram de novo e passaram à antiga sala da guarda, compartimento amplo, muito alto, que ocupava toda a parte inferior da torre Guillaume, onde Georges Devanne reuniu as riquezas incomparáveis acumuladas através dos séculos pelos senhores de Thibermesnil. Baús e credências, cães de lareira e candelabros o decoram. Tapeçarias magníficas pendem nas paredes de pedra. Os vãos das quatro janelas são profundos, munidos de bancos, e terminam por vidraças em ogiva com vitrais enquadrados em chumbo. Entre a porta e a janela da esquerda se ergue uma estante monumental de estilo da Renascença. No frontão dela, lê-se, em letras douradas: "Thibermesnil", e embaixo o soberbo lema da família: "Faze o que desejas".

Enquanto acendiam charutos, Devanne prosseguiu:

— Convém que se apresse, Velmont, pois é a última noite que lhe resta.

— Por quê? — indagou o pintor, que, decididamente, levava a coisa na brincadeira.

Devanne ia responder quando a sua mãe lhe fez sinal. Mas a excitação do jantar e o desejo de interessar os hóspedes prevaleceram.

— Bah! — murmurou —, posso falar agora. Uma indiscrição não vai fazer mal algum.

Os convidados sentaram-se em volta dele com viva curiosidade, e ele declarou, com o ar satisfeito de quem anuncia uma grande novidade:

— A manhã à tarde, às quatro horas, Herlock Sholmes, o grande policial inglês para quem não existe mistério, Herlock Sholmes, o decifrador de enigmas mais extraordinário que já se viu, o personagem prodigioso que parece forjado da cabeça aos pés pela imaginação de um romancista, Herlock Sholmes será meu hóspede.

Houve gritos de surpresa. Herlock Sholmes em Thibermesnil? Então era sério? Arsène Lupin encontrava-se realmente na região?

— Arsène Lupin e o seu bando não andam longe. Afinal, a quem atribuir os roubos de Montigny, de Gruchet e de Crasville — sem contar o caso do barão Cahorn —, senão ao nosso ladrão nacional? Hoje chegou a minha vez.

— E o senhor está prevenido como estava o barão Cahorn?

— O mesmo truque não dá certo duas vezes.

— Então?

— Então? Vou lhe mostrar.

Levantou-se e, apontando com o dedo, numa das estantes da biblioteca, um pequeno espaço vazio entre dois infólios enormes, acrescentou:

— Havia ali um livro do século XVI, intitulado *Crônica de Thibermesnil*, que contava a história do castelo desde a sua construção pelo duque Rollon no lugar de uma fortaleza feudal. Continha três gravuras. Uma representava uma visão da propriedade no seu conjunto, a segunda, a planta dos edifícios e a terceira — chamo a sua atenção para isso —, o traçado de um subterrâneo, uma das saídas que se abre para fora da primeira linha de muralhas, e a outra termina aqui, sim, na mesma sala onde nos encontramos. Ora, esse livro desapareceu no mês passado.

— Diacho, é um mau sinal — comentou Velmont. — Mas só isso não é suficiente para motivar a intervenção de Herlock Sholmes.

— Certamente, isso não seria suficiente se não tivesse ocorrido outro fato que dá ao que acabo de contar todo o seu significado. Havia na Biblioteca Nacional um segundo exemplar da *Crônica*, e esses dois exemplares eram diferentes em certos detalhes referentes ao subterrâneo, como o estabelecimento de um perfil e de uma escala, e diversas anotações não impressas, mas escritas a tinta e mais ou menos apagadas. Eu conhecia essas peculiaridades e sabia que o traçado definitivo só podia ser reconstituído comparando de maneira minuciosa os dois mapas. Mas, um dia depois do desaparecimento do meu exemplar, o da Biblioteca Nacional era solicitado por um leitor, que o levou sem que fosse possível determinar as condições nas quais o roubo foi efetuado.

Exclamações de surpresa acolheram essas palavras.

— Desta vez, o caso está ficando sério — avaliou um convidado.

— Por isso, desta vez — relatou Devanne —, a polícia se mexeu e realizou um duplo inquérito, que, aliás, não resultou em nada.

— Como todos aqueles de que Arsène Lupin é alvo.

— Precisamente. Foi então que me veio à mente pedir a ajuda de Herlock Sholmes. Ele me respondeu que tinha o mais vivo desejo de entrar em contato com Arsène Lupin.

— Que glória para Arsène Lupin! — exclamou Velmont. — Mas, se o nosso ladrão nacional, como o chama, não alimenta nenhum projeto em relação a Thibermesnil, Herlock Sholmes fará sua viagem inutilmente.

— Há outra coisa que muito lhe interessará: a descoberta do subterrâneo.

— Como? O senhor não nos disse que uma das entradas se abre para o campo e a outra para este salão?

— Sim, mas em que parte do salão? A linha que representa o subterrâneo nos mapas termina realmente num pequeno círculo acompanhado destas duas maiúsculas: "T. G.", o que significa Torre Guillaume, não é mesmo? Mas a torre é redonda, e quem pode determinar em que lugar do círculo começa o traçado do desenho?

Devanne acendeu um segundo charuto e serviu-se de um copo de Bénédictine.[13] Os convidados o pressionaram com perguntas. Ele sorria, satisfeito com o interesse provocado. Por fim, pronunciou:

— O segredo está perdido. Ninguém no mundo o conhece. De pai para filho, diz a lenda, os poderosos senhores do castelo o transmitiam no seu leito de morte, até o dia em que Geoffroy, último do nome, teve a cabeça cortada na guilhotina, no dia 7 de termidor do ano II,* aos dezenove anos.

— Mas há um século devem estar procurando o segredo.

— Estão procurando, mas não conseguiram encontrá-lo. Eu mesmo, quando comprei o castelo do sobrinho em terceiro grau do convencional Leribourg, mandei fazer escavações. Sem sucesso. Imaginem que essa torre, cercada de água, está ligada ao castelo só por uma ponte, e, em consequência, o subterrâneo deve passar por baixo dos antigos fossos. A planta da Biblioteca Nacional mostra, aliás, uma sequência de quatro escadas que possuem quarenta e oito degraus, o que permite supor uma profundidade de mais de dez metros. E a escada, anexada à outra planta, fixa a distância em duzentos metros. Na realidade, todo o problema está aqui, entre este soalho, este teto e estas paredes. Na verdade, confesso que hesito em demoli-las.

— Não existe nenhum indício?

— Nenhum.

— Sr. Devanne, devemos levar em conta duas citações — objetou o abade Gélis.

— Oh! — exclamou Devanne, rindo —, o senhor pároco é um rato de biblioteca, um grande leitor de memórias, e tudo o que se

[13] Marca de um licor francês de alta qualidade, produzido com base em ervas, plantas e vegetais aromáticos.

* Termidor é o 11º mês do calendário republicano criado durante a Revolução Francesa. (N. E.)

refere a Thibermesnil o apaixona. Mas as citações que ele menciona só servem para embaralhar as coisas.

— Mais ainda?

— O senhor está interessado no assunto?

— Enormemente.

— Saiba, então, que o resultado de suas leituras é que dois reis da França conheceram a chave do enigma.

— Dois reis da França!

— Henrique IV e Luís XVI.

— Não são pessoas quaisquer. E como é que o senhor abade ficou sabendo disso?

— Ah, é muito simples — prosseguiu Devanne. — Na antevéspera da batalha de Arques, o rei Henrique IV veio jantar e dormir neste castelo. Às onze da noite, Louise de Tancarville, a mulher mais bela da Normandia, foi introduzida em seus aposentos pelo subterrâneo com a cumplicidade do duque Edgard, que, na ocasião, revelou o segredo de família. Henrique IV confidenciou mais tarde o segredo ao seu ministro Sully,[14] que contou a história em suas *Economias Reais de Estado* sem a acompanhar de outro comentário além desta frase incompreensível:

"O machado gira no ar que estremece, mas a asa se abre e se vai até Deus."

Depois de um breve silêncio, Velmont gracejou:

— Isso não é de uma clareza ofuscante.

— Não é? O senhor pároco acredita que Sully registrou desse modo a chave do enigma, sem desvendar o segredo aos escribas a quem ditava suas memórias.

— A hipótese é engenhosa — disse Velmont.

— Concordo, mas o que significa o machado que gira e a asa que se abre?

— E o que vai até Deus?

— Mistério!

Velmont prosseguiu:

— E foi também para que o bom Luís XVI recebesse a visita de uma dama que mandaram abrir o subterrâneo?

---

[14] Maximilien de Bhétune, duque de Sully (1559 – 1641), foi ministro da economia de Henrique IV, rei da França. Pôs ordem nas contas do Estado e estimulou a agricultura.

— Não sei. Tudo o que é permitido dizer é que Luís XVI visitou Thibermesnil em 1784, e o famoso armário de ferro, encontrado no Louvre graças a uma comunicação de Gamain,[15] continha um papel com estas palavras escritas por ele: "Thibermesnil: 2-6-12."

Horace Velmont desatou a rir.

— Até que enfim! — exclamou. — As trevas se dissipam cada vez mais. Duas vezes seis são doze.

— Ria o quanto quiser, senhor — contrapôs o abade. — Isso não impede que essas duas citações contenham a solução e que um dia ou outro surja alguém que saiba interpretá-las.

— Herlock Sholmes primeiro — disse Devanne. — A menos que Arsène Lupin se antecipe. O que acha, Velmont?

Velmont levantou-se, pôs a mão no ombro de Devanne e declarou:

— Acho que aos dados fornecidos pelo seu livro e pelo da Biblioteca faltava uma informação da mais alta importância, que o senhor teve a gentileza de me oferecer. Agradeço-lhe por isso.

— De sorte que...?

— De sorte que, agora, como o machado girou, a asa se abriu, e duas vezes seis são doze, não tenho outra coisa a fazer senão me pôr em campo.

— Sem perder um minuto — acrescentou Devanne, sorrindo.

— Sem perder um segundo. Não tenho de assaltar o seu castelo esta noite, isto é, antes que Herlock Sholmes chegue?

— Na verdade, você não dispõe mais que do tempo necessário. Quer que eu lhe dê uma carona?

— Até Dieppe?

— Até Dieppe. Aproveitarei para trazer eu mesmo o sr. e a sra. d'Androl e uma jovem, filha de seus amigos, que chegam pelo trem da meia-noite.

E, dirigindo-se aos oficiais, Devanne acrescentou:

— Aliás, voltaremos a nos encontrar todos aqui amanhã para o

---

[15] François Gamain (1751 – 1795), serralheiro de Versalhes, na França, foi encarregado, em maio de 1792, de construir um gabinete secreto na parede do palácio das Tulherias, antiga residência real em Paris. O gabinete ficou conhecido na História como armário de ferro. Em novembro de 1792, Gamain revelou à Convenção a existência desse armário de ferro e recebeu uma pensão de doze mil libras como pagamento pela denúncia, segundo o historiador Jules Michelet (1798 – 1874).

almoço, não é mesmo, senhores? Conto com a presença de todos, porque este castelo deve ser atacado por seus regimentos e tomado de assalto quando soarem onze horas.

O convite foi aceito e o grupo dispersou-se. Um instante mais tarde, um 20-30 Étoile d'Or transportava Devanne e Velmont pela estrada de Dieppe. Devanne deixou o pintor em frente ao cassino e se dirigiu à estação ferroviária.

À meia-noite, seus amigos desciam do trem. À meia-noite e meia, o automóvel atravessava as portas de Thibermesnil. À uma hora, depois de uma ceia leve servida no salão, cada qual se recolheu ao seu quarto. Aos poucos, todas as luzes se apagaram. O grande silêncio da noite envolveu o castelo.

Mas a lua afastou as nuvens que a velavam e, penetrando por duas janelas, encheu o salão de claridade. Isso durou só um momento. A lua logo se escondeu atrás da cortina das colinas, e a escuridão voltou. O silêncio aumentou com as sombras mais densas. Só de tempos em tempos estalos de móveis o perturbavam, ou o murmúrio dos juncos no lago que banha os velhos muros com suas águas verdes.

O relógio de pêndulo desfiava as contas do rosário infinito dos segundos. Soou duas horas da madrugada. Logo, de novo, os segundos caíram, ligeiros e monótonos, na paz pesada da noite. Depois as três horas bateram.

De repente alguma coisa estalou, como faz o disco de um sinal que se abre e se fecha na passagem de um trem. Um feixe luminoso atravessou o salão de um lado a outro, como uma flecha que deixa atrás de si um rasto cintilante. Brotava do sulco central de uma pilastra na qual se apoia, à direita, o frontão da estante.

Descansou por um instante num círculo brilhante na parede oposta e em seguida passeou por todos os lados como um olhar inquieto que perscruta a sombra, depois desfalece para brotar de novo, enquanto uma parte da estante girava sobre si mesma e mostrava uma abertura larga em forma de abóbada.

Um homem entrou, com uma lanterna elétrica na mão. Outro homem e um terceiro surgiram trazendo um rolo de cordas e instrumentos diversos. O primeiro inspecionou o aposento, parou para escutar por um momento e ordenou:

— Chame os companheiros.

Oito companheiros vieram pelo subterrâneo. Eram homens vigorosos, de rosto enérgico. A remoção começou.

Foi rápida. Arsène Lupin passava de um móvel para outro,

examinava-o e, conforme suas dimensões ou seu valor artístico, ia adiante ou ordenava que o levassem.

E o objeto era levado, engolido pela boca escancarada do túnel, despachado para as entranhas da terra.

Assim foram escamoteados seis poltronas e seis cadeiras Luís XV, tapeçarias de Aubusson,[16] candelabros com a assinatura de Gouthière,[17] dois Fragonard,[18] um Nattier,[19] um busto de Houdon[20] e algumas estatuetas. Às vezes Lupin se demorava diante de um baú magnífico ou um quadro precioso e suspirava:

— Este é muito pesado, muito grande. Que pena!

E continuava o seu levantamento.

Em quarenta minutos, o salão foi "desmontado", segundo a expressão de Arsène. E tudo foi realizado de forma tão ordenada e com o mínimo de barulho como se todos os objetos que aqueles homens manejavam tivessem sido protegidos com revestimentos de algodão.

Então disse ao último deles, que saía carregando um relógio de parede assinado por Boulle:[21]

---

[16] A tapeçaria de Aubusson, cidade pequena situada no centro da França, atingiu o apogeu nos séculos XVI e XVII. Jean-Baptiste Colbert, ministro de Luís XIV (1619 – 1683), deu-lhe o título de manufatura real. Inspira-se principalmente em folhagens, cenas de caça e cenas religiosas.

[17] Pierre Gouthière (1732 – 1813) foi um escultor francês. Marcadas fortemente pela natureza, suas obras foram encomendadas pela realeza da França, tornando-o famoso.

[18] Jean-Honoré Nicolas Fragonard (1732 – 1806) foi um dos principais pintores franceses do século XVIII. É considerado um dos últimos expoentes do período rococó, com uma arte alegre e sensual, e um dos precursores mais antigos do impressionismo. Pintou histórias, gênero e paisagens.

[19] Jean-Marc Nattier (1685 – 1766) foi membro de uma família de pintores franceses. Esteve na Holanda, onde pintou retratos do czar Pedro, o Grande, da Rússia, e da imperatriz Catarina. Depois se tornou o pintor oficial das damas da corte de Luís XV.

[20] Jean-Antoine Houdon (1741 – 1828) foi um escultor francês, conhecido por suas obras realistas. Hábil no trabalho em mármore, tinha talento para trabalhar também com argila, gesso, bronze e terracota. É famoso por seus bustos e suas estátuas de filósofos, inventores e políticos do Iluminismo.

[21] André-Charles Boulle (1642 – 1732) foi um ebanista, escultor e decorador francês. Destacou-se também na marcenaria, com um estilo e uma técnica particular. Trabalhou para Luís XIV e foi autor de grande número de móveis, sobretudo para o palácio de Versalhes. O relógio de pêndulo com o *Carro de Apolo* é uma de suas obras principais.

— Não precisa mais voltar. Está entendido que, assim que o caminhão estiver carregado, seguirão imediatamente para a granja de Roquefort.

— E o senhor, patrão?

— Deixem-me a motocicleta.

Quando o homem partiu, Lupin empurrou a extensão móvel da estante de volta para o seu lugar, fez desaparecer todos os traços da remoção, apagou cuidadosamente os vestígios de passos, levantou uma cortina e entrou numa galeria que servia de comunicação entre a torre e o castelo. No centro havia uma vitrina, e era por causa dela que Arsène Lupin prosseguia suas investigações.

Ela continha maravilhas, entre as quais uma coleção única de relógios, tabaqueiras, anéis, correntes e miniaturas em trabalhos magníficos. Com um pé de cabra, ele forçou a fechadura e sentiu um prazer inexprimível ao pegar naquelas joias de ouro e de prata, naquelas pequenas obras de uma arte tão preciosa e delicada.

Carregava pendurada a tiracolo em volta do pescoço uma larga sacola de lona feita especialmente para aqueles momentos de sorte. Encheu-a. E encheu também os bolsos do casaco, da calça e do colete. Mal tocava com o braço esquerdo numa pilha de retículos de pérolas tão ao gosto dos nossos antepassados, o que a moda atual procura com tanta paixão, quando um ruído leve chegou aos seus ouvidos.

Escutou. Não havia se enganado, o ruído se tornava mais preciso.

De repente lembrou-se: na extremidade da galeria, uma escada interna conduzia a um apartamento desocupado até então, mas que, desde aquela noite, estava reservado à jovem que Devanne fora buscar em Dieppe com seus amigos d'Androl.

Com um gesto rápido apertou com o dedo o botão da lanterna, apagando-a. Apenas conseguira chegar ao vão de uma janela quando no alto da escada a porta foi aberta, e uma claridade fraca iluminou a galeria.

Teve a sensação — pois, meio escondido por uma cortina, não podia enxergar — de que uma pessoa descia os primeiros degraus da escada com precaução. Esperou que não fosse adiante. Entretanto, ela desceu e avançou alguns passos no aposento. Então soltou um grito. Sem dúvida notara a vitrina quebrada e sem três quartos dos objetos.

Pelo perfume, reconheceu a presença de uma mulher. Suas roupas quase roçavam a cortina que o ocultava e pareceu-lhe que ouvia bater o coração daquela mulher e que ela também adivinhava a presença de outra pessoa, atrás dela, na sombra, ao alcance da sua mão. Pensou:

"Está com medo... vai embora... é impossível que não vá embora." Ela não foi embora. A vela que tremia na sua mão firmou-se. A mulher virou-se, hesitou um instante, pareceu ouvir o silêncio assustador e em seguida, com um gesto rápido, afastou a cortina.

Ficaram frente a frente.

— Você... você... a senhorita! — murmurou Arsène, perturbado.

Era a srta. Nelly.

A srta. Nelly, sua companheira de viagem no transatlântico, que embalara seus sonhos de jovem naquela travessia inesquecível, que presenciara sua detenção e que, para não o trair, tivera o belo gesto de jogar no mar a máquina fotográfica dentro da qual ele escondera as joias e as notas de dinheiro. A srta. Nelly, a criatura encantadora e sorridente cuja imagem entristecera ou alegrara tantas vezes suas longas horas de prisão.

O acaso, que punha um na presença do outro naquele castelo e àquela hora da noite, era tão prodigioso que não se mexiam nem pronunciavam uma palavra, estupefatos, como que hipnotizados pela aparição fantástica que representavam um para o outro.

Cambaleante, dominada pela emoção, a srta. Nelly aproximou-se de uma cadeira para sentar-se.

Ele permaneceu de pé diante dela. E aos poucos, no curso dos segundos intermináveis que transcorriam, imaginou a impressão que devia causar naquele instante, com os braços carregados de bibelôs, os bolsos estufados e a sacola cheia quase a arrebentar. Uma grande confusão o invadiu e ele enrubesceu por se encontrar ali, na posição desprezível do ladrão pego em flagrante. Para ela, daquele momento em diante, não importava o que acontecesse, ele era o ladrão, aquele que mete a mão no bolso dos outros, aquele que arromba as portas e se introduz furtivamente.

Um relógio rolou sobre o tapete, depois outro. Mais coisas, que não sabia como reter, ainda iam escorregar de seus braços. Então, decidindo-se bruscamente, deixou cair numa poltrona parte dos objetos, esvaziou os bolsos e se desfez da sacola.

Sentiu-se mais à vontade na presença de Nelly, deu um passo em sua direção com a intenção de lhe falar. Mas ela fez um movimento de recuo, levantou-se rapidamente, como presa de terror, e se precipitou para o salão. A cortina fechou-se atrás dela, e Lupin foi ao seu encontro. A jovem estava ali, sem fala, trêmula, e seus olhos contemplavam apavorados o aposento enorme devastado.

— Amanhã, às três horas, tudo será recolocado no lugar — disse ele, imediatamente. — Os móveis serão trazidos de volta.

Ela não respondeu, e ele repetiu:

— Amanhã, às três horas, eu me comprometo. Nada no mundo me impedirá de cumprir a minha promessa. Amanhã, às três horas.

Um longo silêncio se abateu sobre eles. Lupin não se atrevia a rompê-lo, e a emoção da jovem causava-lhe verdadeiro sofrimento. Lentamente, sem uma palavra, afastou-se.

— Que vá embora! — pensava. — Que se sinta livre para ir! Que não tenha medo de mim!

De repente, ela se assustou e balbuciou:

— Ouça... passos... ouço alguém andando...

Olhou para ela com espanto. A srta. Nelly parecia transtornada, como se um perigo estivesse iminente.

— Não estou ouvindo nada — disse ele —, e mesmo assim...

— Como? É preciso fugir. Fuja, depressa.

— Fugir... por quê?

— É preciso... é preciso... Ah, não fique aqui...

Ela correu rápido até a entrada da galeria e prestou atenção. Não, não havia ninguém. O barulho talvez viesse de fora. Esperou alguns segundos e depois, tranquilizada, virou-se.

Arsène Lupin tinha desaparecido.

No instante em que Devanne descobriu o saque do castelo, disse a si mesmo: “Foi Velmont quem deu o golpe, e Velmont não é outro senão Arsène Lupin”. Tudo se explicava assim, e nada se explicava de outra maneira.

Aliás, essa ideia apenas passou de leve pela sua mente, pois era improvável que Velmont não fosse Velmont, isto é, o pintor conhecido, o companheiro de grupo de seu primo d’Estevan. E quando o sargento da polícia, informado imediatamente, apresentou-se, Devanne nem sequer pensou em comunicar-lhe essa suposição absurda.

A manhã inteira transcorreu com um vaivém indescritível em Thibermesnil. Os policiais, o guarda rural, o chefe de Polícia de Dieppe, os habitantes do vilarejo, todo esse mundo se agitava nos corredores, no parque ou em volta do castelo. A proximidade das tropas em manobra e a crepitação dos tiros dos fuzis contribuíam para o pitoresco da cena.

As primeiras investigações não forneceram o menor indício. Como as janelas não foram quebradas nem as portas arrombadas, a remoção se efetuara sem dúvida pela saída secreta. Entretanto, no tapete não havia nenhum vestígio de passos, nas paredes nenhuma marca suspeita.

Uma só coisa, inesperada, denotava a fantasia de Arsène Lupin: a *Crônica* famosa do século XVI voltara a ocupar o seu lugar habitual e, ao lado, encontrava-se um livro semelhante, que não era outro senão o exemplar roubado da Biblioteca Nacional.

Às onze horas os oficiais chegaram. Devanne acolheu-os cordialmente. Sua fortuna lhe permitia suportar sem mau humor qualquer aborrecimento que a perda daquelas riquezas artísticas poderia causar-lhe. Seus amigos d'Androl e Nelly desceram.

Feitas as apresentações, notou-se que faltava um convidado, Horace Velmont. Ele não viria?

Sua ausência despertou as suspeitas de Georges Devanne. Mas, ao meio-dia em ponto, ele entrou.

— Chegou em cima da hora! — exclamou Devanne.

— Não sou pontual?

— Sim, mas poderia não ser depois de uma noite tão agitada. Já sabe da novidade?

— Que novidade?

— Você assaltou o castelo.

— Não é possível! — exclamou Velmont, sorrindo.

— É como lhe digo. Mas antes ofereça o braço à srta. Underdown, e passemos à mesa. Senhorita, permita-me.

Interrompeu-se, impressionado com a perturbação da jovem. Depois, lembrando-se de repente, acrescentou:

— É claro. A propósito, a senhorita viajou com Arsène Lupin no passado, antes de sua detenção. A semelhança a surpreende, não é mesmo?

Ela não respondeu. Na sua frente, Velmont sorria. Inclinou-se, e a srta. Nelly pegou no braço que lhe oferecia. Ele conduziu-a ao seu lugar e sentou-se diante dela.

Durante o almoço, a conversa girou apenas sobre Arsène Lupin, os móveis roubados, o subterrâneo e Herlock Sholmes. Só no fim da refeição, quando outros assuntos foram abordados, Velmont tomou parte nela. Foi alternadamente divertido e sério, eloquente e espirituoso. E tudo o que dizia parecia dirigir-se à jovem. Absorta, ela não dava mostras de que o ouvia.

Serviram o café no terraço que domina o pátio principal e o jardim do lado da fachada mais importante. No meio do gramado, a banda do regimento pôs-se a tocar, e a multidão de camponeses e soldados dispersou-se pelas alamedas do parque.

Entrementes, Nelly se lembrava da promessa de Arsène Lupin: "Às três horas tudo estará no seu lugar, eu me comprometo".

Às três horas! Os ponteiros do relógio grande que ornava a ala direita do castelo marcavam duas horas e quarenta. Ela olhava para eles maquinalmente a todo instante. E olhava também para Velmont, que se movia tranquilamente numa cadeira de balanço confortável.

Duas horas e cinquenta... duas horas e cinquenta e cinco... Uma espécie de impaciência, misturada com angústia, perturbava a jovem. Era admissível que o milagre se realizasse, e se realizasse no minuto fixado, quando o castelo, o pátio e o parque estavam cheios de gente, e num momento em que o procurador da República e o juiz de instrução davam seguimento ao inquérito?

Entretanto... entretanto, Arsène Lupin prometera com tanta solenidade! "Será exatamente como ele disse", pensou, impressionada com tudo o que havia naquele homem de energia, autoridade e certeza. E aquilo não lhe parecia um milagre, mas um fato natural que deveria ocorrer no curso normal dos acontecimentos.

Três horas. Soou a primeira badalada, a segunda, a terceira. Horace Velmont tirou o relógio, ergueu os olhos para o relógio da parede e guardou o seu na algibeira. Alguns segundos se escoaram. Então a multidão em volta do gramado se afastou, dando passagem a duas carretas que acabavam de atravessar o portão do parque, puxadas uma e outra por dois cavalos. Eram desses furgões que acompanham os regimentos e transportam as provisões para os oficiais e as barracas dos soldados. Pararam na entrada principal. Um sargento furriel saltou de um deles e perguntou pelo sr. Devanne.

Devanne saiu da casa e desceu os degraus. Debaixo dos toldos viu, cuidadosamente dispostos e bem embrulhados, os móveis, os quadros e os objetos de arte que lhe pertenciam.

Às perguntas que lhe foram formuladas, o furriel respondeu exibindo a ordem do dia que recebera do ajudante de serviço, a qual lhe foi dada de manhã. Por ela, a segunda companhia do quarto batalhão deveria providenciar para que os objetos e os móveis depositados na encruzilhada de Halleux, no bosque de Arques, fossem levados às três da tarde ao sr. Georges Devanne, dono do castelo de Thibermesnil. Assinava a ordem o coronel Beauvel.

— Na encruzilhada — acrescentou o sargento —, encontramos tudo pronto, arrumado sobre a relva e sob a guarda... de transeuntes. Pareceu-me estranho, mas a ordem era categórica.

Um dos oficiais examinou a assinatura. Era perfeitamente imitada, porém falsa.

A música parou de tocar, os furgões foram descarregados, e os móveis repostos em seus lugares.

No meio da agitação, Nelly permaneceu sozinha na extremidade do terraço. Estava séria e inquieta, perturbada por pensamentos confusos que não procurava formular. De repente notou Velmont, que se aproximava. Quis evitá-lo, mas o ângulo da balaustrada que guarnecia o terraço a cercava de dois lados, e uma linha de caixas grandes de arbustos, laranjeiras, loureiros-rosas e bambus não lhe deixava outra saída senão o caminho por onde o rapaz vinha. Não se mexeu. Um raio de sol tremia sobre seus cabelos dourados, movimentado pelas folhas frágeis de um bambu. Alguém pronunciou bem baixinho:

— Cumpri a minha promessa desta noite.

Arsène Lupin estava ao lado dela e em volta não havia ninguém.

Ele repetiu, com a atitude vacilante e a voz tímida:

— Cumpri a minha promessa desta noite.

Esperava uma palavra de agradecimento, um gesto ao menos que expressasse o interesse pelo ato que praticara. Ela se calou.

Esse desprezo irritou Arsène Lupin e ele tinha, ao mesmo tempo, o sentimento profundo de tudo o que o separava de Nelly, agora que ela sabia a verdade. Gostaria de se desculpar, de apresentar justificações, de mostrar o que a sua vida tinha de audacioso e de grande. Mas, de antemão, as palavras se comprimiam em sua boca, e sentia o absurdo e a insolência de qualquer explicação. Então murmurou tristemente, invadido por uma onda de recordações:

— Como o passado está distante! Lembra-se das longas horas no convés do Provence? Ah, escute. Você tinha, como hoje, uma rosa na mão, uma rosa pálida como esta. Eu a pedi. Você pareceu não ouvir. No entanto, depois que foi embora, encontrei a rosa, esquecida com certeza, e a guardei.

Ela não respondeu ainda. Dava mostras de estar muito distante dele.

— Como lembrança daquelas horas, não pense no que sabe — ele prosseguiu. — Que o passado se ligue ao presente. Que eu não seja o que viu na noite passada, mas o de antes, e que os seus olhos olhem para mim, ainda que seja só por um segundo, como me olhavam naquele tempo. Por favor. Não sou mais o mesmo?

Ela ergueu os olhos, como ele pedia, e olhou para ele. Depois, sem uma palavra, pôs o dedo num anel que ele usava no indicador. Só era possível ver o anel, mas o engaste, virado para a palma da mão, era constituído por um rubi maravilhoso.

Arsène Lupin ruborizou-se. O anel pertencia a Georges Devanne. Ele sorriu com amargura.

— Tem razão. O que foi sempre será. Arsène Lupin não é nem pode ser senão Arsène Lupin, e entre a senhorita e ele não pode haver nem mesmo uma recordação. Desculpe-me. Eu deveria ter compreendido que só a minha presença perto da senhorita é uma ofensa.

Afastou-se ao longo da balaustrada, com o chapéu na mão. Nelly passou na frente dele. Ele sentiu a tentação de a reter, de lhe implorar. Faltou-lhe ousadia, e se limitou a segui-la com os olhos, como num dia distante em que atravessava a prancha de desembarque no cais de Nova York. Ela subiu os degraus que conduziam à porta. Ainda por um instante a sua silhueta esbelta desenhou-se entre os mármores da entrada. Depois não a viu mais.

Uma nuvem obscureceu o sol. Arsène Lupin ficou observando, imóvel, as marcas dos passos miúdos impressos na areia. De repente, estremeceu: na caixa de bambu na qual Nelly se apoiara jazia a rosa, a rosa pálida que ele não ousara pedir-lhe. Esquecida, sem dúvida, ela também? Mas esquecida intencionalmente ou por distração?

Pegou-a com paixão. Pétalas se desprenderam. Levantou uma a uma do chão como se fossem relíquias.

— Está bem — disse para si mesmo. — Não tenho mais nada a fazer aqui. Tanto mais que, se Herlock Sholmes intervir, as coisas podem complicar-se.

O parque estava deserto. Mas, perto do pavilhão que domina a entrada, havia um grupo de policiais. Lupin penetrou no bosque, pulou o muro que o rodeava e seguiu por uma trilha que ondeava entre os campos, para se dirigir à estação mais próxima.

Ainda não havia caminhado dez minutos quando o caminho estreitou-se, ladeado por dois barrancos. Ao chegar àquele pequeno desfiladeiro, entrou nele alguém que vinha em sentido contrário.

Era um homem de uns cinquenta anos, muito forte, de rosto barbeado, com traje que indicava sua origem estrangeira. Trazia na mão uma bengala pesada e uma mochila pendia do seu ombro.

Cruzaram-se. O estrangeiro disse, com um sotaque inglês apenas perceptível:

— Desculpe-me, senhor, é por aqui o caminho para o castelo?

— Sim, senhor. Siga reto e vire à esquerda quando estiver ao pé do muro. É esperado com impaciência.

— Ah!

— Sim, meu amigo Devanne nos anunciou sua visita ontem à noite.

— Tanto pior para o sr. Devanne se falou demais.

— Sinto-me contente por ser o primeiro a cumprimentá-lo. Herlock Sholmes não tem admirador mais fervoroso que eu.

Havia na sua voz uma gradação imperceptível de ironia que lamentou imediatamente, pois Herlock Sholmes o examinou da cabeça aos pés, com um olhar ao mesmo tempo tão penetrante e agudo que Arsène Lupin teve a impressão de ser apanhado, preso e registrado por aqueles olhos de maneira mais exata e mais profunda do que fora alguma vez por um aparelho fotográfico.

— O filme está gravado — pensou. — Não vale a pena eu me disfarçar com este homem. Mas será que ele me reconheceu?

Cumprimentaram-se. Naquele momento, porém, ouviu-se o barulho de patas de cavalos que corcoveavam, acompanhado por tinidos de aço. Eram os soldados. Os dois homens tiveram de se encostar no barranco, no meio do capim alto, para não serem atropelados. Os soldados passaram, mas, como uns iam a certa distância dos outros, demoraram alguns minutos para atravessar o trecho.

— Tudo depende desta questão: ele me reconheceu? — pensava Lupin. — Se me reconheceu, são muitas as probabilidades de que abuse da situação. O problema é angustiante.

Depois que o último cavaleiro passou, Herlock Sholmes reaprumou-se e, sem pronunciar uma palavra, limpou seu traje sujo de poeira. A alça de sua mochila havia ficado presa num ramo de espinheiro.

Arsène Lupin apressou-se em desprendê-la. Por um segundo ainda eles se examinaram. E, se alguém pudesse surpreendê-los naquele instante, teria assistido ao espetáculo emocionante do primeiro encontro daqueles dois homens tão poderosamente dotados, os dois com qualidades superiores e destinados fatalmente, por suas aptidões especiais, a se enfrentar como duas forças iguais que a ordem das coisas lança um contra o outro através do espaço.

— Obrigado, senhor — disse o inglês.

— Sempre ao seu dispor — respondeu Lupin.

Separaram-se. Lupin dirigiu-se à estação, e Herlock Sholmes, ao castelo.

O juiz de instrução e o procurador tinham ido embora depois de investigações inúteis, e Herlock Sholmes era esperado no castelo com a curiosidade que a sua grande fama justificava. Contudo, causou certa decepção o seu aspecto de bom burguês, profundamente diferente da imagem que se fazia dele. Não se parecia em nada com o herói de romance, com o personagem enigmático e diabólico que traz à nossa imaginação a ideia de Herlock Sholmes. Devanne, entretanto, exclamou, com muito entusiasmo:

— Finalmente, mestre, é o senhor! Que felicidade! Há quanto tempo o esperava! Sinto-me quase feliz com tudo o que aconteceu, porque isso me proporciona a oportunidade de conhecê-lo. Mas, a propósito, como veio?

— De trem.

— Que pena! Mas eu mandei o meu automóvel para aguardá-lo na plataforma de desembarque.

— Uma chegada oficial, não é? Com tambor e música. Meio excelente para facilitar o meu trabalho — resmungou o inglês.

Esse tom pouco acolhedor desconcertou Devanne, que, esforçando-se para gracejar, prosseguiu:

— O trabalho, felizmente, é mais fácil do que lhe tinha escrito.

— Por quê?

— Porque o roubo ocorreu esta noite.

— Se não tivesse anunciado a minha visita, senhor, é provável que o roubo não tivesse ocorrido esta noite.

— E ocorreria quando?

— Amanhã, ou em outro dia.

— E nesse caso?

— Lupin teria caído na armadilha.

— E os meus móveis?

— Não teriam sido roubados.

— Os móveis estão aqui.

— Aqui?

— Foram restituídos às três da tarde.

— Por Lupin?

— Por dois furgões militares.

Herlock Sholmes enfiou com raiva o boné na cabeça e ajeitou a mochila, mas Devanne bradou:

— O que está fazendo?

— Indo embora.

— Por quê?

— Seus móveis estão aqui, Arsène Lupin está longe. Minha missão terminou.

— Mas tenho necessidade absoluta de sua ajuda, caro senhor. O que ocorreu ontem pode se repetir amanhã, porque ignoramos o mais importante: como Arsène Lupin entrou, como saiu e por que, algumas horas mais tarde, procedeu à restituição.

— Ah, o senhor ignora.

A ideia de que havia um segredo a descobrir abrandou Herlock Sholmes.

— Está certo, vamos procurar. Mas rápido, não é? E, tanto quanto possível, sozinhos.

A frase referia-se claramente aos assistentes. Devanne entendeu e introduziu o inglês no salão. Num tom seco, com palavras que pareciam contadas antecipadamente, e com que parcimônia, Sholmes lhe fez perguntas sobre a noite da véspera, sobre os convidados que se encontravam presentes e sobre os frequentadores do castelo. Depois examinou os dois volumes da *Crônica*, comparou os mapas do subterrâneo, pediu que repetisse as citações destacadas pelo abade Gélis e perguntou:

— Foi ontem que, pela primeira vez, o senhor falou dessas duas citações?

— Ontem.

— O senhor nunca as comunicou ao sr. Horace Velmont?

— Nunca.

— Bem, mande vir o seu automóvel. Torno a partir daqui a uma hora.

— Daqui a uma hora!

— Arsène Lupin não levou mais tempo para resolver o problema que o senhor lhe apresentou.

— Eu... lhe apresentei?

— Sim, Arsène Lupin e Velmont são a mesma pessoa.

— Eu já desconfiava. Ah, o patife!

— Ora, ontem à noite, às dez horas, o senhor forneceu a Lupin a informação que lhe faltava e que ele buscava havia semanas. E, durante a noite, Lupin encontrou tempo para compreender, reunir o seu bando e assaltar o castelo. Tenho a pretensão de ser tão expedito quanto ele.

Sholmes andou de um lado a outro do aposento refletindo, depois se sentou, cruzou as longas pernas e fechou os olhos.

Devanne esperou, embaraçado.

— Está dormindo? Está meditando? — pensou consigo mesmo.

Por via das dúvidas, saiu para dar ordens. Quando voltou, viu Herlock Sholmes na parte inferior da escada da galeria, de joelhos, inspecionando o tapete.

— O que há aí?

— Veja, ali, pingos de vela.

— Realmente, e bem recentes.

— E pode observá-los também no alto da escada e mais ainda ao redor desta vitrina que Arsène Lupin arrombou e da qual tirou os objetos preciosos para depositá-los nesta poltrona.

— E o que conclui disso?

— Nada. Todos esses detalhes explicariam, sem dúvida alguma, a restituição que ele realizou. Mas esse é um lado da questão que não tenho tempo para examinar. O essencial é o traçado do subterrâneo.

— De qualquer modo, o senhor espera…

— Eu não espero, eu sei. Existe uma capela a duzentos ou trezentos metros do castelo, não é mesmo?

— Uma capela em ruínas, onde se encontra o túmulo do duque Rollon.

— Diga ao seu motorista que nos espere ao lado dessa capela.

— Meu motorista ainda não retornou. Serei avisado quando ele chegar. Mas, pelo que lhe disse, o senhor avalia que o subterrâneo conduz à capela. Em que indício…

— Vou pedir-lhe, senhor — interrompeu o detetive —, que me arrume uma escada e uma lanterna.

— Ah, o senhor precisa de uma lanterna e de uma escada.

— Ao que parece, do contrário não as teria pedido.

Devanne, um tanto sem graça, tocou a campainha. Os dois objetos foram trazidos.

As ordens se sucederam, então, com o rigor e a precisão das determinações militares.

— Apoie a escada na estante, à esquerda da palavra Thibermesnil.

Devanne ergueu a escada, e o inglês prosseguiu:

— Mais à esquerda... à direita... Aí! Suba... Bem... Todas as letras dessa palavra são em relevo, não é?

— Sim.

— Ocupemo-nos com a letra H. Ela gira num sentido ou no outro?

Devanne manobrou a letra H e exclamou:

— Sim, ela gira! Para a direita, um quarto de círculo! Quem lhe revelou isso?

Herlock Sholmes prosseguiu, sem responder à pergunta:

— Pode, de onde está, alcançar a letra R? Sim. Mova-a várias vezes, como faria com uma tranca que se põe e se tira.

Devanne moveu a letra R, como foi pedido. Para o seu grande espanto, produziu-se um desbloqueio interno.

— Perfeito — disse Herlock Sholmes. — Só nos resta deslocar a escada para o outro extremo, isto é, para o fim da palavra Thibermesnil. E agora, se não me enganei, se as coisas ocorrerem como devem, a letra L vai se abrir como uma portinhola.

Com certa solenidade, Devanne manobrou a letra L. A letra L se abriu, mas Devanne caiu da escada, pois toda a parte da estante situada entre a primeira e a última letra da palavra girou sobre si mesma e descobriu a abertura do subterrâneo.

Herlock Sholmes perguntou, impassível:

— Está ferido?

— Não, não — respondeu Devanne, levantando-se —, não estou ferido, mas atônito, confesso. Essas letras que se mexem... Este subterrâneo aberto...

— E então? Não era exatamente isso que devia ocorrer conforme a citação de Sully?

— Em quê, senhor?

"O machado gira no ar que estremece, mas a asa se abre e se vai até Deus."*

— Ora essa! O H gira, o R estremece, e o L se abre... e foi o que permitiu que Henrique IV recebesse a srta. de Tancarville numa hora tão fora do comum.

— E Luís XVI? — perguntou Devanne, admirado.

— Luís XVI era um grande ferreiro e hábil serralheiro. Li um *Tratado das fechaduras de combinação* que é atribuído a ele. Da parte de Thibermesnil, era proceder como bom cortesão mostrar ao seu soberano essa obra-prima de mecânica. Para memorizar, o rei escreveu: 2-6-12, isto é, H, R e L, a segunda, a sexta e a décima segunda letra do nome.

— Ah, perfeito, começo a compreender. Só que.. se explico como se sai desta sala, não explico como Lupin conseguiu entrar nela. Pois, observe bem, ele veio de fora.

---

* Em francês: "La hache tournoie dans l'air qui frémit, mais l'aile s'ouvre, et l'on va jusqu'à Dieu". Assim o H, de "hache" (machado), o R, de "air" (ar), e o L, de "l'aile" (a asa). (N. E.)

Herlock Sholmes acendeu a lanterna e avançou alguns passos no interior do subterrâneo.

— Veja, todo o mecanismo está presente aqui como as engrenagens de um relógio, e todas as letras se encontram ao contrário. Lupin só teve de fazê-las funcionar deste lado da divisória.

— Que prova tem disso?

— Que prova? Veja esta mancha de óleo. Lupin havia previsto até mesmo que o mecanismo precisaria ser lubrificado — comentou Herlock Sholmes, não sem admiração.

— Então ele conhecia a outra saída?

— Como eu a conheço. Siga-me.

— Pelo subterrâneo?

— Está com medo?

— Não, mas tem certeza de que conhece o caminho?

— Com os olhos fechados.

Desceram primeiro doze degraus, depois mais doze, e ainda duas vezes outros doze. Em seguida, penetraram num corredor longo, com paredes de tijolos que traziam a marca de restaurações sucessivas e gotejavam em alguns lugares. O solo estava úmido.

— Estamos passando debaixo do lago — observou Devanne, nada tranquilo.

O corredor terminava numa escada de doze degraus, seguida por outros três lances de escada de doze degraus, que subiram com dificuldade, chegando a uma pequena cavidade aberta na própria rocha. O caminho não ia adiante.

— Diabo! — murmurou Herlock Sholmes. — Só paredes nuas. Isso se torna embaraçoso.

— E se voltássemos? — sugeriu Devanne. — Pensando bem, não vejo necessidade de saber mais. Dou-me por satisfeito.

Mas, ao levantar a cabeça, o inglês soltou um suspiro de alívio: em cima deles se repetia o mesmo mecanismo da entrada. Limitou-se, portanto, a manobrar as três letras. Um bloco de granito moveu-se. Do outro lado desse bloco ficava a lápide do duque Rollon, gravada com as doze letras em relevo de "Thibermesnil". E se encontraram na pequena capela em ruínas a que o inglês se referira.

— E se vai até Deus, isto é, até a capela — disse, lembrando o final da citação.

— É extraordinário! — exclamou Devanne, impressionado com a clarividência e a vivacidade de Herlock Sholmes. — É possível que essa simples indicação lhe tenha sido suficiente?

— Era até supérflua — replicou o inglês. — No exemplar da Biblioteca Nacional, o traçado termina à esquerda, como o senhor sabe, por um círculo, e à direita, o senhor ignora, por uma pequena cruz tão apagada que só pode ser vista com lente. Essa cruz significa, evidentemente, a capela onde estamos.

O pobre Devanne não acreditava no que ouvia.

— É incrível, assombroso e, no entanto, de uma simplicidade infantil. Como ninguém desvendou esse mistério antes?

— Porque ninguém juntou os três ou quatro elementos necessários, isto é, os dois livros e as citações. Ninguém, a não ser Arsène Lupin e eu.

— Mas também... — objetou Devanne — e o abade Gélis... Nós dois sabíamos tanto quanto o senhor e, no entanto...

Sholmes sorriu e respondeu:

— Sr. Devanne, nem todo mundo tem a capacidade de decifrar enigmas.

— Procuro há dez anos. E o senhor, em dez minutos...

— Ora, é a força do hábito.

Saíram da capela, e o inglês exclamou:

— Veja, um automóvel está esperando.

— É o meu!

— O seu? Pensei que o motorista não tinha voltado.

— Não tinha... e me pergunto...

Caminharam em direção ao veículo, e Devanne interrogou o motorista:

— Édouard, quem o mandou vir aqui?

— Foi o sr. Velmont — respondeu o homem.

— O sr. Velmont? Então se encontrou com ele?

— Perto da estação, e ele me disse para vir à capela.

— Para vir à capela?! Por quê?

— Para esperar o senhor e o seu amigo.

Devanne e Herlock Sholmes se entreolharam.

— Ele compreendeu que o enigma seria muito simples para o senhor — disse Devanne. — A homenagem é delicada.

Um sorriso de satisfação franziu os lábios finos do detetive. A homenagem lhe agradava.

— É um homem — declarou, abanando a cabeça. — Só de vê-lo, aliás, fiz uma ideia dele.

— Então o viu?

— Cruzamo-nos no caminho ainda há pouco.

— E sabia que era Horace Velmont, quero dizer, Arsène Lupin?

— Não, mas não tardei a adivinhar, por certa ironia da parte dele.

— E deixou que escapasse?

— É verdade. No entanto, a partida estava a meu favor. Cinco policiais passavam pelo local naquele momento.

— Com os diabos, deveria ter aproveitado a oportunidade. Era então ou nunca.

— Justamente, senhor — disse o detetive com altivez. — Quando se trata de um adversário como Arsène Lupin, Herlock Sholmes não aproveita ocasiões. Ele as faz surgir.

A hora avançava, e, como Lupin tivera a atenção amável de enviar o automóvel, era preciso utilizá-lo sem demora. Devanne e Herlock Sholmes sentaram-se no fundo da limusine confortável. Édouard girou a manivela e partiram. Campos, pequenos bosques e árvores sucediam-se ininterruptamente. As ondulações leves da região de Caux pareciam aplainar-se diante deles. De repente, os olhos de Devanne foram atraídos por um pequeno embrulho depositado no porta-luvas do veículo.

— Ah, o que é isto? Um pacote! E para quem? É para o senhor.

— Para mim?

— Leia: "Sr. Herlock Sholmes, da parte de Arsène Lupin."

O inglês pegou o pacote, desamarrou-o e retirou as duas folhas de papel em que estava envolto. Era um relógio.

— Com os diabos! — disse, acompanhando a exclamação com um gesto de cólera.

— Um relógio — observou Devanne. — Não é por acaso...?

O inglês não respondeu.

— Ah, é o seu relógio! Arsène Lupin lhe devolve o seu relógio! Mas, se o devolve, é porque o pegou. Pegou o seu relógio! Ah, esta é boa. O relógio de Herlock Sholmes surrupiado por Arsène Lupin! Meu Deus, como é engraçado! Não, na verdade... Desculpe-me, mas é mais forte do que eu.

E, depois de rir bastante, afirmou num tom convicto:

— Ah, é um homem, realmente.

O inglês não reagiu. No caminho para Dieppe, não pronunciou uma palavra, com os olhos fixos na paisagem fugidia. Seu silêncio era terrível, impenetrável, mais violento que a raiva mais furiosa. Na plataforma de embarque, falou simplesmente, sem raiva desta vez, mas com uma voz na qual se percebia toda a vontade e energia do personagem:

— Sim, é um homem, e um homem em cujo ombro eu teria o prazer de botar a mão que lhe estendo, sr. Devanne. E tenho a ideia, veja, de que Arsène Lupin e Herlock Sholmes vão se encontrar de novo um dia ou outro. Sim, o mundo é muito pequeno para que não se encontrem. E naquele dia…

❖

Relação dos Volumes Publicados

1. **Dom Casmurro**
Machado de Assis
2. **O Príncipe**
Maquiavel
3. **Mensagem**
Fernando Pessoa
4. **O Lobo do Mar**
Jack London
5. **A Arte da Prudência**
Baltasar Gracián
6. **Iracema / Cinco Minutos**
José de Alencar
7. **Inocência**
Visconde de Taunay
8. **A Mulher de 30 Anos**
Honoré de Balzac
9. **A Moreninha**
Joaquim Manuel de Macedo
10. **A Escrava Isaura**
Bernardo Guimarães
11. **As Viagens - "Il Milione"**
Marco Polo
12. **O Retrato de Dorian Gray**
Oscar Wilde
13. **A Volta ao Mundo em 80 Dias**
Júlio Verne
14. **A Carne**
Júlio Ribeiro
15. **Amor de Perdição**
Camilo Castelo Branco
16. **Sonetos**
Luís de Camões
17. **O Guarani**
José de Alencar
18. **Memórias Póstumas de Brás Cubas**
Machado de Assis
19. **Lira dos Vinte Anos**
Álvares de Azevedo
20. **Apologia de Sócrates / Banquete**
Platão
21. **A Metamorfose/Um Artista da Fome/Carta a Meu Pai**
Franz Kafka
22. **Assim Falou Zaratustra**
Friedrich Nietzsche
23. **Triste Fim de Policarpo Quaresma**
Lima Barreto
24. **A Ilustre Casa de Ramires**
Eça de Queirós
25. **Memórias de um Sargento de Milícias**
Manuel Antônio de Almeida
26. **Robinson Crusoé**
Daniel Defoe
27. **Espumas Flutuantes**
Castro Alves
28. **O Ateneu**
Raul Pompeia
29. **O Noviço / O Juiz de Paz da Roça / Quem Casa Quer Casa**
Martins Pena
30. **A Relíquia**
Eça de Queirós
31. **O Jogador**
Dostoiévski
32. **Histórias Extraordinárias**
Edgar Allan Poe
33. **Os Lusíadas**
Luís de Camões
34. **As Aventuras de Tom Sawyer**
Mark Twain
35. **Bola de Sebo e Outros Contos**
Guy de Maupassant
36. **A República**
Platão
37. **Elogio da Loucura**
Erasmo de Rotterdam
38. **Caninos Brancos**
Jack London
39. **Hamlet**
William Shakespeare
40. **A Utopia**
Thomas More
41. **O Processo**
Franz Kafka
42. **O Médico e o Monstro**
Robert Louis Stevenson
43. **Ecce Homo**
Friedrich Nietzsche
44. **O Manifesto do Partido Comunista**
Marx e Engels
45. **Discurso do Método / Regras para a Direção do Espírito**
René Descartes
46. **Do Contrato Social**
Jean-Jacques Rousseau
47. **A Luta pelo Direito**
Rudolf von Ihering
48. **Dos Delitos e das Penas**
Cesare Beccaria
49. **A Ética Protestante e o Espírito do Capitalismo**
Max Weber
50. **O Anticristo**
Friedrich Nietzsche
51. **Os Sofrimentos do Jovem Werther**
Goethe
52. **As Flores do Mal**
Charles Baudelaire
53. **Ética a Nicômaco**
Aristóteles
54. **A Arte da Guerra**
Sun Tzu
55. **Imitação de Cristo**
Tomás de Kempis
56. **Cândido ou o Otimismo**
Voltaire
57. **Rei Lear**
William Shakespeare
58. **Frankenstein**
Mary Shelley
59. **Quincas Borba**
Machado de Assis
60. **Fedro**
Platão
61. **Política**
Aristóteles
62. **A Viuvinha / Encarnação**
José de Alencar
63. **As Regras do Método Sociológico**
Émile Durkheim
64. **O Cão dos Baskervilles**
Sir Arthur Conan Doyle
65. **Contos Escolhidos**
Machado de Assis
66. **Da Morte / Metafísica do Amor / Do Sofrimento do Mundo**
Arthur Schopenhauer
67. **As Minas do Rei Salomão**
Henry Rider Haggard
68. **Manuscritos Econômico-Filosóficos**
Karl Marx
69. **Um Estudo em Vermelho**
Sir Arthur Conan Doyle
70. **Meditações**
Marco Aurélio
71. **A Vida das Abelhas**
Maurice Materlinck
72. **O Cortiço**
Aluísio Azevedo
73. **Senhora**
José de Alencar
74. **Brás, Bexiga e Barra Funda / Laranja da China**
Antônio de Alcântara Machado
75. **Eugênia Grandet**
Honoré de Balzac
76. **Contos Gauchescos**
João Simões Lopes Neto
77. **Esaú e Jacó**
Machado de Assis
78. **O Desespero Humano**
Sören Kierkegaard
79. **Dos Deveres**
Cícero
80. **Ciência e Política**
Max Weber
81. **Satíricon**
Petrônio
82. **Eu e Outras Poesias**
Augusto dos Anjos
83. **Farsa de Inês Pereira / Auto da Barca do Inferno / Auto da Alma**
Gil Vicente
84. **A Desobediência Civil e Outros Escritos**
Henry David Toreau
85. **Para Além do Bem e do Mal**
Friedrich Nietzsche
86. **A Ilha do Tesouro**
R. Louis Stevenson
87. **Marília de Dirceu**
Tomás A. Gonzaga
88. **As Aventuras de Pinóquio**
Carlo Collodi
89. **Segundo Tratado Sobre o Governo**
John Locke
90. **Amor de Salvação**
Camilo Castelo Branco
91. **Broquéis/Faróis/ Ultimos Sonetos**
Cruz e Souza
92. **I-Juca-Pirama / Os Timbiras / Outros Poemas**
Gonçalves Dias
93. **Romeu e Julieta**
William Shakespeare
94. **A Capital Federal**
Arthur Azevedo
95. **Diário de um Sedutor**
Sören Kierkegaard
96. **Carta de Pero Vaz de Caminha a El-Rei Sobre o Achamento do Brasil**
97. **Casa de Pensão**
Aluísio Azevedo
98. **Macbeth**
William Shakespeare

99. **Édipo Rei/Antígona**
Sófocles

100. **Lucíola**
José de Alencar

101. **As Aventuras de Sherlock Holmes**
Sir Arthur Conan Doyle

102. **Bom-Crioulo**
Adolfo Caminha

103. **Helena**
Machado de Assis

104. **Poemas Satíricos**
Gregório de Matos

105. **Escritos Políticos / A Arte da Guerra**
Maquiavel

106. **Ubirajara**
José de Alencar

107. **Diva**
José de Alencar

108. **Eurico, o Presbítero**
Alexandre Herculano

109. **Os Melhores Contos**
Lima Barreto

110. **A Luneta Mágica**
Joaquim Manuel de Macedo

111. **Fundamentação da Metafísica dos Costumes e Outros Escritos**
Immanuel Kant

112. **O Príncipe e o Mendigo**
Mark Twain

113. **O Domínio de Si Mesmo Pela Auto-Sugestão Consciente**
Émile Coué

114. **O Mulato**
Aluísio Azevedo

115. **Sonetos**
Florbela Espanca

116. **Uma Estadia no Inferno / Poemas / Carta do Vidente**
Arthur Rimbaud

117. **Várias Histórias**
Machado de Assis

118. **Fédon**
Platão

119. **Poesias**
Olavo Bilac

120. **A Conduta para a Vida**
Ralph Waldo Emerson

121. **O Livro Vermelho**
Mao Tsé-Tung

122. **Oração aos Moços**
Rui Barbosa

123. **Otelo, o Mouro de Veneza**
William Shakespeare

124. **Ensaios**
Ralph Waldo Emerson

125. **De Profundis / Balada do Cárcere de Reading**
Oscar Wilde

126. **Crítica da Razão Prática**
Immanuel Kant

127. **A Arte de Amar**
Ovídio Naso

128. **O Tartufo ou O Impostor**
Molière

129. **Metamorfoses**
Ovídio Naso

130. **A Gaia Ciência**
Friedrich Nietzsche

131. **O Doente Imaginário**
Molière

132. **Uma Lágrima de Mulher**
Aluísio Azevedo

133. **O Último Adeus de Sherlock Holmes**
Sir Arthur Conan Doyle

134. **Canudos - Diário de Uma Expedição**
Euclides da Cunha

135. **A Doutrina de Buda**
Siddharta Gautama

136. **Tao Te Ching**
Lao-Tsé

137. **Da Monarquia / Vida Nova**
Dante Alighieri

138. **A Brasileira de Prazins**
Camilo Castelo Branco

139. **O Velho da Horta/Quem Tem Farelos?/Auto da Índia**
Gil Vicente

140. **O Seminarista**
Bernardo Guimarães

141. **O Alienista / Casa Velha**
Machado de Assis

142. **Sonetos**
Manuel du Bocage

143. **O Mandarim**
Eça de Queirós

144. **Noite na Taverna / Macário**
Álvares de Azevedo

145. **Viagens na Minha Terra**
Almeida Garrett

146. **Sermões Escolhidos**
Padre Antonio Vieira

147. **Os Escravos**
Castro Alves

148. **O Demônio Familiar**
José de Alencar

149. **A Mandrágora / Belfagor, o Arquidiabo**
Maquiavel

150. **O Homem**
Aluísio Azevedo

151. **Arte Poética**
Aristóteles

152. **A Megera Domada**
William Shakespeare

153. **Alceste/Electra/Hipólito**
Eurípedes

154. **O Sermão da Montanha**
Huberto Rohden

155. **O Cabeleira**
Franklin Távora

156. **Rubáiyát**
Omar Khayyám

157. **Luzia-Homem**
Domingos Olímpio

158. **A Cidade e as Serras**
Eça de Queirós

159. **A Retirada da Laguna**
Visconde de Taunay

160. **A Viagem ao Centro da Terra**
Júlio Verne

161. **Caramuru**
Frei Santa Rita Durão

162. **Clara dos Anjos**
Lima Barreto

163. **Memorial de Aires**
Machado de Assis

164. **Bhagavad Gita**
Krishna

165. **O Profeta**
Khalil Gibran

166. **Aforismos**
Hipócrates

167. **Kama Sutra**
Vatsyayana

168. **Histórias de Mowgli**
Rudyard Kipling

169. **De Alma para Alma**
Huberto Rohden

170. **Orações**
Cícero

171. **Sabedoria das Parábolas**
Huberto Rohden

172. **Salomé**
Oscar Wilde

173. **Do Cidadão**
Thomas Hobbes

174. **Porque Sofremos**
Huberto Rohden

175. **Einstein: o Enigma do Universo**
Huberto Rohden

176. **A Mensagem Viva do Cristo**
Huberto Rohden

177. **Mahatma Gandhi**
Huberto Rohden

178. **A Cidade do Sol**
Tommaso Campanella

179. **Setas para o Infinito**
Huberto Rohden

180. **A Voz do Silêncio**
Helena Blavatsky

181. **Frei Luís de Sousa**
Almeida Garrett

182. **Fábulas**
Esopo

183. **Cântico de Natal/ Os Carrilhões**
Charles Dickens

184. **Contos**
Eça de Queirós

185. **O Pai Goriot**
Honoré de Balzac

186. **Noites Brancas e Outras Histórias**
Dostoiévski

187. **Minha Formação**
Joaquim Nabuco

188. **Pragmatismo**
William James

189. **Discursos Forenses**
Enrico Ferri

190. **Medeia**
Eurípedes

191. **Discursos de Acusação**
Enrico Ferri

192. **A Ideologia Alemã**
Marx & Engels

193. **Prometeu Acorrentado**
Ésquilo

194. **Iaiá Garcia**
Machado de Assis

195. **Discursos no Instituto dos Advogados Brasileiros / Discurso no Colégio Anchieta**
Rui Barbosa

196. **Édipo em Colono**
Sófocles

197. **A Arte de Curar pelo Espírito**
Joel S. Goldsmith

198. **Jesus, o Filho do Homem**
Khalil Gibran

199. **Discurso sobre a Origem e os Fundamentos da Desigualdade entre os Homens**
Jean-Jacques Rousseau

200. **Fábulas**
La Fontaine

201. **O Sonho de uma Noite de Verão**
William Shakespeare

202. **Maquiavel, o Poder**
José Nivaldo Junior

203. **Ressurreição**
Machado de Assis

204. **O Caminho da Felicidade**
Huberto Rohden

205. **A Velhice do Padre Eterno**
Guerra Junqueiro

206. **O Sertanejo**
José de Alencar

207. **Gitanjali**
Rabindranath Tagore

208. **Senso Comum**
Thomas Paine

209. **Canaã**
Graça Aranha

210. **O Caminho Infinito**
Joel S. Goldsmith

211. **Pensamentos**
Epicuro

212. **A Letra Escarlate**
Nathaniel Hawthorne

213. **Autobiografia**
Benjamin Franklin

214. **Memórias de Sherlock Holmes**
Sir Arthur Conan Doyle

215. **O Dever do Advogado / Posse de Direitos Pessoais**
Rui Barbosa

216. **O Tronco do Ipê**
José de Alencar

217. **O Amante de Lady Chatterley**
D. H. Lawrence

218. **Contos Amazônicos**
Inglês de Souza

219. **A Tempestade**
William Shakespeare

220. **Ondas**
Euclides da Cunha

221. **Educação do Homem Integral**
Huberto Rohden

222. **Novos Rumos para a Educação**
Huberto Rohden

223. **Mulherzinhas**
Louise May Alcott

224. **A Mão e a Luva**
Machado de Assis

225. **A Morte de Ivan Ilicht / Senhores e Servos**
Leon Tolstói

226. **Álcoois e Outros Poemas**
Apollinaire

227. **Pais e Filhos**
Ivan Turguêniev

228. **Alice no País das Maravilhas**
Lewis Carroll

229. **À Margem da História**
Euclides da Cunha

230. **Viagem ao Brasil**
Hans Staden

231. **O Quinto Evangelho**
Tomé

232. **Lorde Jim**
Joseph Conrad

233. **Cartas Chilenas**
Tomás Antônio Gonzaga

234. **Odes Modernas**
Anntero de Quental

235. **Do Cativeiro Babilônico da Igreja**
Martinho Lutero

236. **O Coração das Trevas**
Joseph Conrad

237. **Thais**
Anatole France

238. **Andrômaca / Fedra**
Racine

239. **As Catilinárias**
Cícero

240. **Recordações da Casa dos Mortos**
Dostoiévski

241. **O Mercador de Veneza**
William Shakespeare

242. **A Filha do Capitão / A Dama de Espadas**
Aleksandr Púchkin

243. **Orgulho e Preconceito**
Jane Austen

244. **A Volta do Parafuso**
Henry James

245. **O Gaúcho**
José de Alencar

246. **Tristão e Isolda**
Lenda Medieval Celta de Amor

247. **Poemas Completos de Alberto Caeiro**
Fernando Pessoa

248. **Maiakósvski**
Vida e Poesia

249. **Sonetos**
William Shakespeare

250. **Poesia de Ricardo Reis**
Fernando Pessoa

251. **Papéis Avulsos**
Machado de Assis

252. **Contos Fluminenses**
Machado de Assis

253. **O Bobo**
Alexandre Herculano

254. **A Oração da Coroa**
Demóstenes

255. **O Castelo**
Franz Kafka

256. **O Trovejar do Silêncio**
Joel S. Goldsmith

257. **Alice na Casa dos Espelhos**
Lewis Carrol

258. **Miséria da Filosofia**
Karl Marx

259. **Júlio César**
William Shakespeare

260. **Antônio e Cleópatra**
William Shakespeare

261. **Filosofia da Arte**
Huberto Rohden

262. **A Alma Encantadora das Ruas**
João do Rio

263. **A Normalista**
Adolfo Caminha

264. **Pollyanna**
Eleanor H. Porter

265. **As Pupilas do Senhor Reitor**
Júlio Diniz

266. **As Primaveras**
Casimiro de Abreu

267. **Fundamentos do Direito**
Léon Duguit

268. **Discursos de Metafísica**
G. W. Leibniz

269. **Sociologia e Filosofiia**
Émile Durkheim

270. **Cancioneiro**
Fernando Pessoa

271. **A Dama das Camélias**
Alexandre Dumas (filho)

272. **O Divórcio / As Bases da Fé / e outros textos**
Rui Barbosa

273. **Pollyanna Moça**
Eleanor H. Porter

274. **O 18 Brumário de Luís Bonaparte**
Karl Marx

275. **Teatro de Machado de Assis**
Antologia

276. **Cartas Persas**
Montesquieu

277. **Em Comunhão com Deus**
Huberto Rohden

278. **Razão e Sensibilidade**
Jane Austen

279. **Crônicas Selecionadas**
Machado de Assis

280. **Histórias da Meia-Noite**
Machado de Assis

281. **Cyrano de Bergerac**
Edmond Rostand

282. **O Maravilhoso Mágico de Oz**
L. Frank Baum

283. **Trocando Olhares**
Florbela Espanca

284. **O Pensamento Filosófico da Antiguidade**
Huberto Rohden

285. **Filosofia Contemporânea**
Huberto Rohden

286. **O Espírito da Filosofia Oriental**
Huberto Rohden

287. **A Pele do Lobo / O Badejo / o Dote**
Artur Azevedo

288. **Os Bruzundangas**
Lima Barreto

289. **A Pata da Gazela**
José de Alencar

290. **O Vale do Terror**
Sir Arthur Conan Doyle

291. **O Signo dos Quatro**
Sir Arthur Conan Doyle

292. **As Máscaras do Destino**
Florbela Espanca

293. **A Confissão de Lúcio**
Mário de Sá-Carneiro

294. **Falenas**
Machado de Assis

295. **O Uraguai / A Declamação Trágica**
Basílio da Gama

296. **Crisálidas**
Machado de Assis

297. **Americanas**
Machado de Assis

298. **A Carteira de Meu Tio**
Joaquim Manuel de Macedo

299. **Catecismo da Filosofia**
Huberto Rohden

300. **Apologia de Sócrates**
Platão (Edição bilingue)

301. **Rumo à Consciência Cósmica**
Huberto Rohden

302. **Cosmoterapia**
Huberto Rohden

303. **Bodas de Sangue**
Federico García Lorca

304. **Discurso da Servidão Voluntária**
Étienne de La Boétie

305. **Categorias**
Aristóteles

306. **Manon Lescaut**
Abade Prévost

307. **Teogonia / Trabalho e Dias**
Hesíodo

308. **As Vítimas-Algozes**
Joaquim Manuel de Macedo

309. **Persuasão**
Jane Austen

310. **Agostinho** - *Huberto Rohden*

311. **Roteiro Cósmico**
Huberto Rohden

312. **A Queda dum Anjo**
Camilo Castelo Branco

313. **O Cristo Cósmico e os Essênios** - *Huberto Rohden*

314. **Metafísica do Cristianismo**
Huberto Rohden

315. **Rei Édipo** - *Sófocles*

316. **Livro dos provérbios**
Salomão

317. **Histórias de Horror**
Howard Phillips Lovecraft

318. **O Ladrão de Casaca**
Maurice Leblanc

319. **Til**
José de Alencar

Série Ouro
(Livros com mais de 400 p.)

1. **Leviatã**
Thomas Hobbes

2. **A Cidade Antiga**
Fustel de Coulanges

3. **Crítica da Razão Pura**
Immanuel Kant

4. **Confissões**
Santo Agostinho

5. **Os Sertões**
Euclides da Cunha

6. **Dicionário Filosófico**
Voltaire

7. **A Divina Comédia**
Dante Alighieri

8. **Ética Demonstrada à Maneira dos Geômetras**
Baruch de Spinoza

9. **Do Espírito das Leis**
Montesquieu

10. **O Primo Basílio**
Eça de Queirós

11. **O Crime do Padre Amaro**
Eça de Queirós

12. **Crime e Castigo**
Dostoiévski

13. **Fausto**
Goethe

14. **O Suicídio**
Émile Durkheim

15. **Odisseia**
Homero

16. **Paraíso Perdido**
John Milton

17. **Drácula**
Bram Stoker

18. **Ilíada**
Homero

19. **As Aventuras de Huckleberry Finn**
Mark Twain

20. **Paulo – O 13º Apóstolo**
Ernest Renan

21. **Eneida**
Virgílio

22. **Pensamentos**
Blaise Pascal

23. **A Origem das Espécies**
Charles Darwin

24. **Vida de Jesus**
Ernest Renan

25. **Moby Dick**
Herman Melville

26. **Os Irmãos Karamazovi**
Dostoiévski

27. **O Morro dos Ventos Uivantes**
Emily Brontë

28. **Vinte Mil Léguas Submarinas**
Júlio Verne

29. **Madame Bovary**
Gustave Flaubert

30. **O Vermelho e o Negro**
Stendhal

31. **Os Trabalhadores do Mar**
Victor Hugo

32. **A Vida dos Doze Césares**
Suetônio

33. **O Moço Loiro**
Joaquim Manuel de Macedo

34. **O Idiota**
Dostoiévski

35. **Paulo de Tarso**
Huberto Rohden

36. **O Peregrino**
John Bunyan

37. **As Profecias**
Nostradamus

38. **Novo Testamento**
Huberto Rohden

39. **O Corcunda de Notre Dame**
Victor Hugo

40. **Arte de Furtar**
Anônimo do século XVII

41. **Germinal**
Émile Zola

42. **Folhas de Relva**
Walt Whitman

43. **Ben-Hur — Uma História dos Tempos de Cristo**
Lew Wallace

44. **Os Maias**
Eça de Queirós

45. **O Livro da Mitologia**
Thomas Bulfinch

46. **Os Três Mosqueteiros**
Alexandre Dumas

47. **Poesia de Álvaro de Campos**
Fernando Pessoa

48. **Jesus Nazareno**
Huberto Rohden

49. **Grandes Esperanças**
Charles Dickens

50. **A Educação Sentimental**
Gustave Flaubert

51. **O Conde de Monte Cristo (Volume I)**
Alexandre Dumas

52. **O Conde de Monte Cristo (Volume II)**
Alexandre Dumas

53. **Os Miseráveis (Volume I)**
Victor Hugo

54. **Os Miseráveis (Volume II)**
Victor Hugo

55. **Dom Quixote de La Mancha (Volume I)**
Miguel de Cervantes

56. **Dom Quixote de La Mancha (Volume II)**
Miguel de Cervantes

57. **As Confissões**
Jean-Jacques Rousseau

58. **Contos Escolhidos**
Artur Azevedo

59. **As Aventuras de Robin Hood**
Howard Pyle

60. **Mansfield Park**
Jane Austen